「なぁ主さん、ほんまこれで入り方おうてるん？」
「うむ、そうやっていれば肌がきれいになる」

「ディーちゃん!? 久しぶり!!」
「よかろう?」

「なるほどこれがお茶というモノですか」
ドメニク・ドメニク
生真面目で
融通がきかない
ヴァンパイア。
「うん、久しぶりだね！」
ディーネ
温泉好きになってしまったため、
郷を追い出された
はぐれダークエルフ。

健康ランド
そう言うとわたしは、声高らかに宣言した。
「この紅玉宮を、健康ランドにするぞ！」

Meito ISEKAI no YU Kaitakuki vol.1

名湯 異世界の湯《ゆ》 開拓記《かいたくき》

アラフォー温泉マニアの転生先は、のんびり温泉天国でした

vol.2

綿涙粉緒 Menrui Konao

イラスト：吉武 Yoshitake

口絵・本文イラスト　吉武

CONTENTS

目次

幕間一　好蔵ハンター・コハルの旅　その一　5

第二章　異世界名湯選の二　ヴァンパイアの湯　32

効能その一　泥の湯と囚われの一行　33
効能その二　温泉教団とヴァンパイアの危機　67
効能その三　紅玉宮と愉悦の公女　108
効能その四　忙しくない男とまだまだ忙しい人々　144
効能その五　王と公女　197
効能その六　マッドな温泉とマッドサイエンティスト　248
効能その七　健康ランドと女公爵の初体験　287
効能その八　永遠の契りとしばしの別れ　329
ヴァンパイアの湯『湯より』　グアラと温泉健康ランド　361
あとがき　379

幕間《まくあい》一　好蔵《こうぞう》ハンター・コハルの旅　その一

わたしの名前はコハル・テラ・テリソート。またの名を香る湯の華《はな》3世。人呼んで悩殺《のうさつ》の好蔵ハンター六十四歳《さい》絶賛家出中。

そんなわたしは、今、ハンターの湯に浸《つ》かってこの世の幸せをかみしめている。

いや、かみしめまくっている。

「はぅぅ、やはりこれは運命だわぁ」

そう、それは運命。

すべては、わたしが四十歳の時、家の倉庫で見つけた一冊のかび臭《くさ》い本から始まった。

『湯《ゆ》川《かわ》好蔵温泉漫遊《まんゆう》記　著：とある従者の一人』

出版されたものではない、個人の手帳の様なその本を発見して以来、夜ごと夢に見た好蔵さまの足跡《あしあと》をたどる旅。つい先日、母様との喧嘩《けんか》を期に家出し、そのまま夢の旅路に踏み出したわたしは、その最初の目的地であるエルフの郷《さと》に、いま、いる。

「あああ、これが天然の露天《ろてん》温泉なのですね、お嬢様《じょうさま》ぁ」

わたしの隣《となり》で、暢気《のんき》な感想を述べているエルフの従者、コハクと共に。

「なにが、お嬢様ぁよ、さっきまでお嬢様と入浴など考えられません!! って騒《さわ》いでいたくせに」

「何をおっしゃいますかお嬢様、これこそが温泉道の基本ではありませんか」

「調子のいい男ね、あんたは」

でも、こればっかりはコハクの言う通り。温泉では老若男女《ろうにゃくなんにょ》を問わず全裸《ぜんら》でなくてはいけない、そしてその裸《はだか》を意識してはいけない。これは温泉道のイロハのイ。

この地に降臨なされた愛《いと》しの好蔵さまが残された、最初の教え。

「はぁぁ、わたし……ほんとにハンターの湯に入っているのね……」

ページが擦《す》り切れるほどに読んだ温泉漫遊記の序盤《じょばん》。

美しきエルフの姉妹《しまい》との目くるめく場面の事は、もう一言一句間違《まちが》いなく暗唱できるほどに読み込《こ》んだ。このフミン酸を含《ふく》んだモール泉の成り立ちから効能まで、知らないことは何もない。

しかし、実際入ってみて感じるその心地《ここち》よさは、本のそれとは比べものにならない。

しかも、わたしにとって、ここはおとぎ話に出てくる夢の国に等しい場所。そこに実際訪《おとず》れて得られた感動は、これ以前に入った稲荷《いなり》湯でも、そして今はリリウム鉱泉と呼ばれている血の湯でも、打ち震《ふる》えるような感動をわたしにもたらしてくれた。

そして、もちろんこのハンターの湯も例外ではない。むしろ、エルフ編において族長オーヘンデック様ファンのわたしにとっては、あのオーヘンデック様が感動のあまり祝福を与《あた》えたシーンは脳内再生余裕《よゆう》のお気に入り名シーンだ。

「ああ、オーヘンデック様」

温泉漫遊記に記された、数々のシーン。それは、わたしにとって唯一《ゆいいつ》の癒《いや》し。

厳しいしつけに縛《しば》られた、家にいるときのわたしにとって、最後の楽園。

親の与えたおもちゃで遊び、親の与えた本を読み、親の与えた相手を友達と呼ぶ。そんな親に与えられた世界で親に与えられた人生を生きていたわたし。

高待遇の鳥かごでたたずむ小鳥。

そんな鳥かごの中で、まだ見ぬ遠い世界を夢見ていたわたしにとって、好蔵さまの温泉漫遊記はどこにでも連れて行ってくれる翼《つばさ》だった。唯一わたしが自由でいられる、妄想《もうそう》という世界の中で、わたしを天空へいざなう心の翼だった。

「はぁぁ、本当に家出してよかったわ」

わたしの言葉に、コハクは猛然《もうぜん》とかみついた。

「何をおっしゃるのですか！　本来なら私は連れ戻《もど》しに参ったのですよ！」

「じゃぁ、無理でしたって帰ればいいじゃない」

「そんなこと言えるわけないじゃないですか、テリソート家に代々お仕えするエルフの一族であるこの私が」

ほんと苦労性《くろうしょう》よね、コハクは。

でも、力ずくでも引っ張って帰る！　と豪語《ごうご》していたコハクを「舌噛《か》んでやる！」の一言で黙《だま》らせたうえ、従者兼《けん》ボディーガード兼スポンサーとして連れまわすことに成功したおかげで、わたしの旅はより順調になったのは確か。

できればねぎらってはあげたいのだけど、ね。

さっきから、口調とは裏腹に脱力《だつりょく》しきった顔で湯につかり、それでも口うるさい忠告だけは忘れない態度に、そんなやさしい気持ちも消え失《う》せる。てか、ムカつく。

憎《にく》まれ口《ぐち》の一つでも叩《たた》きたくなる。

「わたしの代になっても仕えられると思わない事ね」

「もう、お嬢様のいけず」

イラッ。

「あんたね……」

わたしがコハクに突《つ》っかかろうとしたその時、後ろにいたエルフの男が声をかけてきた。

「お嬢《じょう》さん、温泉では心を柔《やわ》らかくするのが、温泉道ですぞ」

振《ふ》り返ると、コハクとはまた趣《おもむき》の違《ちが》うイケメンエルフが、優《やさ》しそうな微笑《ほほえ》みをたたえて座《すわ》っていた。

全体的に細身のコハクとは違い、がっしりとしたエルフだ。ただ残念なことに、喋《しゃべ》り方《かた》からお年寄りだと思われる。

ほんと、エルフは見た目は歳とらないからわかりにくいわ。

「あ、申し訳ありませんわ、わたしとしたことがついうっかり」

温泉では、相手がだれでも友人の如く礼節をもって。これも温泉道の大事な一つ。

温泉での触《ふ》れ合いは、ここからはじまるのだ。

「ははは、いやいや、普段《ふだん》はこういう事は言わんのですがな、お嬢さんが湯川好蔵さま、いやオンセンマンジュウ3世様のお名前をお出しになられていましたからな」

「はい、あこがれの人ですの」

いやな思い出でしかないしつけのたまもので、口から上流階級の口調が飛び出す。そんな自分が嫌《きら》い。だけど、今更《いまさら》変えられるほど、生易しい覚悟《かくご》と努力で染《し》み込んだものでもない。

ただ、今この場ではなんだかとても役立っているのは確かで、エルフのおじいさんも笑《え》顔《がお》で相手をしてくれた。

ただ、その言葉の内容は、とても見過ごすことができないもので。

「ほぉ、あこがれですか、それはお若いのに感心な事だ。このエルフの郷ですら、若い者にはお名前すら知らぬ者がいるというのに」

はぁぁ⁉

「嘘《うそ》でございますよね⁉」

「残念ながら、本当ですな」

信じられない、だってこのエルフの郷は、好蔵さまが初めて御《ご》降臨《こうりん》なさった記念すべき聖地じゃない。

だいたい、今のエルフの郷がこんなにも繁栄《はんえい》しているのは、好蔵さまが数々の名産品をこの郷にもたらしたからでしょ？　お茶や絹織物は言うまでもなく、浴衣《ゆかた》に山芋《やまいも》にあの高級ブランド品である白百合《しらゆり》石鹸《せっけん》。

そして何より、この世界の味覚に革命的な変化を与えた『好蔵印の〝エルフ茸《きのこ》出汁《だし》の素〟顆粒《かりゅう》』なんて、どこの家庭にも常備してあって、しかも名前入りじゃない！

「そ、それは……本当に残念ですね。このエルフの郷なら好蔵さまの像が建ててあってもおかしくないのに」

わたしの言葉に、その年老いたエルフは声を上げて笑った。

「ははは、そうですな。ただ、オンセンマンジュウ3世様なら像を立てるくらいなら温泉旅館の一つでも余計に立てろ。とおっしゃるでしょうがな」

「確かにそうですわね」

何このおじいさん、よくわかってるじゃない。

「あの方は本当に温泉を愛していらっしゃって、一日中温泉の事ばかり考えている人でしたからなぁ」

え？　いまなんて。

「おじいさん、まさか好蔵さまを直接ご存じなんですか？」

「ええ、もう四百年近く前にはなりますが、よく覚えていますよ。オンセンマンジュウ3世様さまがここを発《た》たれる日の前の晩、肩《かた》を並べて月を見ながら酒を酌《く》み交《か》わした間柄《あいだがら》ですからなぁ」

な、なんですって！

あ、あ、あ、あの、別れの宴《うたげ》の夜に、こ、好蔵さまとこのハンターの湯に浸かっていたエルフの男って……まさか……。

「お、おじいさんは、そ、その、もしや、棟梁《とうりよう》デリュートさんなのではありませんか？」

わたしの言葉に、おじいさんは目玉が零《こぼ》れ落ちそうなほどに瞳《ひとみ》をひらいて驚《おどろ》いた。

「な、なんで、私がデリュートだと⁉」

なんでって、そんな、あたりまえじゃない！

「あの別れの夜。この温泉に招待されたのは、当時の族長の姉妹と有言十支族王、そしておつきの狐《きつね》が二匹《ひき》。しかも、男で呼ばれたのは……棟梁デリュートさんだけじゃないですか！」

あああああ、どうしよう、どうしよう！

今、わたしの日の前に伝説の人が裸で座ってる!!

やばい、意識が飛んでしまいそうだわ。

「し、しかし、オンセンマンジュウ3世様の偉業《いぎよう》を伝える物語は多くとも、私が出てくる話などなかったはず…」

驚きのあまりワタワタするわたしの前で、なぜかデリュートさんは困惑《こんわく》の表情を浮《う》かべた。

ダメ、このままじゃ、あこがれの物語の登場人物に嫌われちゃうわ！

ちゃんと説明しなきゃ！

「じ、実はですね、我《わ》が家《や》の倉庫にこんな本がありまして」

わたしは、温泉漫遊記の話を、事細かにデリュートさんに話して聞かせた。しかし、何か逆効果だったのか、デリュートさんの顔は、段々と疑いの色を濃《こ》くして行く。

「手書きの……温泉漫遊記が？　しかも著者が従者の一人？」

ダメ、なんかよくない風向きだわ。

「え、えっと、わたしの先祖がきっとどこかで見つけた本を書き写したんだと思うのです。手書きなのはそのせいで」

わたしの説明に、デリュートさんは「うーむ」と一つ唸《うな》り、今度はコハクに話しかけた。

「そちらのお連れさんは珍《めずら》しい黒髪《くろかみ》ではあるものの、エルフですな？」

問われてコハクは、恭《うやうや》しく答えた。

「はい、わたくしはこのお嬢様の家に代々仕えるエルフでございまして、コハクと申します。先祖がエルフの郷を出たことではぐれエルフとなり、家族名を名乗れぬ身の上でございます故《ゆえ》、これ以上の名乗りはご遠慮《えんりょ》ください」

「家族名はあるのですな」

「はい、しかし名乗れません」

いいじゃん名乗っちゃいなよ！　デリュートさんに嫌われたら、わたしここから先の旅を続けるテンションが維持《いじ》できなくなっちゃう！

……とは言えない事情を知っているだけに、歯がゆくて仕方がない。

「そうですか、古いエルフの教えをよく守っていらっしゃる、感心な事だ」

そう言うとデリュートさんは、わたしにはわからない言葉を発した。

「エディトゥル・メルデス・メディィナ」

と、それにコハクが答える。

「クデイトゥス・ガベルーダスト・リリウム・エト・ワイス」

コハクの答えに、デリュートさんはニコリとほほ笑《え》むと「なるほどなるほど」と何度も頷《うなず》いた。そしてゆっくりとわたしの方に向き直ると、目を細めて語り掛《か》ける。

その顔は、どこまでも、優しい。

「事情は分かりましたよ、お嬢さん。変に疑うようなことをしてすいませんでしたな」

よかった、なんだかわからないけど、嫌われずに済んだ。

でも、エルフがエルフの古語で話し始めた時は、その内容を聞くのはマナー違反《いはん》。でも結果的にデリュートさんが納得《なっとく》できたなら、問題ないわ。

見たところ機嫌《きげん》も直ったみたいだし、なら、聞くことがある。

「いえ、それはよいのですが、実はデリュートさんにお聞きしたいことがありますの」

「ほぉなんなりと」

やった！

「実はわたし、ここに来る前に稲荷湯と血の湯を回ってきたのです」

「おお、あの銭湯とリリウム鉱泉ですな」

「はい、しかし、どうしても繭玉山荘《まゆだまさんそう》・繭玉の湯だけ見つからないのです」

わたしの質問に、デリュートさんは少しだけ眉《まゆ》をひそめた。しかし、すぐに優しい顔に戻って答えてくれる。ほんの少しだけ、楽しそうに。

「ははぁ、まぁ確かにお嬢さんの持っている本に繭玉山荘について書いていないわけはありませんでしょうな……しかし、あそこは今エルフの郷の禁足地になっていましてな」

「禁足地？」

「ええ、あそこは観光客はおろか、エルフの郷のエルフですら入れないのです。入れるのは、有言10支族王に連なるお方とエルフの族長の親族に当たるエルフのみです」

えええ、それはないよ。

だって、繭玉山荘・繭玉の湯は、好蔵さまがこの世界に御降臨なさってはじめて発見された記念すべき温泉。

聖地中の聖地なんだよ。

どこよりも一番行きたいところなのに!!

「どうしても、無理ですか」

「ええ、無理ですな」

デリュートさんはそう答えると、少し考えて続けた。

「しかしまぁ、お嬢さんのようにオンセンマンジュウ3世様を慕《した》う人になら……」

そう言うとデリュートさんは、わたしに顔を寄せ、そっと耳打ちをした。

とっても素敵《すてき》なお話を。

「ほ、ほんとに、そうなんですか⁉」

「ええ、特別に。ただ、わたしに聞いたことはほかで言ってはいけません。もちろんその先の事も、ね」

はぁぁ、なんて素敵な人、なんて素晴《すば》らしい人!

さすがは好蔵さまの片腕《かたうで》として、この温泉街を作った伝説のメンバーの一人だわ!

「わかりました誓《ちか》います!」

わたしの返事を聞いて、デリュートさんは「では私は用がありますので」とひとこと呟《つぶや》いてハンターの湯を後にした。

「素敵な御仁《ごじん》でしたね」

その後ろ姿を見送りながら、コハクが感慨深《かんがいぶか》げに言う。

「当たり前よ、なんせあの棟梁デリュートさんよ」

わたしはそう答え、高鳴る心臓の鼓動《こどう》を隠《かく》すように、もう一度深くハンターの湯に浸かる。

そして、身体《からだ》をまんべんなく覆《おお》う、優しい湯触《ざわ》りの中、思った。

サインもらえばよかったな。と。

ああ、惜《お》しい事をした。


「お嬢様、本当によろしいのですか」

「うるさいわね、馬鹿コハク、静かにしなさいよ」

棟梁デリュートさんとの夢のような邂逅《かいこう》から半日ほどのち。すっかり日も暮れて真っ暗になったエルフの郷の西の森で、わたしとコハクは道なき道に分け入っていた。

目指すは、そう、繭玉山荘・繭玉の湯だ。

「いくらなんでも、においだけを頼《たよ》りに温泉を探すなんて無理ですよ、お嬢様」

「無理じゃないわよ！　わたし嗅覚《きゅうかく》には自信あるんだから！」

それに、棟梁デリュートさんが言ってくれたんだもの。「西の森から温泉の匂《にお》いを頼りに行けば、たどり着くかもしれませんよ」って。あの伝説のメンバーであるデリュートさんが嘘をつくわけがないじゃない。

「でも、もうかなり歩いてますよ、あきらめましょうよ」

あきらめるわけないでしょ！

「いやなら帰りなさい、コハク！」

「そうはいきません、お嬢様のお側《そば》に仕えるのが私の役目ですから」

ったく、文句が多いわりに律義《りちぎ》なんだから。

「だったら黙ってついてきなさい、人に見られて褒《ほ》められることをしているわけじゃないんだから」

なにせエルフの禁足地に黙って忍《しの》び込もうというんだもの。

見つかったらどうなるかわかったもんじゃないわ。

あの時、デリュートさんの名前は出さないと誓ったから、絶対に言う事はないけれど、誰《だれ》かに捕《つか》まって取り調べでも受けたら大変じゃない。わたしが言わなくても、何かのきっかけでわたしがデリュートさんと話していた事実がもれだすかもしれないし。

好蔵ハンターのわたしが、好蔵さまのお仲間に恥《はじ》をかかせるわけにはいかないわ。

そして、せっかく教えていただいたのにたどり着けないなんてわけには、この名にかけて、もっといかない。

うなれ！　わたしの嗅覚!!

「くんくんくん。うん、こっちね」

だからわたしは、こうして藪《やぶ》の中で鼻をひくつかせて進む。

そして、そのおかげか、言われたとおりに温泉の匂いは微《かす》かだけど漂《ただよ》ってきていた。

「よしっ！　温泉漫遊記にかいてある通りだわ。卵の腐《くさ》ったような、温泉の匂い」

好蔵さまいわく、硫黄泉《いおうせん》特有の硫黄臭《いおうしゅう》。

あまり心地よい香りではないけれど、これと同じ匂いを頼りに好蔵さまが温泉に行きついた事実を知っているわたしには、その匂いですら愛おしい。

わたしはまだ見ぬその秘湯に、想《おも》いをはせる。

もうすでに、心は湯の中にいると言っても過言でない。

「絶対にたどり着いて見せますよ、好蔵さま！」

あきれるコハクの視線をよそに、そう呟いたその時、わたしの目に、微かに湯気の様な物がうつった。

「あ、あれじゃない⁉」

発見と同時に走り出す！　あこがれの、聖地に向かって！

と、その時、後ろでコハクの声が聞こえた。

「ダメです！　お待ちください！」

「え？」

その真剣《しんけん》な声に慌《あわ》てて振り返る。と次の瞬間《しゅんかん》背後から、女の人の声が聞こえた。

「誰だ、貴様」

身体がブルリと震える。感じたことはないけれど、これはきっと……殺意。

前を見ると、コハクが蒼白《そうはく》な顔で身を伏《ふ》せ、それでいて小さな声で「動かないでください」と声を出さずに口パクで伝えてきた。

「誰だと聞いている！」

さっきより鋭《するど》い声。助けを求めてコハクを見ると「名乗ってください」と小声で再びつぶやいた。けど……。

無理、肺が固まって、息吸えないもん。

「名乗らねば、命はないぞ！」

無理無理無理無理、声なんかでない。

「一線は退いたとはいえ、このオーヘンデック、まだまだ戦いを忘れたわけ……」

「オ、オーヘンデックさま!!!」

声出た。思いのほか大きめに出た！

だって、今、オーヘンデックって名乗ったんだもん。

わたしは身体の緊張《きんちょう》もすっかり解け、全力で声のした方へ振り向く。

と、その時、風のような速さでコハクがわたしのすぐそばを通り過ぎるとわたしの視界を遮《さえぎ》って立ちふさがった。

「ちょ、コハク邪魔《じゃま》！」

この大事な時に、馬鹿じゃない！

せっかくの感動の対面を台無しにしたコハクの身体を、わたしは実力行使で撥《は》ね退けようとして触れた。その時だ。

『バチッ』

触れようとしたわたしの手とコハクの身体の間に、黄金色《こがねいろ》の火花が走る。

「痛いっ」

「お嬢さまはそこにじっとしていてください」

言うが早いか、コハクはその黒い髪《かみ》を逆立てて「シュー」っと白い息を吐《は》いた。

「ちょ、ちょっとコハク、やめなさいって！」

その様子を見て、コハクの身体に隠れて見えないオーヘンデックさまは「うむ、忠義な子だ」と小さくつぶやき、続けた。

「ほら、早く名乗らないと、貴方《あなた》の仲間が暴走してしまいますよ」

「え、あ、わ、わたしはこの子の主人で、あの……」

……ううん違う、そうじゃないな。

「わ、わ、わたしの名前はコハル・テラ・テリソート。またの名を香る湯の華3世。人呼んで悩殺の好蔵ハンター六十四歳絶賛家出中である！」

そう、やはり名乗りはこうでなきゃね。

すると、その名乗りを聞いたオーヘンデックさまは急に「ふはははは」と高笑いすると、大声で叫《さけ》んだ。

「そこの人間、温泉に来て服を着ているとは何事だ、いいから服を脱《ぬ》いで全裸になりたまえ！」

ああ、こ、これは。これこそは、温泉道の基本中の基本じゃない。

じゃぁ、という事は。

「入ってもいいのですか！」

「いいに決まっている、早くこっちに来てはいりなさい」

「はい！」

わたしはそう答えると、コハクの背中に隠れたまま、一気に服を脱ぎ捨てた。

「はふぅぅぅ、これが繭玉の湯ですかぁ」

「そうです、これが繭玉の湯です。最高のお湯でしょ？」

「は、はい、そ、それはもう！」

温泉の強烈《きょうれつ》なリラックス効果、そして、今日の前にいる女神《めがみ》さまのように綺麗《きれい》なオーヘンデックさまの姿が呼び覚ます緊張。その狭間《はざま》で、わたしの心は忙《いそが》しくうごめいている。

盛大《せいだい》に、もぞもぞしている。

だ、だって、あの族長オーヘンデックさまなんだよ。

憧《あこが》れ中の憧れなんだよ！

「あなたの事はデリュートさんから聞いていたのですよ、実は。でもまさか本当に匂いで辿《たど》り着くとは思っていませんでしたけどもね」

ああ、デリュートさんさすがです！　大感謝です。

「そちらのエルフも、なかなかの忠義でしたよ。同じエルフとして誇《ほこ》りに思います」

そう言うとオーヘンデックさまは、わたしとコハクの間にするすると割《わ》り込み、そして二人の頭を撫《な》でた。

「今日ここでのことは絶対に内緒《ないしょ》です。でも、二人を歓迎《かんげい》します」

あああ、これは夢なんだろうか。今わたしは憧れの繭玉の湯につかり、同じく憧れのオーヘンデックさまに頭を撫でられている。

やばい、幸せすぎて死にそう。

好蔵さまの足跡をすべてたどるまでは死んでも死ねないけど、いまなら一度くらい死んでもいいかもしれない。

……って、ああ、わたし、意味わかんない。

「あ、ありがとうございます、オーヘンデックさま」

「いいのです、ただ、あなたがここに来たいきさつを、少し私にも話していただけませんか？」

「いきさつ……でございますか？」

「ええ、例えばその、本の事とか」

あ、なるほど。全然お安い御用《ごよう》です、オーヘンデックさま！

わたしは心中でそう叫ぶと、わたしがいかに好蔵さまを尊敬しオーヘンデックさまに憧れているかを熱っぽく交えながら、全てのいきさつを話した。

そんな中、コハクはのんびりと湯につかって、間抜け顔《まぬ》をさらしている。

もう、オーヘンデックさまの前でそんな顔さらさないでよね！

「と、言うわけです、オーヘンデックさま！」

「なるほど……従者の一人が書いた温泉漫遊記ですか……」

オーヘンデックさまは感慨深げにそうつぶやくと「読みたいような読みたくないような、ですね」と一言付け加え、複雑な表情で微笑《ほほえ》んだ。

そして、そのまま、ちょっと首を傾《かたむ》けながら尋《たず》ねた。

「繭玉の湯の事を他の人には話しましたか」

「いいえ、デリュートさんだけです」

「そうですか、ではこれからも内緒にしていていただけますか」

「もちろんですとも！」

オーヘンデックさまの頼《たの》みを、わたしが断わるはずがない。

でも、ちょっとだけ不思議。

「あ、あの、オーヘンデックさま」

「なんです？」

「なぜここだけ禁足地になさっているのですか？　温泉道の精神から行けば、こんなお湯を禁足地にするなんて……」

言い出しにくい雰囲気《ふんいき》だったしオーヘンデックさまの気分を害してしまうのも嫌《いや》だった。

それでも、わたしは好蔵さまに憧れて温泉道を突き進《すす》むもの。

温泉に関する質問に、躊躇《ちゅうちょ》はない。

「ふふふ、あなたは本当にハンター様みたいですね」

ハンター様。その言葉に胸がキュッとなる。

だってわたしは、オーヘンデックさまと好蔵さまのロマンスを、本で知っているから。

「その顔つきからすると、その本には本当に余計な事も書いてあるようですね」

そう言うとオーヘンデックさまは少し顔を赤らめて、そして、なぜここを禁足地になさっているかをゆっくりと語った。

「あなたの言う通りです、きっとハンター様なら私をお叱《しか》りになると思います。でも、私は、ここだけは変わってほしくない。そう、思っているのです」

「変わってほしくない？」

「ええ、ハンター様のおかげで、このエルフの郷はあのころからは考えられぬほどの繁栄を極《きわ》めています。街道《かいどう》は整備され、沢山《たくさん》の温泉宿は繁盛《はんじょう》し、あの稲荷湯だって、できたころよりずいぶん立派になった」

そうおっしゃると、オーヘンデックさまは、ゆっくりと空を眺《なが》めた。

中天に輝《かがや》く月が、その美しい顔を銀色に照らし出す。

「もちろんそれは、とてもうれしい事です。ハンター様の残された足跡であることもそうですが、元とはいえ族長だった私がそれを喜ばないはずはありません、しかし」

オーヘンデックさまは目を伏せる。

「この郷が繁栄すればするほど、ハンター様との思い出の景色が、どんどんと消えていきました」

変わりゆく郷。

それは変わってほしくないモノ失くしたくないモノ、そのすべてを、繁栄のもとに消し去って変わっていく。

「だから私は、ここだけはあの頃《ころ》のまま、何一つ変わらずとっておきたかったのです。この世でただ一つの、ハンター様の自宅である、この繭玉山荘だけは」

え、何一つ変わらず？

「じゃ、じゃぁ、ここは好蔵さまがいらした時と何一つ変わってないのですか？」

「ええ、まったく。すべて、あの頃のままです。今でも、湯気の向こうにハンター様がいらっしゃるような、そんな気がするほどに」

な、なんてことなの！

「はぁぁぁぁ、こうぞうさまぁぁ」

今わたしの見ているこの景色は、あこがれの好蔵さまが見ていたものと全く同じ。

わたしは、その感動に全身を射貫《いぬ》かれ湯の中で脱力した。

「ふふ、あなたは本当にハンター様に憧れているのですね」

「は、はい。もうそれは、神の如くに」

わたしがそう言うと、オーヘンデックさまは少し微笑まれてそして続けた。

「でも、ハンター様は、温泉のこと以外はからっきしダメ男でしたよ」

へ？

「そうなんですか⁉」

「ええ、特に女性に対する免疫《めんえき》に関しては、そこいらの子供みたいでした」

そうおっしゃると、オーヘンデックさまは懐《なつ》かしげに微笑まれた。

「でも、そんなところがたまらなく可愛《かわい》くて、そして素敵な方でした」

と、オーヘンデック様はわたしの目を覗《のぞ》き込み、その美しい手のひらでわたしの頰《ほお》を挟《はさ》んで、おどけたようにおっしゃった。

「どうせ余計な事が書いてあるその本を読んだあなたには、いろいろ隠しても無駄《むだ》でしょうからね」

そうか、あのロマンスは、本の中だけじゃなかったんだ。

「はい、でも、わたしがその時代にいたら、わたしも同じ気持ちになったかもしれません」

ううん、かもしれないじゃない。きっと、きっとそうなってた。

絶対に、好きになってた。

「かもしれませんね。ところで、この後あなたはどうするのですか」

恥《は》ずかしかったのか、オーヘンデックさまはそう言って話を変えた。

「もちろん、好蔵さまの足跡をたどって旅をします」

「そうですか、では、最後の夜、ハンター様に送ったのと同じ言葉をあなたに差し上げましょう」

そうおっしゃると、オーヘンデックさまはゆっくりと目を閉じ、わたしの頭を撫でた。

「旅の無事、お祈《いの》りしています」

その手の温《ぬく》もりに、優しい声に、心が音を立てて震えた。

ああ、今わたしは、わたしの愛した夢のお話の中にいる。

わたしの理想の中で息をしている。

「ありがとうございます、オーヘンデックさま」

わたしは、深々と頭を下げた。

「で、次はどこへ」

「はい、もちろんエルトレス吸血公爵《こうしゃく》領ラトレニア公国です」

そう、だって好蔵さまはエルフの郷の次はそこに行かれたのだもの。

「そう、あそこはなかなか一筋縄ではいかない国ですから、気を付けるのですよ」

任せてください、オーヘンデックさま。

オーヘンデックさま直々の祈りを頂いて、不安なんてあるはずがないのですから。

待ってろ吸血鬼《きゅうけつき》の国！

ふやけるほど、温泉に入ってやるんだからね！

第二章　異世界名湯選の二
ヴァンパイアの湯

効能その一　泥《どろ》の湯と囚《とら》われの一行

「なぁ主さん、ほんまこれで入り方おうてるん？」

「うむ、そうやっていれば肌《はだ》がきれいになる」

「ほんまかいな」

繭玉《まゆだま》さんはそう言いつつも、充分《じゅうぶん》に明るい月明かりの下、せっせと泥をすくって顔に塗《ぬ》りたくる。

「しかし、よい温泉が転がっていたものだなぁ」

わたしもまた、そんな繭玉さんを見ながら腕《うで》に泥を塗りこんでいた。

そう、わたしはいま泥湯につかっているのだ。

街道から少し入ったところ、藪をかき分けて出てきた先の河原の一角から湧《わ》き出す泥の温泉。エルフの郷《さと》と違い森のど真ん中というわけではないが、それでいてやはり自然豊かな河原の雰囲気。

なかなかのロケーションだ。

「まったく、主さんの嗅覚には恐《おそ》れ入るわ。街道を歩いてる最中に突然叫《とつぜんさけ》び始めて、いきなり藪に入っていくもんやから、なんや思たわ」

何を言うか、むしろこの鼻を突くような濃い硫黄臭に気付かない方がおかしい。

ちなみに硫黄臭とは、日本古来の言葉で「硫化水素《りゅうか》」の匂いを言う。

昨今この硫黄臭という言葉に対して「硫黄《いおう》は無臭《むしゅう》だ」と無粋《ぶすい》なツッコミをなげかける奴《やつ》がいるそうだが、そういうやつは空気の匂いだけに『空気が読めない』奴なのだろう。

温泉とは風情《ふぜい》も大事なのだ、そこに無粋な小理屈《りくつ》など不要。

って、ま、そんなことはどうでもいい。

「こうして沈殿《ちんでん》した硫黄成分はな、温泉成分で粒子《りゅうし》が細かくなった鉱石とまじり泥となる。そしてその泥にはいわゆるスクラブ効果があって皮膚《ひふ》の汚《よご》れを取り除くのだ。しかも天然のスクラブは肌に優しく、さらには、硫黄分《いおうぶん》は肌の保湿《ほしつ》にも効果があるとも言われている。その他にも美白効果や紫外線《しがいせん》による日焼け防止効果などもあるとされ、お肌にはいいことずくめなのだぞ」

しかも切り傷や皮膚病《ひふびょう》にも効けば婦人病、生活習慣病にも効果があると言われている。

ま、心でつぶやいた方の効能は繭玉さんにはあまり興味ないのだろうが、これに普通《ふつう》の温泉効果も加わって、硫黄泉の泥湯は温泉マニアなら垂涎《すいぜん》の温泉なのだ。

「そか、それはせっせと塗りたくらなあかんな」

藺玉さんはそう言うと、嬉《うれ》しそうに泥パックに専念する。

うむ、これほど効能確かな温泉だ、その貪欲《どんよく》さ、悪くない。

とはいえ、だ、残念ながら、天然の薬用泥パックの湯とでもいうべきこの泥の硫黄泉も、どうやら天然ボケの治療《ちりよう》にはまるで効果がないようで……。

「藺玉様！　見てください、ほら、彫刻《ちようこく》!!」

やや広めのこの温泉の対岸で、リリウムは全身に泥を塗りたくり、なんだかわけのわからないポーズを決めている。

「わかったわ、あんたボケに手間暇《てまひま》おしまんタイプやなぁ」

泥を塗りたくり全身灰褐色《はいかつしよく》となった身体で両手にガッツポーズを作って胸を張るリリウム。その、馬鹿っぽい姿。

この湯についてすぐ、全身泥を塗った女性の裸《はだか》はそれだけで美しいものであろうなぁ、などと、温泉道を進むものにあるまじき、かつ、男としてまっとうな予想を抱《いだ》いた数分前のわたしに、この徒労感を教えてあげたいくらいだ。

「ご主人さまも、ほら、ほら。いきますよ！　はい！　エルフっぽいゴブリン！」

そう言ってリリウムは手槍《てやり》をもって襲《おそ》い掛かるゴブリンをまねて静止する。

泥まみれの全裸《ぜんら》の姿で。

片足を高く掲《かか》げて。

うむ、どう見ても、エルフっぽいゴブリンではなく、馬鹿っぽい露出狂《ろしゅっきょう》のリリウムだ。

それ以外には見えん。

「ああ、わかったわかった、リリウムはすごいなあ」

付き合ってられん。

いくら見惚《みと》れるような肢体《したい》を持ったリリウムの、さらに全身の凹凸《おうとつ》が裸より強調された泥まみれの姿でも、もうアレではただのギャグである。

温泉で堪能《たんのう》したいものではない。

わたしはゆっくりと首を横に振《ふ》り、リリウムから視線をそらした。

そしてそのまま、ゆっくりと泥湯に浸《つ》かり、その温泉らしい硫黄臭を発するお湯の湯触りを楽しみながら、すぐそばに流れる川の存在に、大きく一つ頷いた。

「薬効高き硫黄泉の泥湯、その近くに川が流れているとは、まさに天の配材だな」

全国的に、温泉のイメージと言えば硫黄臭といった具合に人気が高く数も多い硫黄泉だが、一つだけ忘れてはならない重要なポイントがある。それは薬効の高さゆえの留意点。

あまり長く浸かったり、湯上りにそのままにしていると肌が荒《あ》れるという点だ。

つまり、上がり湯。もしくはかけ水をする必要がある。

普通の温泉であるならば、温泉の薬効を洗い流すなど愚《ぐ》の骨頂なのであるが、硫黄泉、特にここまで濃厚《のうこう》な泥湯ともなれば、風呂《ふろ》上りに体を流す水は必須《ひっす》。

「この異世界の神は、本当に温泉好きのようだな」

「なんや、どういう事や」

今度は、王都にあるらしい有名なプデーリ神像の真似《まね》を必死でやっているリリウムを無視して、繭玉さんはこっちに来ながら話しかけた。

「ふむ、この世界の温泉がな、温泉好きが、こんな温泉がこんなロケーションであったらいいなぁ。と思うようなセッティングで存在するという事だよ」

「せやろか、どんな状態であっても、主さんは喜ぶ思うねんけどな」

たしかに。

わたしは、繭玉さんの非常に的を射た言葉に苦笑《くしょう》するしかなかった。

「そう言えば繭玉さん、目的の場所はもうすぐなのだな？」

「せやな、族長さんの話とリリウムの記憶《きおく》を頼りにすれば、多分もうあちらさんの領内には入ってるはずや」

そうか。

わたしは温泉の縁《ふち》にもたれ目をつむる。

するど、顔を灰色にした藺玉さんが、いつものように足の間に収まった。

「藺玉さんは吸血鬼というモノをどう思う」

「さぁなぁ、おうたことないから何とも言えへんけど、もし主さんのいた世界の吸血鬼と同じもんなら、あんまり友達にはなりたないタイプやな」

うむ、まぁそうだよな。

とはいえ、有言10支族王であるルイルイから頼まれた願い事とは、その吸血鬼の公爵の娘《むすめ》、つまりは公女にかかわること。しかも、わたしたちが目指している場所はその公女の住む宮殿《きゅうでん》なのだ。

そして、そこにヒュデインが、つまり温泉が絡《から》む。

「わたしも吸血鬼というモノについて少し悩《なや》んでいてな」

「せやな。やっぱちょっとおっかないところはあるな」

「いやそうではない、吸血鬼は温泉を喜ぶものだろうかと思ってな」

「そこかい、ほんま主さんの頭には温泉しかないな」

何を言うか、重要なポイントではないか。

温泉の効能の第一は、それがどんな温泉であろうと、温浴効果、つまり血行促進《そくしん》だ。

しかしわたしの記憶をたどれば、吸血鬼は人の血を吸うアンデッド。ルイルイから頼まれた時は温泉という言葉に惹《ひ》かれて即決《そっけつ》で引き受けてしまったが、果たしていったん死んでいるだろうアンデッドは血行促進を喜ぶのだろうか？

そもそも、健康になっていいのだろうか？

「健康ではつらつとしたアンデッドというモノがどうもしっくりこなくてな」

「あほか、そんなんおったらわろてまうわ。ほんま主さんは変なところ律義やからおもろいわ」

「そうか」

「せやで、だいたいヴァンパイアゆうても、この世界の主だった種族に数えられてんねんで？　うちや主さんの常識にあるそれとは、すこしちごてると考えるのが普通やろ」

たしかに、アンデッドが一つの種族としてこの世界を構成するモノに数えられていると は考えづらい。

「そりゃ吸血鬼やいわはる以上、血を吸わはるんやろから怖《こわ》さもあるけど、少なくとも交流できる種族や、あんまり気にすることちゃう思うねんけどな」

なるほどな。

言われてみれば、政治的にとはいえ他種族とある程度仲良くしているヴァンパイアだ、話も通じるだろうし、価値観もある程度共有できると考えるべきなのだろうな。

命があり、言葉が通じ、価値観が共有できる。ならば、温泉道の布教に問題はない、気がする。

そうであってほしいものだ、な。

繭玉さんの説明に納得《なっとく》し、ふと目を開けると、繭玉さんはいつものように足をぷかぷかと浮《う》かべていた。

ただ、いつものようにとは言ったが、実はいつもより、もっと大胆《だいたん》に水面に浮かんでいる。これは、この温泉の比重が高い証拠《しょうこ》なのだろうが、そのせいでへそから下が完全に水面から外に出ているのだ。

これでちゃんと浸かっている気分に成るのだろうか？

ま、温泉の入り方は人それぞれ、本人がいいならいいのだろうが、少し風邪《かぜ》を引きそうな気もする。

わたしは繭玉さんの下半身にゆっくりと湯を送りながら、再び目を閉じた。

「ふうう、旅の疲《つか》れが吹《ふ》き飛ぶな」

エルフの郷を発《た》って今日で３日。

終始ポマ車に揺《ゆ》られていたとはいえ、やはり疲れは隠せない。そして、こんな風に疲れている時の温泉は、本当に格別だ。

温泉に入るためにわざわざ疲れたいと思えるほどに、だ。

「ふうううう」

快楽に包まれ、わたしはしみじみと息を吐きだす。

と、いきなりリリウムが不服そうに叫んだ。

「ちょっと、藺玉様もご主人様も、目を閉じたらわたしのプデーリ神像が見えないじゃないですかぁ」

みたくないです。

「ちょっと黙《だま》って浸かっていろ、リリウム。温泉で騒《さわ》ぐなといつも言っているだろう」

泥湯などという、確かにちょっとテンションの上がる温泉に巡《めぐ》り合えたことで少々のはしゃぎぶりは勘弁《かんべん》してやろうと思ったわたしが甘《あま》かった。

「ほんま、リリウムは無邪気《むじゃき》やな」

「うむ、いい所でもあるんだが、あいつのは少々度が過ぎている」

そう言葉少なに会話を交《か》わして、再び心を落ち着かせる。

遠くでリリウムの「いいですよーだ、これで髪《かみ》の毛《け》を固めて新しい髪型作るんだから」

というふてくされた声が聞こえてくる。

ま、おとなしくしていれば何をしてもかまわんのだが、この泥を髪の毛に塗《ぬ》ったらあとで笑っちゃうほどキシキシするんだがな。教えないでおこう。そっちの方が面白《おもしろ》い。

と、繭玉さんがわたしの足の間で、ピクリと動いた。

「どうした？」

「いや、気のせいや思うねんけど」

そう言うと繭玉さんは、懸命《けんめい》に作業に没頭《ぼっとう》するリリウムに尋《たず》ねた。

「なぁリリウム、今人の気配がせえへんかったか？」

問われてリリウムは、灰褐色の顔面とウニのごときツンツンを放射状に伸《の》ばした髪型でこちらを向き、答えた。

「いいえ、いないと思いますよ」

真剣な表情と髪型のコントラストが、笑いを誘《さそ》う。

「ぐふっ。やめやもう、それ、わろてまうって！」

「え？　いいでしょ！　こうなんか元気な感じで！」

「せやな、すこぶるあほな感じじゃ」

「えええええ」

ふ、リリウムの天然ボケもここまで突《つ》き抜《ぬ》けてくると、若干《じゃっかん》好感が持てるからおかしい。

というか、あの髪形《かみがた》を、笑いをとるという目的以外で完成させたその感性は、ある意味芸術家の才能を持っているのかもしれない。

ま、それはないか。

「で、人の気配の方はいいのか？」

「ああ、せやな、ああ見えてリリウムは常に周りの気配を察知する魔法《まほう》をかけてはるらしいから、リリウムに何の反応も感じられへんなら、うちの気のせいやろ」

なんだと、それは初耳だ。

「そんなことを、あのリリウムがしているのか」

あの、ウニ頭が。いろんな意味で、ウニ頭が。

「せやで、周辺の気配を察知する魔法。弱い魔物《まもの》に対して警戒《けいかい》を促《うなが》す魔法。あと、真の闇《やみ》でもうちら三人はある程度視界が開けるようになる魔法。それと、主さんには特別に軽い防御《ぼうぎょ》魔法もかかってるで」

「ほぉ、実はリリウムはすごいのだな」

「それはうちやのうて直接リリウムに言うてやりや、よろこぶで」

うむ、だが。

先程《さきほど》の忠告も忘れて、ウニ頭のまま見えない敵にファイティングポーズをとっているリリウムにそんな言葉はかけたくない。

「ま、今のアレにはむつかしいやろけどな」

繭玉さんの言葉に、わたしと繭玉さんで声をそろえて苦笑する。

「しかしまぁ、温泉から上がってゆっくりしたら誉《ほ》めてやろう。性格的な面を考慮《こうりょ》しなければ、あの族長の妹だ、優秀《ゆうしゅう》なエルフなんだろうからな」

「せやで、初めて会った時の戦闘《せんとう》でも、もうちょいでうちが本気を出しそうになったしな」

「それは暗に自慢《じまん》だな」

「ちゃうな、ダイレクトに自慢や」

繭玉さんらしい。

わたしはそう心中でつぶやき、もう一度そんなリリウムを見た、その時だ。

――ピュゥ！

どこからか、鋭い風切り音が聞こえ「あっ」と小さく叫んだリリウムが、そのまま温泉の湯の中に横ざまに倒《たお》れた。

「リ、リリウム？」

突然《とつぜん》の事に、わたしの身体《からだ》は硬直《こうちょく》する。

しかし、繭玉さんは、その瞬間に温泉の縁に飛び上がり、尻尾《しっぽ》と耳の毛を逆立てて叫んだ。

「だれや！」

そんな藺玉さんの叫ぶ声と同時に、またしても聞こえる風切り音。

――ピュピュゥ!!

しかも、今度は二つ……だ……。

首元に感じる、冷たいようなチクリとした痛み。

「主さ……ん」

藺玉さんの声が……遠のく。

そして世界は、暗黒の中に包まれて、消えた。


「ドド様、こいつら一体どういたしますか？」

「そうだな、とりあえず意識のないうちに縛《しば》り上げておこう。明らかに運動不足の男と、ちびっ子はいいとしてもエルフは厄介《やっかい》だからな」

ジメッとした湿気《しっけ》が濃《こ》く漂《ただよ》う暗い洞窟《どうくつ》の中。

ドドと呼ばれた中年の男が、暗闇《くらやみ》に横たわる三人を見下ろしながら、若い、下《した》っ端《ぱ》感丸出しの男にそう、重々しく答えた。

「ドドさん大丈夫《だいじょうぶ》、エルフの魔力《まりょく》はここでは使えないわ」

「姫様《ひめさま》、それは、その宝珠《ほうしゅ》の力で？」

姫と呼ばれたのは、豊満な肉体に扇情的《せんじょうてき》な装《よそお》い、褐色《かっしょく》の肌をつややかに揺らすダークエルフの女。手には揺らめくような紫紺《しこん》の光を発する宝珠のついた杖《つえ》を携《たずさ》えている。

そのおかげで、かろうじて表情を読み取ることができる。

「姫様はやめてください、私はあなた方の種族でも、ましてや姫でもありません」

「し、しかし……」

「お願いします。それより、この者たちが私の探知にかかった者たちなのですか？」

少し面倒臭《めんどうくさ》そうに頭を下げたダークエルフの女。その所作、動き、どことなく品が漂っている。

きっと、姫と呼ばれるのにふさわしい身の上なのだろう。

この場にいる者たちの首魁《しゅかい》であろうドドの恭《うやうや》し気《げ》な態度からもそれが読み取れる。

ただ、当のダークエルフの女はそんな扱《あつか》いを心底嫌がっているようではあるが。

「はい、間違《まちが》いありません」

「で、どうしてこんなところに寝《ね》かせているのです？」

「いや、まぁ、皆《みな》の前で大っぴらにできることではありませんから」

ドドの言葉にダークエルフの女は「そうですね」とだけ答える。

そして、その紫紺に輝く宝珠をエルフの顔に近づけると、じっとその顔を見つめ、続けた。

「ドドさん」

「はっ、ひめ……えっと、ディーネ様。何でございましょう」

とっさに出てしまった。

というより、わざとらしさを隠《かく》しきれないその言い間違いに、ディーネと呼ばれたダークエルフは少し顔をしかめ、それでもスッと無表情に戻《もど》って言った。

「ドドさん、このエルフ、ちょっと尋常《じんじょう》ではないほど強い力をもっています。きっと西のエルフの中でもかなり有力な種族の娘であることは間違いありません」

「お知り合い……ではございませんか？」

「残念ながら、このくらいの女性であればひとり存じておりますが……エルフはどちらかといえばみな似た容姿のモノが多い上に、わたしの知っているその人はこのような旅に出てこられる身分ではありません。それにこの泥だらけの姿では判別がつくはずもありませんし」

「そう、ですか」

落胆《らくたん》するドドを尻目《しりめ》に、ディーネは続ける。

「あの高慢《こうまん》ちきな人間の娘、有言10支族王がまさかエルフの手を借りているとは思いませんでしたから、少し意外な気がしたのですが、でももし西のエルフが一枚噛《か》んでいるとしたら、かなりまずい」

「まずい、といいますと?」

ドドの問いに、ディーネはただ「この件に参加する種族、が、ですよ」とだけつぶやく。

と、なにかに気付いたのかドドもまた「ああ、たしかに」と顔をしかめた。

「しかし、我々は止まれません」

「ええ、わかっています。で、ドドさん、この人達をどうする気なのですか」

「そんな物、決まっていますとも」

そう言うとドドは、その端正《たんせい》な顔を歪《ゆが》めて低い声でささやく。

「全員、行方《ゆくえ》不明になっていただきますよ」

言いながらドドは、腰《こし》の鞘《さや》から青白い光を放つ短刀を抜く。

その様子に、ディーネは深くため息をついた。

「どうしても、ですか」

「はい、先程ディーネ様もおっしゃったじゃないですか、この争いに西のエルフが加わるのはまずいと」

「ええ」

「だったら、参加していないことにすればよいのです。最初から、ね」

ドドの言葉に、ディーネは露骨《ろこつ》に顔をしかめる。

しかし「まあ、たしかに、その方が被害《ひがい》も影響《えいきょう》も……」と小さくつぶやいているあたり、その方法が最良であるという現実に行き着いているのだろう。

「ただ、できるのですか、そんな都合のいいことが」

「ええ、ご存知《ぞんじ》のとおり、この者たちはあのスェリ……えっと、エルフはなんと言ってましたかね？」

「ヒュデイン、ですか？」

「そうそう、あの泥のヒュデインの中に裸でいたのです、あれはどう考えても尋常ではなかった」

そう言うとドドは、中でもひときわ小さな体の頭の上に立つと短刀を逆手に握り、切っ先をその幼い裸身《らしん》に向けた。

「我々としては不本意ですが」

ドドはそう前置いて続ける。

「この3人は、エルフにとって忌避《きひ》の対象であるヒュデイン、それもあの泥のヒュデインの呪《のろ》いにかかって野垂れ死んだ。そういうことにしておきましょう。もっていた荷をあの周りに撒《ま》いておけば、そのうち誰《だれ》かが見つけてくれるでしょうしね」

ドドの言葉に、ディーネは答えることも頷《うなず》くこともなくただ小さく「ふぅ」と息を吐《は》いた。そして、ドドのかまえる短刀の切っ先の延長にある、幼い少女の顔に紫紺の光を放つ宝珠を近づける。

宝珠に照らされたその顔は、幼子のように見えた。

「幼いようですね、侍女《じじょ》でしょうか？」

言いながらディーネは、ゆっくりとその全身を照らしていく。

幼い顔立ち、白くほっそりとした少女の裸身。そして……モッフモフのしっぽ。

と、次の瞬間《しゅんかん》、ディーネは「ヒィッ」っと小さな悲鳴を上げた。

「どうなさいました？　ディーネ様！」

ドドは、いきなり悲鳴を上げたディーネを見つめる。

しかし、ディーネは答えない、ただ小さな声で「まさか、そんな、眷属《けんぞく》……なの？」と、つぶやきながら後ずさっていく。

その様子に、今度はドドが驚愕《きょうがく》の表情を浮かべ、即座《そくざ》に叫《さけ》んだ。

「皆でまずその幼子をやれ！」

「ダメです！　ドドさん！」

猛然《もうぜん》と短刀を振り上げるドド、そして、それに続くように大勢の男達が躍《おど》り出た。

「やめて！　だめっ！」

ディーネの声が洞窟にこだまする。

と、その声に反応したのか、ちびっ子の頭に生えている大きな耳がピクリと動いた気がした。


潮時、だな。

『繭玉様、お目覚めのようです』

『そう、じゃあもういいわ帰ってらっしゃい』

『はっ、御意《ぎょい》』

直後、音もなく洞窟の天井《てんじょう》に張り付いていた一匹《ぴき》の蜘蛛《くも》が消えた。

そして、その数秒後、洞窟内《どうくつない》に惨劇《さんげき》の嵐《あらし》が吹き荒れることとなる。

「で、これはいったいどういうわけなのですかな？」

岩肌《いわはだ》のごつごつとした洞窟の中に、突如《とつじょ》現れた、神殿《しんでん》のように整備された空間。

青白い燐《りん》の炎《ほのお》が揺らめき、その場にいる者の影《かげ》を岩肌にゆらゆらと映し出している。

「あ、あの……それは」

そんな怪《あや》しい地下宗教のアジトのようなところで、わたしは居並ぶヴァンパイアたちのぼっこぼこにへこまされた青痣《あおあざ》だらけの顔を睨《にら》んで……いや憐《あわ》れみながら見つめていた。

そう、わたしが目を覚ましたときには、すでにこんな状態だったのだ。

あの泥湯で昏倒《こんとう》させられた後、ここに連れ込《こ》まれるや否《いな》や、脅威《きょうい》の回復力で意識を取り戻した繭玉さんによって、われわれを襲ったこのヴァンパイアの集団はもうそれは見るも無残な事になっていたというわけで。

目を覚ました時、どや顔の繭玉さんと死にかけのヴァンパイアを目の前にしたわたしの驚《おどろ》きったらなかった。

「主さんが尋ねとるやろ、はよ答え！　でもな、返答次第《しだい》によってはうちが容赦《ようしゃ》せえへんで！」

「ひぃぃぃぃ」

怯《おび》えるヴァンパイア。いったい繭玉さんに何をされたのだろうか？　非常に気になる所だが、まぁこの先も知らない方がいい気がする。

「じ、実は、私どもと敵対しております領主一族が有言10支族王に助勢を頼《たの》んで、その結果、手練の助《すけ》っ人《と》を呼んだと聞きましたので」

ああ、まぁ間違ってはいないな。

ただ、ルイルイに頼まれたのは、そんな血なまぐさい話ではなかったがな。

「それでうちらを襲ったんか！」

「は、はい、すいません、もうしません、すいません、このとおりです」

目の前に居並ぶ数十名のヴァンパイア。

見た目は別に普通の人間で西洋人っぽい顔つきだが、まさにヨーロピアンといった顔つきだったエルフと違《ちが》い、どこか中央アジア的な趣《おもむき》もある。

前いた世界で言うとロシア人っぽいのかな？　髪《かみ》は黒髪《くろかみ》だ。

ただやはり牙《きば》がある所を見ると、血を吸うんだろうなぁ、とは思う。

「そんな事より、なんで私の魔法探査に引っ掛《か》からないんですか？」

へこへこと頭を下げるヴァンパイア代表にリリウムは不服そうに聞いた。

先程からずっとその件でプライドを傷つけられていたようで、同じことを小声でずっと呟《つぶや》いていたのだ。

「は、はい、それはこれです」

差し出されたのは濃い紫色《むらさきいろ》の魔石《ませき》。それを見てリリウムは驚嘆《きょうたん》の声を上げた。

「こ、これ。ダークエルフの魔石じゃないですか！　しかも売ったりしない類の!!」

ほぉそうなのか。

「ちょっと、それかして！」

リリウムはそう言うと、ずかずかとヴァンパイアに近づきその魔石を取り上げた。

「やっぱり、紫 水晶《むらさきずいしょう》にダークエルフの呪いが籠《こも》ってる。対エルフ用に特化した、エルフの魔法だけを無効化するダークエルフの宝ですよ、これ」

そう言ってリリウムはわたしにそれを突き出して見せた。が、わたしにはそんなもの見せられても、その価値も意義も分からない。

それよりさっきから気になっていることがある。今すぐ聞いてみたいのだが、まさに怒《ど》髪《はっ》天を衝《つ》く勢いでお怒《いか》りあそばせている繭玉さんの手前、それもできない。

ただ気になる、ウズウズしている。

「ちゅうことはや、あんたらはダークエルフとつるんで領主一族と戦こうてて、しかもうちらがエルフとかかわりが強いいう事も知っててんな？」

うむ、そうなのだろうが、はっきり言ってもうそんなことはどうでもいいのだ。繭玉さん。はっきり言ってわたしの関心はもうそこにはないんだよ。

と、そんな具合にわたしがじれていると、神殿の入り口にあたる後ろの通路から声がした。

「お待ちください！　その件については私が説明いたします！」

振り向くと、そこには一人のエルフの女が立っていた。

しかしその髪は銀髪《ぎんぱつ》で、肌の色は褐色。これはもしかすると、ダークエルフなのか？

わたしがその辺りの事をリリウムに聞こうと振り返ると、リリウムは鬼《おに》の形相でその女を睨んでいた、そして。

「このぉぉぉエルフの面汚《つらよご》しめえええええ！」

普段《ふだん》からは想像もつかないような迫力《はくりょく》に満ちた怒声《どせい》を上げて杖を構える。

「やめろリリウム！」

「ええ、でもぉぉ」

エルフとダークエルフの軋轢《あつれき》については、エルフの郷で散々見聞きした。しかし、だ、わたしはそういう軋轢は好まないし、そもそもこんなとこで一戦おっぱじめられても困る。

それに、何度も言うが、わたしには聞きたいことがあるのだ！

「おい、そこのダークエルフ！」

「はっ」

「この近くにヒュデインがあるな？」

「へ？」

わたしの言葉に、繭玉さんがあきれはてた表情でため息をついた。

「主さん、こんな時まで温泉ですの？」

「当たり前だ、温泉の前ではほかの全ては些事《さじ》なのだ」

言うまでもないではないか、しかも、この焦《こ》げ臭《くさ》いような匂《にお》い……。

「は、ご、ございますが……」

「よし、話はそこで聞こう？」

「は、入られるのですか？　ヒュデインに⁉」

ふむ、そうか、エルフの郷で当たり前になっていたので忘れていたが、ここではそういうリアクションが正しいのだったな。

わたしがそう納得して、温泉道の講義をたれようとしたその時だ、ダークエルフは突然表情を明るくして言った。

「では、あの泥のヒュデインに入っていらしたのも、自らすすんでなのですか？」

「もちろんじゃないか」

「そうですか……てっきり、魔法除《まほうよ》けの偽装《ぎそう》をしているのかと思いましたが、そうなんですか！」

その喜び方に、わたしはこの世界に来て初めての喜びの気配を感じる。そう、前の世界ではしょっちゅう感じていた、あのなじみ深い感動の気配だ。

「もしかして、貴様、ヒュデインに入って楽しむことが出来るんじゃないだろうな？」

わたしの問いに、ダークエルフの女はニコリとほほ笑《え》むと。わたしの背後を指さした。

「ええ、ここはそういう所ですから」

そう言われて振り返ると、そこには青痣だらけでへこへこしていたヴァンパイアの男が胸を張って立っていた。

「我々はヴァンパイア領にあって呪いの湯を愛《め》でる、ランタータ教団なのです！」

よし、入信しよう。いや、わたしが教祖になろう。

「そうかそうか！　では皆でヒュデインに入るぞ！　準備しろ！」

「はっ、喜んで!!」

そう答えた途端《とたん》、生き生きと走り出したヴァンパイアの後姿を見送りながら、繭玉さんは感慨深《かんがいぶか》げだ。

「何ちゅう都合のいい展開や、主さんが、温泉に愛されてる言うのも、まんざら妄想《もうそう》とは思えんようになってきたな」

妄想なわけがあるか、相思相愛は確定的だ。

「なんか妬《や》けますね」

あほかこのド天然むすめ、温泉に妬くな。

そんな事より……さぁ、温泉だ！


「くぅぅぅやはりこれだなぁ……繭玉さん」

「せやなぁぁ、これやなぁぁぁ」

洞窟の最深部、その行き止まりと思《おぼ》しき広い空間の天井にぽかりと穴の空いた場所。その穴は外まで通じているのか、一カ所だけ陽光の降り注ぐ神秘的な光の真下にお目当ての温泉はあった。

しかもこれが結構広い。二十人は余裕《よゆう》で入れるような大浴場だ。

「しっかし、ほんまこの世界の神さんは温泉好きなんやろな」

「な、いっただろ。こんな竪穴《たてあな》の下に温泉を配置するなど、よく道理が分かっているとしか言えない」

そう答えてわたしは温泉の縁にもたれて上を見る。洞窟の中であるにもかかわらず、その上空は青い空。

なんという絶好のロケーションだ。

「あ、あのぉ、やはり裸にならねばいけないのでしょうか……」

ふと見ると、ダークエルフの女がもじもじと体を縮めて悶《もだ》えている。

「ふん、さすがはダークエルフ！　温泉で裸を恥《は》ずかしがるなんて遅《おく》れているんですね！」

ダークエルフの問いにそう答えたリリウムだが、この娘は自分が初めて温泉に入ったときのことをコロッと忘れてしまっているようだ。が、まぁ、よい。

「その通りだ、ダークエルフ。温泉では全裸が基本だ」

「は、はぁ、わかりました。あのそれと、わたしの名は、ディバイネス。ディーネとお呼びください」

その言葉に、リリウムが慌《あわ》てて割って入った。

「家族名を名乗らないんですか⁇」

リリウムの問いに、ディーネは申し訳なさそうに答える。

「は、はい、私はその、ダークエルフの郷《さと》を捨てたはぐれエルフですので……」

ほぉ、エルフにはそんな決まりがあるのか。

と、リリウムがその言葉を聞いたとたんに表情を柔《やわ》らかくし、ディーネに近づいた。

「そうかぁ、なぁーんだ、ダークエルフの郷とは関係ないんだ、もう、心配して損したじゃないですかぁ」

そう言うと、今度はまっすぐにディーネに向き直り、今度はリリウムが名乗りを上げる。

「私の名前はリリウム。西のエルフの族長オーヘンデック・リュ・ヒューメインの妹です」

すると今度は、ディーネが信じられないとでもいうような声を上げた。

「オーヘンデックの妹リリウム⁉　じゃ、じゃぁ、あのチビのリーちゃんなの？？」

「へ？　それって」

「おぼえてない⁇　ほら、まだ西のエルフと東のエルフが仲良しだった頃《ころ》、族長同士の交流会があったとき一緒《いっしょ》に遊んだじゃない！」

言われてリリウムは少し首を傾《かし》げ、そののち一度大きく身震《みぶる》いをすると、裸《はだか》のディーネに抱《だ》きついた。

「ディーちゃん⁉　久しぶり‼」

「うん、久しぶりだね！　って、リーちゃんもはぐれエルフなの？」

「うん、そうなんだよぉ」

「族長の妹なのに？」

「それ言ったらディーちゃんだって族長の娘じゃない！」

ああ、うんと、リリウム。

説明しろ。

なんとなくは、わかるんだけどな。

「ちょいリリウム、あんたばっかり盛り上がらんと、こっちにも紹介《しょうかい》してな」

ナイスだ繭玉さん。

「あ、そうですね、こちらの方は、東のエルフ、ダークエルフ族族長ドローブィン・ルルイン・エンダルトの娘。わたしの幼馴染《おさななじみ》の、ディーちゃんです」

ふむ、まぁそんな事だろうとは思っていたが、世界は狭《せま》いな。

「そうか、で、ディーネとやら、なぜ族長の娘でありながらはぐれエルフなんぞになっているのだ？」

「はい、実は私はヒュデインに魅入《みい》られた娘として、里を追われたのです」

なに？

「きっかけは、飼っていたウサギがヒュデインに落ちたのを飛び込んで助けたときでした。ダークエルフの郷には、エールの如《ごと》く泡《あわ》を出すヒュデインがありまして、私はそれ以来、そのヒュデインの肌《はだ》にシュワシュワする感覚が忘れられず、親の目を盗《ぬす》んで何度も……」

なんだと！　シュワシュワするヒュデインだと!!

「お、おい、ディーネ。その温泉は、いやヒュデインは熱いのか？」

「は、はい、ここと変わらないくらいです」

おいおいおい、ここと変わらないって、ここの温泉の温度は四十度はあるぞ！

「シュワシュワするんだな⁉」

「はい」

……なんという事だ、それは高温の二酸化炭素泉じゃないか。

一般《いっぱん》にラムネ湯などと言われる二酸化炭素泉は、温度によって内包される二酸化炭素の発泡《はっぽう》が促されて気化し、高温の物はほとんどシュワシュワなどしないのだ。

よって日本にある二酸化炭素泉の大半は冷泉。あっても、三十四度未満の冷温泉だ。

高温で温泉と呼べる二酸化炭素泉など一つ二つしか聞いたことがない。

「よし、ダークエルフの郷に行こう」

「は？」

「主さん、ルイルイとの約束はどないするつもりや」

うむ、そうだった……しかし……。

「これからも旅は続けるんや、あとの楽しみにとっとき」

ぐぬぬぬ、仕方ないか……。

と、わたしが温泉ハンターの使命と約束の重みとの間で板挟《いたばさ》みにあって苦しんでいると、どやどやと一団が温泉に現れた。

「おお、もうお入りでしたか、では、我々も」

そう言ってやってきたヴァンパイアの集団はみな、白い衣装《いしょう》を羽織っていた。元いた世界の感覚で行くとおじさんのホームウエア的な下着に見え、それはそれで露出度《ろしゅつど》は高いのだが、服は服。

予想通り、そのまま入ろうとする。

「またんかお前ら！　服を着て温泉に入ろうとするやつがあるか！」

わたしの言葉に、青痣のヴァンパイアがおののきながらも反論する。

「し、しかし神聖なスェリントに裸で入るなど」

く、宗教的理由というやつか、厄介な、しかし。

ゴリ押《お》しして申し訳ないが、こいつらはわたしに対して借りがあるはずだ。しかも、命を狙《ねら》って拉致《らち》したという結構デカ目の借りがな。

よって、容赦はしない。

「ならん！　脱《ぬ》がぬのなら入るな」

「し……しかし……」

悩《なや》むヴァンパイアに、繭玉さんがニコリとほほ笑んで話しかける。

「ええねんで、いややったらうちが優《やさ》しう脱がしてやるさかいに」

「結構です！　脱ぎます!!」

繭玉さんの言葉に、半狂乱《はんきょうらん》で服を脱ぎ始めるヴァンパイアの老若男女《ろうにゃくなんにょ》。

ま、結果オーライなのだが……。

繭玉さん、お前いったい何をしたんだ⁇

効能その二　温泉教団とヴァンパイアの危機

「ふひゅう、ところで、だ、お前たちランタータ教団とは何なのだ？」

ヴァンパイア領内地下洞窟。

謎《なぞ》の教団ランタータ教団の本拠地《ほんきょち》でいつものように温泉に浸《つ》かりながら、わたしは、全《ぜん》裸《ら》に不慣れなヴァンパイアにそう、問いかける。

たしか、ドメニク・ドメニク通称《つうしょう》ドドとか言ったか。

しかし、温泉教団のトップでありながら、全裸で入浴の心地《ここち》よさを知らんとは、まったく修行《しゅぎょう》が足りん。ふやけるまで堪能《たんのう》させてやる。

「は、はい、我々は神の出湯《いでゆ》スェリントに入ることで身を清め聖なる高みに上ろうとする者たち」

ほぉ。なかなかに良い心がけの教団だ。

「ヒュデインとは言わんのだな」

「はい、ヒュデインとはエルフの言葉ですので。ちなみにヴァンパイア領内ではボーデルンというのが普通《ふつう》です」

「それはどういう意味だ？」

「はい、ボーデルンは死の泉という意味です」

なるほどな、認識《にんしき》としてはエルフと同じという事か。

「ふむ、で、お前らはこの湯をスェリントとして大事にし、そして入浴も辞さないというわけだな……ならばこの湯の効能も、わかるのか？」

「もちろんです、この湯は身を清め神に至る道を開きます」

ああ、宗教になるとそうなってしまうのか……しかし、それはもったいない。

宗教的価値観にまで口をだすつもりはないが、この温泉に対してその認識では宝の持ち腐《ぐさ》れもいいところだ。

「まぁ宗教的にはそうだろうが、それではこの湯の良さの半分も認識できていないな」

わたしの言葉にドドさんは信じられないという表情で食いついてきた。

じゃっかん暑苦しい。

「な、なんと、それ以外にこの湯には神秘の力が備わっているというのですか？　そして、それをご存じなので？」

「フフフ、ご存じだと？　わたしを誰だと思っている、先程も名乗ったように、わたしの名前は湯川好蔵《ゆかわこうぞう》。またの名を温泉饅頭《おんせんまんじゅう》3世《せい》、人呼んで孤高《ここう》の温泉ハンターなるぞ！」

わたしの名乗りに、繭玉《まゆだま》さんが小さくため息をつく。

あー、そのリアクションはやめてくれ。古傷が痛む。

「う、うむ、えっとな、わたしが見たところこの湯は硫酸塩泉《りゅうさんえんせん》、しかもこの焦げ臭いような匂いからカルシウム硫酸塩泉。いわゆる石膏泉《せっこうせん》に違いない」

さき程《ほど》から感じていたこの匂い、そしてこの湯の湯触《ざわ》り。間違いなかろう。

「は、はぁセッコーセンですか？」

「うむ、この石膏泉というのは鎮静《ちんせい》作用があって、傷や痛みに効く。さらに硫酸塩泉に共通の血管拡張効果によって高血圧や動脈硬化《こうか》によいとされる」

「は、はぁ……」

うむ、医学の概念《がいねん》がないこの世界で今の説明は難しいか。

「つまり傷や痛みを抑《おさ》え、血液の流れをよくする効果があるのだ」

「なんと、血液にいいのですか！」

ほぉ、さすがはヴァンパイア、そこに食いつくか。

「ああ、間違いない」

わたしの言葉に、その場にいた信者全員が「おお」っと感嘆《かんたん》の声を漏《も》らしなぜかわたしを拝み始めた。

うん、普通に居心地《いごこち》が悪いな。

「な、なんでわたしを拝んでいる？」

そう言うとドドさんは胸の前で手を組み、首を垂れて答えた。

「それは、あれほどお強いプデーリの眷属様を従え、初めてご覧になったはずの我らが神の出湯スェリントにここまでお詳《くわ》しい方なのですから、最上級の聖人として遇《ぐう》するのは当たり前のことではありませんか」

「せ、聖人だと⁉」

それは困る、肩《かた》が凝《こ》りそうだ。

「へぇ、主さん聖人様にならはったんや、これえらい出世やな」

その様子に繭玉さんがにやにやと笑う。

「あまり意地の悪い事を言うと湯に沈《しず》めるぞ！」

「堪忍《かんにん》やで、さすがに湯は入るもんや、飲みとうないわ」

ふ、繭玉さん、その認識は甘《あま》いぞ。

温泉の楽しみ方には、その湯を飲む、つまり、飲泉というモノがあるのだ。しかも、だ。

「何を言うか。繭玉さん、この湯はな、飲んでも体にいいのだぞ？」

「また、そういう事言うてだまそおもて」

「いやほんとだ、温泉の事でわたしは嘘《うそ》は言わない」

一般に、飲泉というモノはどの温泉でもそれなりに効果が認められているもの。

しかし、このカルシウム硫酸塩泉、すなわち石膏泉は飲泉対象の温泉として、その薬効の高さが特徴的《とくちょうてき》なのだ。

つまり『飲んで効く温泉』でもあるという事だ。それに。

「特に女の人には喜ばれる効果でな」

「へぇ、ほんまか？」

「ああ、その主たる効能は便秘とダイエットだ」

わたしの言葉に、繭玉さんではなくディーネが顔を真っ赤にして後ろを向いた。

うむ、そのリアクションさえとらなければ、便秘であることはバレなかったろうに。あ、あと、リリウム、心配そうに赤面の理由を聞いてやるな。

ディーネが恥ずか死ぬぞ。

「主さん、相変わらずデリカシーないな」

リリウムよりはましだろうが。

「今のはわたしが悪いのか？」

「まぁいうなれば、間が悪いっちゅうことやな」

そんなのわたしにわかるわけがない。が、まあいい。

「とにかく、この湯は飲んでも身体《からだ》によいのだ、ただ、あまりがぶがぶ飲んでは腹を下すがな」

ふと見ると、ドドさんと信者がわたしを羨望《せんぼう》の眼差《まなざ》しで見つめ、そして恍惚《こうこつ》の表情で祈《いの》りを捧《ささ》げている。

かえすがえすも、非常に居心地が悪い。

ああ、もういっそ、みんなで盛大《せいだい》に腹でも壊《こわ》せば良いのだ。

「すまんがドドさん、祈るのはやめさせてくれ」

一心不乱に祈る教徒たちにうんざりして、わたしはドドさんに頼んだ。

「温泉道においては、共に入るものが神であっても友の如くに礼節を保って接するものだ」

「なるほど、それが教義なのですね」

「違う、これは温泉道の掟《おきて》だ」

わたしの言葉にドドさんと信者は「オンセンドォ」「オンセンドォ」と口々につぶやき合い、そしてキラキラとした目でわたしを見つめはじめた。

しまった、より居心地が悪くなった。

もう、いい。話を変えよう。

「と、ところでだ、ドドさん。あなた方はヴァンパイアというが、わたしの血を吸いたくなったりはしないのか？」

そう言うと、ドドさんは「何を言っているのだこの人は？」といった具合に答えた。

「いえいえ、そりゃ血を吸えと言われれば吸えないことはないですが、基本は吸いませんよ」

「どういうことだ？」

わたしの問いに、今度はリリウムが答える。

「えっとですねご主人様、ヴァンパイアの方々は血を吸うタイプのコウモリの獣人《じゅうじん》で、食生活や生活習慣は私やヒューマンと変わらないんですよ」

ほぉ、なるほどな。

ヴァンパイアの眷属にコウモリというのはよく聞くが、そうか、この世界ではコウモリそのものなんだな。

「ええ、その通りです。まぁ伝統と種の固有性を守るために年に一度だけ吸血祭を開催《かいさい》して、獣やお互《たが》いの血を吸いますが、あまりおいしいものではありませんからねぇ。血は、生臭《なまぐさ》くて、苦手です」

いいのかそれで？　ま、まぁ、わたしとしてはそちらの方がいいのだがな。

ただ、好き嫌《きら》いはよくないぞ、吸血鬼《きゅうけつき》の諸君。

「あ、そうそう、私たちの吸血行為《こうい》は肩こりに効くそうなので、試《ため》してみられますか」

断る！

「う、うん、まぁ、それはいいかな。そうか、では日差しが弱点とか十字架《じゅうじか》やニンニクがというのは……」

「いいえ、まぁ日差しに関しては、元がコウモリですのでまぶしいのは得意ではないくらいですね。とはいえ、別に普通に問題はありません。そもそも、この温泉は洞窟《どうくつ》にありながら日差しの下ですし。で、ニンニクとジュージカとは何です？？」

「あ、いや、わからんならいい、ではコウモリそのものに変身したりは……」

「できません」

そうか、なるほどな。繭玉さんの言う通りわたしたちの世界の吸血鬼のイメージは捨てた方がよさそうだ。

と、その時、ドドさんは何でもない事のように付け加えた。

「そうですね、あとは飛べるくらいですかね」

「飛べるのですか⁉」

「え？　そ、そりゃ飛びますよね、コウモリですから」

あ、そ、そうか。言われてみれば納得《なっとく》だ。

と、ドドさんはゆっくりと後ろを向いて背中を見せる。

そこには確かに羽根。それもいわゆるコウモリ感満載《まんさい》のギザギザの羽根がついていた。

一見すると背中の模様に見える程度の小さな羽だが、これで飛べるものだろうか。

「えらく小さいが、それで飛べるのか？」

「飛ぶときは、大きくしますので、この羽根は。まあ、それでも鳥人のハーピー族ほどは飛べませんし速度の割には疲《つか》れますので、年に一度の飛翔《ひしょう》祭で……」

「ああ、もういい、わかった」

つまりは吸血行為と同じで、ヴァンパイアってコウモリの獣人だから飛べなくなっちゃ困るよね、ってことだな。

なんともはや、アバウトでのんきなもんだ。

「しかし、オンセンマンジュウ3世様は我々の事、本当に何もご存じではないのですね」

「うむ、わたしはプデーリに直接導かれてこの世界に来た異世界の者だからな」

わたしがそう言うと、ドドさんが湯を掻《か》き立てて立ち上がった。

と、当然ドドさんのまたぐらがわたしの目の前にくる。

おいおい……。

至近距離《きょり》での起立は美女でも困るのだ。いくらイケメンでも男はやめろ！

いや、ほんとやめろ！

「至近距離で立つな馬鹿者！」

「し、しかし……。こ、これは……」

わたしの怒声にひるむことなく、ドドさんはゆっくりと後ずさる。

見れば、後ろの信者たちも驚愕の表情でこちらを見ていた。

「……シメーネフの聖者……なの、か」

「ん？」

わたしはディーネを見る。

するとディーネもまたリリウムにすがりついて震《ふる》えていた。

「どういう事だ？」

「は、はい。わたしもドドさんに聞いただけなので詳しくはないのですが。この教団、いやヴァンパイア族に伝わる古い言い伝えで、ヴァンパイアの平穏《へいおん》乱れし時、女神《めがみ》に導かれたスェリントの賢者《けんじゃ》が現れヴァンパイアに平穏をもたらすという教えが……」

「それがシメーネフの聖者というわけか」

なんだ、厄介《やっかい》な話だな。

「はい、天地開闢《かいびやく》の神に等しい聖者だと……」

なんと、超大物《ちょうおおもの》ではないか。それだけに、本格的に面倒《めんどう》だな、それは。

ぜひとも御免被《ごめんこうむ》りたい肩書《かたがき》だ。

「まぁ確かに女神に導かれてやってきた温泉好きではあるが。しかし、ヴァンパイアの平穏は乱れているのか？　今」

乱れてなければ、わたしはちがう。そういう展開を望んでわたしは問いかけた。

しかし、ドドさんは、待ってましたとばかりに意気《いき》揚々《ようよう》とわたしが最も求めていない答えを口にした。

「はい！　実は現在ヴァンパイア族は存亡の危機と言っても過言ではないのです」

あちゃぁ、乱れてたかぁ。

「まさに言い伝えの通りです！」

そう答えたドドさんは、どうやら温泉の中に正座をしているようで、背筋を伸《の》ばしてかしこまっている。

見れば周りのヴァンパイア達《たち》も同様。

全員その場に座《すわ》ってびしりと背筋を伸ばしているではないか。

気持ちはわかるが、温泉の雰囲気《ふんいき》は台無しだ。

「うむ、それはいいが少しリラックスしろ」

「しかし、シメーネフ様の前で！」

「ではシメーネフの聖者として命ずる、リラックスしろ！」

「は、はい！」

そう答えるとドドさんは湯の中でフニャァと脱力《だつりょく》した。

まるで「私は今リラックスしています！」と、全力で訴《うった》えるかのように不自然に身体をくねらせて、その場にぷかーっと浮《う》かぶ。

それに倣《なら》って、信者たちもリラックス感の主張を競《きそ》うように不自然にだらけた。

見ればリリウムも同じように……。

「で、リリウム、お前は何をやってる」

「え、だって面白《おもしろ》そうじゃないですか」

リリウムは、ディーネの肩にすがりつき全身を温泉に浮かべてうれしそうだ。

白い尻《しり》が水面から顔を出してぷかぷかしている。

「ほんまリリウムは自然体やな」

そんなリリウムの姿に、繭玉さんも感心しきりだ。が、繭玉さん、自分はいつもわたしの足の間で浮いているではないか。

ま、そんな事より、だ。

「う、うむ、で、では、ヴァンパイアに何が起こっている」

「しょぉお、そょれぇはぁでごじゃぁいまぁしゅねぇぇ～」

「しゃべりまで脱力せんでいいわ。普通に話せ！」

「は、はい」

ドドさんは気を取り直して話し始める。

「現在ヴァンパイアの首領たるエルトレス吸血公爵《こうしゃく》はわが教団を一級テロ組織と認定《にんてい》し、全面戦争を準備しております」

なに？

そ、それは……確かに大ごとではないか。

「なんや主さん、えらいきな臭い話になってきたみたいやね」

「ああ、そうだな、しかし……」

温泉を愛し、それを神聖とあがめる教団。そして、その教団の危機。

この湯川好蔵、またの名を温泉饅頭3世、人呼んで孤高の温泉ハンターが。

見逃《みのが》すわけにはいくまい。

「ずずずず……ぷひゅう、なるほどこれがお茶というモノですか」

「よかろう?」

「はぁ風呂《ふろ》上りには格別でございます」

ヴァンパイア温泉教団ランタータ教団の地下アジト。

その会議室ともいうべき場所で、十人は座れるだろう長テーブルに、わたしとリリウムと藺玉さん、そしてドドさんとディーネが両側に分かれて着席し、一見のんきに風呂上がりの茶を啜《すす》っていた。

当然エルフの郷から持ち込《こ》んだもので、リリウムによってキンキンに冷やされている。

「これはそこにいる藺玉さんの手柄《てがら》なのだよ」

「なるほど、さすがプデーリの眷属《けんぞく》様は違《ちが》います」

「そんなぁ、なんや照れるわぁ」

照れるときはどや顔ではない方がいいぞ、藺玉さん。

まぁただ、今我々一行が着ているのは藺玉さん特製の浴衣《ゆかた》。その効果も相まって藺玉さんがどや顔になるのは仕方がないのかもしれんな。

なにせドドさんもディーネも、さっきからリリウムと藺玉さんのしっとりとした湯上り浴衣美人具合に目が釘付《くぎづ》けなのだ。

と、そんなリリウムがふくれっ面《つら》で声を上げた。

「わ、わたしには白百合石鹸《しらゆりせっけん》がありますからね！」

気持ちはわかるが、張り合うなリリウム。湯上り美人が台無しだ。

「え、なにそれ？　リーちゃんが作ったの？」

「そうだよ！　あとでディーちゃんにもあげるね」

ふむ、幼馴染というのは羨《うらや》ましいものだな。

聞くところによればディーネの方が二つ下だというのだから、ここより一年が四倍長い元いた世界で言うとほぼ同い年という事になる。

ただ、お姉さん風の精神面も先程《さきほど》温泉で見た豊満極《きわ》まりない肉体面もディーネの方がずいぶんと発育がよさそうだがな。

と、まあそんなことは措《お》いておいて。

「さて、と、ドドさん。詳しい話を聞こうか」

断腸の思いではあったが、そのために湯を出たのだ。

基本、あまりに複雑でしかも争いごとの話など温泉でするのは温泉に失礼だ。少なくとも、わたしの温泉道に反する。

「は、はい、ではお話ししましょう」

ドドさんの言葉に、みな、一様に真剣《しんけん》なまなざしで姿勢を正し……ているかと思えば、しつこく白百合石鹸の自慢話《じまんばなし》を続けようとするリリウムが「ダメだよリーちゃん前向かなきゃ」と、怒《おこ》られていた。

うむ、族長オーヘンデックと別れて、リリウムの教育係が必要だと思っていたのだが、これはちょうどいいかもしれんな。

がんばれ、ダークエルフのお姫様《ひめさま》。

「あの、よ、よろしいでしょうか？」

「ああ、すまん。うむ、お願いする」

「では、まず、この教団なのですが、出来上がったのはいまより四百年ほど前。この地下洞窟にスェリントが見つかってすぐの事でございます」

元の世界で言うと百年ほど前か。

まぁ、変な言い方ではあるが、あちらの世界基準で言えば古い新興宗教くらいだな。

「そもそも、我々ヴァンパイアにとっては洞窟自体が神聖な場所です。ですから、そこに湯が湧《わ》いた時はこれを吉兆《きっちょう》と取るか凶兆《きょうちょう》ととるかで大いに揉《も》めたというわけなんです。で、その中で、それを吉兆ととりその中で身を清め始めたものがこの教団を築いたと伝わっております」

なるほど、コウモリにとって洞窟が神聖というのはよくわかる。

しかし、温泉ハンターのわたしが言う事ではないかもしれないが、最初に入ったやつは勇気のあるやつだな。その時代にいたらぜひとも仲良くなりたかった。

「当時はまだ有言十支族王による世界の統一がなされておりませんでしたので、ヴァンパイア領はランデイル王家の治めるラトレニア王国と名乗っておりました。そして、国教としてラトレニア正教というモノがあったのですが、王も国民もほとんど宗教に関心がなく、我《わ》が教団も黙認《もくにん》という感じでした」

ふむ、なるほど。

と、その時、ふと気になって話の腰《こし》を折ることにした。

「ところでドドさんは今いくつで、いつからこの教団に？」

「あ、えっと、私は現在二百八十四歳《さい》、父が創立メンバーでしたので、生まれた時から教団に属しております」

ほぉ、元いた世界換算《かんさん》でもう七十一になるのかドドさんは。

しかしその見た目、わたしとほぼ同世代に見える。

エルフの郷で、この世界はヒューマン以外が総じて若い見た目であるとは聞いたことがあったが、七十一であのナイスミドルなイケメン具合は正直羨ましいな。

ま、男に興味はないんだけどな。

女も苦手なんだけど、な。

「ああ、悪い、腰をおった、続けてくれ」

「はい、えっと、ではつづけます。この緩《ゆる》やかな黙認という、ある意味平和な状態が急変したのは今から約二百年前、現在の有言十支族王家であるヒューマンの王による世界統一戦争、通称二百年戦争をきっかけとするものでした」

ふむ、こういうきな臭《くさ》い話はあまり好まないのだが、どうやら重要な話らしい。

それにしても二百年戦争とはな。一年の日数が九十日あまりのこの世界とはいえ、もとの世界換算で五十年も戦争をしていたのか。

「このとき、ヴァンパイアはダークエルフ・ドワーフ・ドラゴニュートと組み4支族共同戦線を張ってヒューマンの王と対峙《たいじ》しました。人数こそ少ないですが、ダークエルフとドワーフが組むことで魔石《ませき》の調達が容易で、しかもヴァンパイアとドラゴニュートは戦闘《せんとう》種族。一時は押し返す瞬間《しゅんかん》もあったほどに善戦しました」

なるほどね、エルフとダークエルフ・ドワーフとの間にある軋轢《あつれき》も、この辺が原因なのかもしれんな。

当たり前の話だが、戦争なんぞするもんではない。

「しかし戦争の最終盤《さいしゅうばん》、現在のヴァンパイア領の領主であるエルトレス公爵家が有言十支族王と通じ、当時のヴァンパイア王家を廃《はい》して有言十支族王についたことで戦況《せんきょう》が一変。今から二十年前にこの世界は有言十支族王ルイルイ・エーデレンダ＝ビスクによって、統一されたのです」

なるほどね、まぁ戦記物としてはよくある類《たぐい》だ。

……ってちょっとまて、二十年前にルイルイが世界を統一しただと⁉　いくら前世の知識があるとはいえ、あいつの二十年前といえば元いた世界の年齢《ねんれい》で十三歳かそこらだぞ。

「そんな若くにルイルイが世界を統一しただと⁉」

「ええ、前王は戦場で散り、現王にはプデーリの眷属様がついていましたので」

なんと、プデーリの眷属ってそんなに影響力《えいきょうりょく》強いんだな。

って、繭玉さん、そこで全力のドヤ顔を浮かべない。

「つづけます。で、その際、現領主であるエルトレス公と共同で前ヴァンパイア王家のせん滅《めつ》に加担したのが、我が教団なのです」

うむ、温泉教団として戦争に加担するのはあるまじきことではあるが、まぁ当時の事情も知らぬ部外者がとやかくいう事ではなかろう。

「当時は、公爵家と教団の間で国教化の密約が交《か》わされたなどとのうわさもありましたが、そんなことは今に至ってもなく、黙認が公認《こうにん》へと変わっただけでした。が、それでも信者は大幅《おおはば》に増え、ここに、教団と公爵家の間に蜜月《みつげつ》が訪《おとず》れたのです。ほんの十一年前までは」

言いながらドドさんの顔が曇《くも》った。

「そんな関係も、壊れるときは一瞬《いっしゅん》だったのです」

満ればば欠くるが世の習い、か。

「これはもう最近の事でございますから、よく覚えて御座《ござ》います。明け方、聞いたこともないような地鳴りと共に地面が揺《ゆ》れ始め、各所で甚大《じんだい》な被害《ひがい》が出たのです」

地震《じしん》……か。

日本人としてはあまり思い出したくないワードではあるが、そうか、この世界にもあるのだな。

「そして、公爵家にも大きな被害。いやそれを被害とは私の立場では言いたくないのですが、公爵家にとっては間違《まちが》いのない被害がもたらされるのです」

ドドさんの顔に苦悩《くのう》のしわが刻まれる。

不謹慎《ふきんしん》なのかもしれないが、その深いしわが、ドドさんのナイスミドル振《ぶ》りに拍車《はくしゃ》をかける。イケメンはどんなときでもイケメンだ。

「その被害とは、公爵家の居城、紅玉宮の地下にスェリントが湧きだすというものでした」

なんだと⁉

「地震をきっかけに、温泉がわいたというのか！」

「はい、しかも、吹《ふ》きあがるほどに大量のスェリントでした」

なるほど、大幅な地殻《ちかく》変動によって岩盤《がんばん》にクラックが生じ、地下の湯だまりから吹き上げたというわけか。

これはいいぞ！

出来立ての温泉というのは、長い間行き場を失って地中の成分を蓄《たくわ》え続けていた湯が満を持して吹き上げたもの。温泉成分は時間と比例して落ちてゆくことが多い中、新鮮《しんせん》な温泉は貴重そのものなのだ。

「ふふふ、それはめでたい」

「はい、私どもも教団にとってもそれはすこぶるめでたい事だったのですが、それが原因で、私たちはいま一級テロリストの汚名《おめい》を着せられているのです」

「どういう事だ」

「公爵家にとってスェリントは死の泉ボーデルンなのですよ、いまだに。ですから公爵家は紅玉宮を後にし、この一件をわれわれ教団による王宮への直接攻撃《こうげき》だと、そう考えているというわけです」

「なに？　それはお前たちが地震を起こして温泉をそこに噴出《ふんしゅつ》させたという意味か？」

そんなこと……できるのか？

「はい、あちらはそう考えているようです。しかし我々にそんなことが出来るわけがありません。スェリントを崇拝《すうはい》する我々にそんなことが出来たら、そこら中スェリントだらけですよ、今頃《いまごろ》」

ま、そうだな。

とはいえ、ちょっとだけ期待してしまった。

「しかし、それでは一教団に対するただの粛清《しゅくせい》という事になるだろう？　全面戦争というのは少し言い過ぎだな」

わたしがそう疑問を投げかけると、ディーネがすっと立ち上がり、申し訳なさそうな顔で続けた。

なるほど、そこにダークエルフが絡《から》んでくるというわけか。

「それは私のせいなのです」

「ディーちゃん？」

リリウムが心配そうにのぞき込む。

しかし、ディーネは悲しそうにその視線をかわして、続けた。

「私はヒュデインに魅入《みい》られたという事でダークエルフをはぐれ、フェアリー族とダークエルフの国境辺りに一人で住んでいました。そこに、父の使いが来たのです」

父、つまりダークエルフの族長だな。

「そして、ヴァンパイアの王が詭弁《きべん》を弄《ろう》しヒュデインを愛する教団のせん滅を図《はか》っている、と。お前はそこの教団に助力しともに圧政の王を倒《たお》せ、と」

なるほどな。

はぐれたとはいえ元は族長の一族、その影響力は強い。

しかも温泉に魅入られたはぐれダークエルフが温泉教団と合流したとすれば、背後にダークエルフの郷《さと》そのものがついているわけではないといい訳も立つ。

「そうすれば、ヒュデインに浸かる許可を与《あた》えたままでダークエルフへの帰属を許可すると。それを聞いて私は、この教団へ潜伏《せんぷく》したのです」

この言葉に、リリウムが素早《すばや》く反応して飛び退《すさ》ると杖《つえ》を構えた。

「やはりダークエルフと通じていたか、よくもだましたな！」

そんなリリウムの反応にディーネはこの世の終わりと言わんばかりの表情でうつむく。

「おいリリウム、いいから座ってなさい」

「しかしご主人様！」

「うむ、気持ちはわかるし、もし何かあったときは頼《たの》む。だがな、何があろうと人の話は最後まで聞け、それが礼儀《れいぎ》だ」

「うぅ、はぁい」

そう言うとリリウムはしぶしぶ席に着き、殺意のこもった眼差しでディーネを睨《にら》みつけた。

それを見て、ディーネは悲しそうに続ける。

「私も、もちろん父の言いつけでしたし、ヒュデインを愛する人たちが危ないと聞いて、そうすることを強く望みました。しかも、ヒュデインを捨てずにダークエルフに戻《もど》れる。どう考えても、私に断る選択《せんたく》はなかった。しかしここに来て私の考えは変わったのです」

そう言うとディーネは寂《さび》しそうな瞳《ひとみ》でドドさんを見た。

「ここに来て、ドドさんも教団の方も争いなんか望んでなくて。ただ一途《いちず》にヒュデインを、いえスェリントを愛していて。しかも、争いを望むどころか公爵様との和解を切に望んでいると知りました。さらにそれだけじゃなくて、私を受け入れる事が公爵様の疑いを強めると承知の上で、私をここにかくまってもくれた」

ディーネの顔に濃《こ》い影《かげ》が落ちる。

「そしてその結果、この教団にダークエルフの族長の娘《むすめ》が入ったことが、なぜか公爵家に伝わり、ダークエルフと教団が組んだと勘違《かんちが》いした公爵様は全面戦争の準備に取り掛《か》かるという次第《しだい》になったのです」

「なるほど、なぜか、ね」

「はい、なぜか、です。そしてその疑問をもって考えた結果、気付いたのです。争いを望み、この件の発端《ほったん》になっているのが……父であることに」

「ふむ、で、根拠《こんきょ》は？」

「はい、公爵様が教団に疑いを持ったのが、公爵様が招集を願い出た災害復興支援《しえん》を求める族長会議の直後でしたから」

なるほどねぇ。しかし、そこで入れ知恵《ぢえ》がなされたとすると、だ。

わたしは苦々しげに繭玉さんを見た、すると、繭玉さんもわたしをあきれ顔で見ている。

ただし瞳に燃えるような怒りをたたえて、だ。

「こりゃ、うちらもルイルイに利用されたってこっちゃな」

「うむ、というよりこの話自体」

「せや、ダークエルフの族長さんやない、ルイルイの画策したもんやと思てまちがいないやろな」

あの小娘《こむすめ》め、やりやがったな。

わたしは、湧き上がる怒りを鎮《しず》めながら今後について考えを巡《めぐ》らせる。普段《ふだん》はこういうことは本当に苦手なのだが、事は温泉の関わる一大事。そのせいか、わたしの頭脳は、わたしの要求に気持ちが良いくらいに応《こた》えてくれた。

よし、行けそうだ。

「リリウム！」

「はい！」

「で、お前はまだディーネと一戦やらかしたいか」

わたしの問いに、リリウムは頬《ほお》を膨《ふく》らませてあかんべーをした。

この馬鹿もん、わたしはお前のご主人様だぞ。だが、という事はリリウムも理解したというわけだな。さすがはリリウムだ。

「馬鹿にしないでください！　私にだって、私とディーちゃんが仲良しでいる事が一番大事なところだってことくらいわかりますからね！」

そうだ、正解だ。

ダークエルフとエルフ、その遺《い》恨《こん》を利用する気がなければ、人間とエルフの組み合わせであるわたしたちにこの件を頼むはずがないからな。

「え？　それってどういうことなのリーちゃん？　オンセンマンジュウ3世様？？」

いっぽう、ディーネは、困惑《こんわく》の様子だ。

しかし、ここまでわかってしまえば、急ぐ必要がある。

「それは後々説明するが、向こうが戦闘準備に入ってる以上急ぐ必要がある」

わたしは立ち上がって一同を見渡《みわた》した。

「これがだれの画策であろうと、その先に何を考えていようと知ったことではない。が、温泉を使って争いを起こそうなどと画策していると思われる以上、このわたし、湯川好蔵、またの名を温泉饅頭3世、人呼んで孤高の温泉ハンターが許しはせん！」

覚悟《かくご》しろよルイルイ。

お前はわたしの逆鱗《げきりん》に触《ふ》れたのだ。

「わたしは今すぐ公爵の下《もと》へ向かう。繭玉さん、リリウム、そしてディーネもついて来い！」

わたしの命令に、ディーネが顎《あご》が外れそうな勢いで驚《おどろ》いた。

「わ、私がですか⁉　私はダークエルフの族長の娘でこの争いの元凶《げんきよう》のひとり。それなのにオンセンマンジュウ3世様についていて公爵様のところへ行くのですか？」

ディーネの懸念《けねん》も分かる。が、ついてきてもらわねば困る。

要は、最後の切り札は向こうからこっちの手に渡《わた》ったのだ。言い方は悪いが利用しない手はないじゃないか。

「そうだ、それもおいおい説明する。あとわたしのことはハンターと呼べ」

ったく、可愛《かわい》い顔をしてなんというやらしいことを考えるんだあの小娘は。

ただ、見てろよルイルイ。

わたしも、そして温泉のもつ力も。

侮《あなど》ると火傷《やけど》するからな。

「で、ランタータより命からがら逃《に》げ出してきたそなたらが、有言十支族王の遣《つか》わした使者でいいのですね？」

「は、そのとおりでございます」

ヴァンパイア領、公爵家別邸《べってい》。

温泉に支配された紅玉級の代わりに現在公邸《こうてい》となっている豪華《ごうか》な建物の中で、わたしたち一行は女公爵を目の前に平伏《へいふく》していた。

そう、ヴァンパイア公国の主たる公爵は、女なのである。

その姿は、漆黒《しっこく》の長い髪《かみ》に漆黒の瞳。

着衣はと言えば漆黒のドレスと漆黒のローブ。漆黒ずくめの、葬式《そうしき》の参列者のような姿で仰々《ぎょうぎょう》しく禍々《まがまが》しい玉座に座る女公爵の姿は、その偉容《いよう》にふさわしく、その言葉には、丁寧《ていねい》な中にも強い威圧《いあつ》を含《ふく》んでいた。

とはいえ、こちらは王命を携《たずさ》えた王の使者。立場は対等、いや、向こうがやや下と言っても良い。

「そうですか、我が国《くに》の者たちが失礼をいたしました。で、そちらは聞いたところによればボーデルンに詳《くわ》しい博識の賢者だと聞いているのですが」

「はい、博識の賢者とは面映《おもは》ゆいことこの上ないのではございますが、仰《おお》せのままにございます」

おとなしく平伏し、首を垂れるわたしに、藺玉さんが小さく耳打ちをする。

「大人になりはったなぁ、主さん」

「やかましいわ、目的の為《ため》だ」

だまっていろ。

「ん？　なにかいいましたか？」

「いえ、なんでもありません」

そう言ってわたしは、またさらに深く首を垂れる。

藺玉さんに言われるまでもなく、こういう場で平伏させられるのは非常に不本意なのではあるが、今後の事を考えれば仕方がない。

今はただ、この別邸というにはデカすぎる宮殿《きゅうでん》のような公爵家別邸の玉座の間でふんぞり返っているヴァンパイアの女公爵に、絶対恭順《きょうじゅん》の姿勢を見せておかなければならないのだから。

「して、どういたします？」

「は、その前に、有言十支族王陛下の言と現状をすり合わせておきたいと存じます」

「うむ、そなたらはどう聞いているのです？」

「は、我々は、ボーデルンの吹き出した宮殿より脱出《だっしゅつ》の際、取り残された公女殿下《でんか》が、いまだにそこから脱出あそばすことが出来ずに困っておられると聞いております」

あの日、ルイルイから聞いた話はこれとはニュアンスが少し違っていたがな。

ま、エルフの郷の黒湯、つまりはハンターの湯でルイルイが言ったのはこういう内容だった。

『ヴァンパイアの公女の引きこもりを直してあげてほしいんだ。聞くところによると、引きこもっている場所には温泉もあるみたいだし』

引きこもりの対処、というのは正直自信がなかった、しかし、温泉という言葉が出てきた以上、わたしに断るという選択肢《せんたくし》はなかった。

同じくルイルイの『まあ、ちょっと反抗《はんこう》したいお年頃《としごろ》の娘のわがままだから、大丈夫《だいじょうぶ》じゃないかな』という言葉も後押《あとお》しをしてくれた。

当初は、温泉のついでに引きずり出してやろうくらいの軽い気持ちだった事は確かだ。

しかし、ドドさんたちの話を聞いて、そうではないと知った。そもそも、ドドさんの話には公女なんか登場してこないのだ。つまり、可能性として、ルイルイの話はまったくもって完全に嘘《うそ》だということもあり得る。

そこでわたしは、王命にすこしばかり脚色《きゃくしょく》をして女公爵《こうしゃく》に伝えることにしたのだ。ルイルイの伝えた事実。それがどの程度正しいかを見極《みきわ》めるために。

まあ、王命を脚色するという行為にドドさんたちは震え上がっていたが、そんなことはどうでもいい、というか、知ったことじゃない。

「そうですか、ええ、それでほとんど間違いありません」

ふ、さすがに引きこもりとは言えないか。とはいえ、公女絡《がら》みであることはこれで確定だな。

なら、もう一歩踏《ふ》み込んで、と。

「しかし、一つお聞きしたいのですが」

「なんです」

「いえ、宮殿に籠《こも》ったまま出られずに困っているのでございましたら、それこそ兵でも差し向けてお連れ出しあそばせばよいのでは。と」

と、わたしの言葉に、女公爵はばつが悪そうにあたふたと答えた。

「そ、それは、その、あれです。いくら公女とはいえ我が娘の為に、兵を呪《のろ》われた土地に派遣《はけん》するなど、ほれ、困るであるであろう?」

あるであろう?

まぁ、いい。その、あからさまな取り乱し具合から、とりあえず女公爵及《およ》び公爵家の連中が本気で公女が脱出が出来ないと思っているのではなく、自分の意志で出てこないから困っている。つまり、ルイルイの言った通りの引きこもりの線で正しいのだろう。

ルイルイの件、どうやら完全に嘘ではないらしい。

さて、あとは、あからさまな餌《えさ》に女公爵が食いつくのかどうか、というところだが。

「わかりました、ではわたくしにお任せください」

そういってわたしたちが立ち上がろうとすると、女公爵は鋭《するど》く割って入った。

その目は、ディーネを見据《みす》えている。

「またれい! い、いや、お待ち下さい。次はこちらが気になっていることを聞いてもよいですか?」

「は、なんなりと」

よし、獲物《えもの》は食いついたぞ。

「その、プデーリの眷属やエルフを連れていることは最初から有言十支族王より承《うけたまわ》っていたのですが、そこのダークエルフの、その、奴隷《どれい》のごときは何です？」

言われて身をすくめるディーネは、ずた袋《ぶくろ》に手と首を出す穴を開けただけの服を裸《はだか》の上にまとい、腰のくびれの辺りを荒縄《あらなわ》で縛《しば》ったうえ、なんと首に首輪とリードがついているという超絶《ちょうぜつ》セクシーな、もとい、非常に哀《あわ》れな格好をしている。

特に、個人的には、ほぼ全面的にあらわになった褐色《かっしょく》の太ももや豊満な横乳が細かに震えているあたりなど、哀れ感が増して非常に良いと思う。ちなみに、そんなディーネのリードはリリウムが持っている。変に誇《ほこ》らし気《げ》なあたり、適役だな。

「は、これは、先程お伝えしたように、我々一行は公爵様の御領地《ごりょうち》に差し掛かったあたりでランタータ教団につかまり、そののち、プデーリの眷属たる繭玉さんの力で何とか逃げ出しました。ただ、ちょうどその時、たまたま同じ牢獄《ろうごく》に閉《と》じ込められておりましたダークエルフの囚人《しゅうじん》を、何か下働きの奴隷として使ってやろうと持ち出したのが、これでございます」

と、そこで、ディーネが激しく抵抗《ていこう》し、叫《さけ》び声《ごえ》を上げる。

「ち、ちがいます！　わたしは囚人でも奴隷でもございません、私はダークエルフの族長のむすっ……」

すると今度は、すべてを言う前にリリウムがディーネの首につながるリードを激しく引いて大声で怒鳴《どな》り付けた。

「な、なぁにをぬかすか、このしれものめぇ！」

あ、まずい。

「いかぁにぃぃ、エルフとダークエルフが仲たがいをしているとぉわぁいえ、囚人風情《ふぜい》がエルフに2人しかいない族長の係累《けいるい》をなのるとわぁ、あぁぁ、おてんとうさまが許しても、このリリウムさまが、ああ、ゆぅるぅさぁねぇぇ」

ここに来る道中、今回のやり取りの打ち合わせ中に、ほんの冗談《じょうだん》のつもりで歌舞伎《かぶき》調の啖呵《たんか》を教えたのだが……。

真に受けるか？　普通《ふつう》。

「冗談つうじんやっちゃなぁ」

横で藺玉さんが必死で笑いをこらえている。

そんな様子を見て、女公爵は一瞬呆然《いっしゅんぼうぜん》とし、その後さらにあたふたとしはじめた。

「そ、そ、そうなのですか、い、いいえ、そ、それは構いませんが、そ、その、我が領内は奴隷を禁止しておりますので、その、そのような姿では困ります」

ふ、そうですかそうですか。わたしはにやりと頷《うなず》きながら繭玉さんを見る。

すると、繭玉さんもこちらを見てニヤついていた。

どうやらわたしと繭玉さんで組み立てたシナリオ通りになってきたようだ。

「かしこまりました、では奴隷のごとき下女といたします」

と、女公爵は、予定通りにそう告げたわたしの言葉に、予想以上に慌《あわ》てた様子で、予定通りにそれを咎《とが》めた。

「い、いえ、その、下女というのもどうでしょう。あなたは賢者《けんじゃ》、そしてプデーリの眷属は聖者でございますからその聖者をも従えるその名に傷がつきましょう。まずい、それはいかにもまずいです……そ、そうだ、普通の同行人として遇《ぐう》するのがよいでしょう」

うむ、どうやらうまくいったな。

そもそも、ディーネをこんな格好で連れてきたのも、リリウムにまで芝居《しばい》をさせたのも全てはこの反応を引き出すため。

おかげで、ダークエルフの族長の娘が温泉教団に潜入《せんにゅう》していたのを女公爵がきちんと知っていたことが確認《かくにん》できた。

そして、その族長の娘が実は、手を組んでいるどころか温泉教団内で囚人であったのだと知り、ダークエルフと組んで温泉教団が公爵家に敵対しようとしているという認識《にんしき》に猜《さい》疑《ぎ》心《しん》が生まれた。と、見ていいだろう。

さらに、そこに猜疑心が生まれたせいで、教団とダークエルフ、いずれが自分の敵なのか、もしくはどちらも敵ではないのか、という判断さえつかなくなっているはずだ。

結果、この女公爵は、その疑念が消えるまで、いきなり全面戦争を起こすというわけにもいかなければ、敵か味方かもわからない他種族の族長の娘であるディーネを無下に扱《あつか》うこともできなくなった。

明らかにディーネが高い身分であることを知っているだろう反応と、その上でとりあえず厚遇《こうぐう》しておかなければという言動。間違いない。

布石としては、上々だ、が。

少しだけ念を押《お》しておく。

「かしこまりました、公爵殿下《こうしゃくでんか》のお慈悲《じひ》とその叡智《えいち》にあふれるご指摘《してき》を鑑《かんが》み、この領内において は、このダークエルフ、わが側女《そばめ》として愛《め》でると致《いた》しましょう」

「そ、側女!?」

「なにか問題でも?」

「え、あの、いえ、その、お手柔《てやわ》らかに頼みますよ」

「は？」

「い、いえ、なんでもありません……」

女公爵はそう答えると、顔面蒼白《そうはく》でディーネを見る。

ふふふ、困っているな。

それはそうだ、今、この女公爵は、他族の高貴な人間を側女にして辱《はずかし》めても構わないという許可を、ヴァンパイアの国内で正式に出してしまったのだ。

ある意味、ダークエルフの族長の娘を厚遇しなければというのはただの打算で、そうしなかったとしても、王の使者がダークエルフの族長の娘を雑に扱ったというだけでその罪は女公爵にはない。

しかし、今この瞬間、女公爵には明確な責任が生まれたのだ。

まあ、わたしのよみではこの女公爵も被害者《ひがいしゃ》の一人だろうから可哀想《かわいそう》な気もするが、娘の引きこもりをヴァンパイアの国を割る争いにまで発展させた張本人の一人だ。

少しは気に病《や》んでもらわんと割に合わん。

「ぜひとも、丁寧に扱ってくださいね」

わたしの思惑《おもわく》をよそに、女公爵が念を押す。と、ディーネが恭《うやうや》しく頭《こうべ》を垂れ、発言した。

「公爵殿下の慈悲を受け、私は、我がダークエルフの誇りを守ることが出来ました。これ

より は口を慎《つつし》み、オンセンマンジュウ3世様の身を慰《なぐさ》めてまいりたいと思います」

ディーネめ、そんな予定外の演技でとどめを刺《さ》さなくても。

顔を赤らめてワタワタする女公爵が、さすがにやや不憫《ふびん》だ。

「あ、あ、あのですね、女の身でありながらそんなことを言うてはならぬでおじゃ……いません」

なんだよ、おじゃいませんって。

まぁいい。

「さて、それより公爵殿下。まずは取り残されている公女殿下の事についてお聞きしたいのですが」

「あ、ああ、そうでしたね」

女公爵はそれでも心配そうにディーネを見ながら、コホンと一つ咳払《せきばら》いをして続けた。

「我が娘、マグノリア・ディ・エルトリスは現在七十九歳で、あの娘以外に子のない私にとって、いやこの国にとって唯一無二《ゆいいつむに》の公女であり、次期公爵としてこの地を治めなければならない娘です」

ほう、七十九歳と言えば……元いた世界換算で十九歳か。ドドさんいわく紅玉宮に温泉がわいたのがこっちの暦《こよみ》で十一年前だから、つまり、その時六十八歳、元いた世界で言え

ば十七歳のころから引きこもりをやっているという事になる。

今は大人一歩手前、引きこもった頃《ころ》は、甘《あま》ったれた思春期の娘。と言ったところか。

「ほぉ、なかなかにお若くていらっしゃるのですね」

「ええ、ですから、心配でなりません」

女公爵はそう言うと、瞳を伏《ふ》せる。

まぁ母親としては、そのセリフに嘘はないのだろう……と思いたい。

「そのような若さで、たった一人宮殿で過ごされていては、何かと不自由なのではありませんか？」

「いえ、その心配には及《およ》びません。いくら何でも公女ですからこの国で最も信頼《しんらい》できる者を配しております」

ふっ、ついさっき、いくら公女とは言え娘の為に兵を呪われた地へ派遣などできません。と言っていたのはだれだ。

「そうですか、公女殿下の身を案じるあまり、つい差し出がましい口を」

「いえ、いいのです、配慮《はいりよ》感謝します」

さて、と、それだけ聞けばもう確認することはない。

わたしは繭玉さんを見る、と、繭玉さんも大きく頷いた。

「わかりました、では早速宮殿《さっそくきゅうでん》の方へ……」

「あ、あの公爵殿下！」

ん？　リリウム？

「まだなにか？」

「こ、このダークエルフは奴隷として使う予定でしたので私達《たち》には着せる服がありません。もし、よろしければ公爵殿下に服をお貸し願えないかと……」

なるほどな、少し、いやかなり天然ボケとはいえ、根はやさしい奴《やつ》だ。

「おお、それはいいですね！　では私の物を貸《か》し与えましょう」

自分の物を貸すとは、想像以上の高待遇だな女公爵。

しかし、まぁこれで、先程《さきほど》の確信にお墨《すみつ》付きが付いたと言えよう。奴隷として連れてこられたものに、公爵たる自分の服を貸し与えるとは。うむ、リリウム、大手柄《てがら》だ。

「格別の配慮痛み入ります、では、ダークエルフの衣装《いしょう》が整い次第、我々は宮殿へと向かいます」

さぁ、こんな堅苦《かたくる》しい場所は後にして……。

まだ見ぬ温泉へＧＯだ!!

効能その三　紅玉宮と愉悦《ゆえつ》の公女

「ふぃぃいぃ、これはこれはですなぁぁ繭玉《まゆだま》さん」

「そうじゃろう、そうじゃろう」

「そうやなぁ、主さん」

「そうじゃとも、そうじゃとも」

「ごしゅじんさまぁねむくなりそうですぅぅ」

「まったくじゃぁ、まったくじゃぁ」

うむ、相槌《あいづち》が一つ多いと調子が狂《くる》うな。

しかし、だ。

「ある程度は想像通りとはいえ、マグノリア公女殿下はやはり温泉好きでしたか」

わたしはそう言って、いつものメンバーに加わって温泉を満喫《まんきつ》する黒髪《くろかみ》の少女、マグノリア公女殿下を見た。

そう、ある程度予想はしていたがこの公女、温泉を楽しめる側の人間。

しかも、これまでも全裸《ぜんら》で温泉を楽しんでいたというのだ。

温泉の湧《わ》き出した宮殿に十一年も引きこもっているのだから温泉嫌《ぎら》いなわけはないと思っていたが、さすがにここまでとは思わなかった。

「なぁに、温泉道なるものの師範《しはん》たるそなたほどではない。あとわらわの事はマリアと呼んでほしいのじゃ」

わたしの問いに、小さな身体《からだ》に似合いの甲高《かんだか》い可愛げな声とそれに全く似合わない口調で答え、公女殿下ことマリアは、紅玉宮の地下に湧きだした温泉の中で惜《お》しげもなく全裸をさらしてご満悦《まんえつ》だ。

地下とはいえ体育館のように天井《てんじょう》の高い赤大理石のホールのど真ん中に、もともと噴水《ふんすい》と池であったという巨大《きょだい》な湯船。

いやはや、豪華天然温泉と天然の温泉大好きっ娘《こ》のコンボ。これは奇跡《きせき》だな。

「しかし皆《みな》で入る温泉は、また格別じゃのぉ」

マリアはそう言うと温泉の縁《ふち》に掛けた後頭部一点で身体を支え、プカリと体を水面に浮《う》かせた。当然、全裸の身体が丸見えである。

そんな姿に、いまだにもじもじと裸を隠《かく》そうと試みているディーネが恐《おそ》る恐るたずねる。

「し、しかし、まさか公女殿下が裸でスェリントにお入りになられるとは」

「馬鹿を言うでないぞダークエルフ、えっとディーネとか言ったか。こんな良いものに服を着て入る馬鹿はおらぬわ。それと、わらわはランタータ教の者ではない、スェリントではなく温泉と呼ぶがよいぞ。あと、私はマリアじゃ」

ふ、温泉という言葉を聞いたのは、さっきわたしがここに来てからではないか。

「いやぁしかし主さん、まさかこの世界に主さんのようなお人がおるとはなぁ」

確かに、その通り。

温泉を忌避《きひ》するこの世界で、ここまでわたしと趣向《しゅこう》の合う人間……にんげん？　いや、ヴァンパイアがいるとは、思ってても見なかった。

「ほぉ、わらわを連れ戻しにではなく、ボーデルンに入りに来た、とな？」

なにせ、侍従《じじゅう》らしき年老いたヴァンパイアに連れられて現れたマリアが初めてかけた言葉がそれだ。しかも、うずうずと身体を揺らしながら満面の笑《え》みで。

聞けば温泉が湧いた十一年前、元いた世界で言う所の二年半前に好奇心《こうきしん》からお湯につかって以来虜《とりこ》になり、それから毎日入っているそうだ。

もちろん全裸で。なんともはや、筋のいい娘だ。

「ディーちゃんも、もう恥《は》ずかしがることないのに」

マリアの姿に唖然《あぜん》とするディーネの後ろから、リリウムはそう言いながら近づき、おもむしろにその豊満な胸を揉《も》む。

「や、やめて、リーちゃんちょっと！」

ディーネは慌ててリリウムから逃《のが》れようと、無駄《むだ》にだだっ広い浴槽《よくそう》の中を逃げ惑《まど》う。

と、そんな二人に向けてマリアが叫んだ。

「そうじゃディーネ、そのリリウムとか言うエルフの言う通りじゃ。そんな立派なものを持ちながらそれを隠すなど、失礼にもほどがあるわい、なぁオンセンマンジュウ3世殿《どの》」

ま、その件に関しては、繭玉さんの手前、意見をさしはさむのは遠慮《えんりょ》する。

「う、うむ、まぁそれはいいとして、わたしのことはハンターと呼んでくれ」

「おお、そうかそうか、承知したぞ、ハンター殿」

うむ、本当に親しみやすい、いい公女だ。

しかし、外見と声色《こわいろ》に似つかわしくないその口調はどうにかならんもんかね。

身体つきや顔に関しては、とても元いた世界換算《かんさん》での十九歳《さい》には見えないほどに幼く、妖精《ようせい》のように美しくも無垢極《むくきわ》まりない風貌《ふうぼう》の美少女。

なのに口調自体はおばあちゃん、いやおじいちゃんだ。

違和感《いわかん》というか、むしろ不自然に近い。

たまに覗《のぞ》く可愛らしい八重歯のような牙《きば》も台無しだ。

「しかし、マリア。おまえのその話し方、どうにかならんか」

「テーテンスからもよく言われるのじゃが、ならんもんはならんのじゃ」

言われてその方を見ると、先程案内役をしていた侍従がこちらに背を向けて全裸で湯の中に正座している。

主人の全裸は見ない。が、側は離《はな》れない。

という事で、今までは服を着たまま湯船に背を向けてその縁に立っていたらしいのだが、当然服を着たままそこにいるなどという事をわたしが許可するはずもない。

で、あんな状態というわけだ。

と、いつものようにわたしの足の間にぷかぷかしている繭玉さんが口を開いた。

「なぁ主さん、ところでこの温泉はどういう温泉なん？」

そうか、それがまだだったたな。

効能の説明を催促《さいそく》するとはさすが繭玉さん、一番弟子《でし》だな。

「うむ、この温泉、繭玉さんは何が特徴《とくちょう》だと思う？」

「せやな……」

そう言って繭玉さんは鼻をひくひくさせる。

「なんや薬臭《くさ》いようなこの匂《にお》いやろか？」

「正解だ、この薬臭い匂いは芒硝泉の特徴。つまりこの湯はナトリウム硫酸塩泉《りゅうさんえんせん》だな」

「硫酸塩泉？　じゃぁ、教団のスェリントと仲間やの？」

　ほっほお、繭玉さん、今日はさえているじゃないか。

「そのとおりだ！　教団のスェリントは石膏泉《せっこうせん》、つまりカルシウム硫酸塩泉で、この湯は芒硝泉、ナトリウム硫酸塩泉。どちらも硫酸塩泉というわけだな」

　つまり、主成分中の陰《いん》イオンがサルフェート、つまり硫酸塩で、それに対応する陽イオンの違《ちが》いによってそれぞれ石膏泉や芒硝泉と名が変わるというわけだ。

「なら効能も似てるん？」

「そうだな、硫酸塩泉の基本的な効能は、それこそ多すぎて手に余るほどある。なにせ人によっては、数ある泉質を差し置いて、この硫酸塩泉を薬湯の王という人もいるくらいだ」

「そんなすごいんか」

「まあそうだな、硫酸塩がもたらす血行促進《そくしん》作用によって血液の病気や血行不良、動脈硬《こう》化《か》、高血圧によいとされている。そしてそれに芒硝泉の特性として他の硫酸塩泉よりもなお傷の回復によいな。傷と血の病気、昔の人にはさぞかしありがたかったろう」

　つまり、血行に効くという事は、いろいろ対応する病が多いという事。薬湯の王などと呼ばれる理由の一つはそういう事だ。

「ほぉ、ほなら飲んだらどうなん？」

石膏泉で飲泉の効果に驚いていただけの事はあって、それが気になるようだ。

「うむ、それはまさに薬湯というにふさわしく、まずはナトリウムイオンが鎮痛《ちんつう》の効果を発揮する。また芒硝は飲むと胆汁《たんじゅう》の分泌《ぶんぴつ》を促《うなが》すからな、胆石《たんせき》によいのはもちろん、胆汁の分泌は腸の蠕動《ぜんどう》をよくする。したがって、石膏泉と別のメカニズムで便秘に効くし肥満にも良い。個人的な感想だが、こっちの方が石膏泉より効くと思っている」

と、わたしが説明したとたん、繭玉さんは何気なくディーネを見る。

ディーネはリリウムとじゃれ合っていて説明を聞いていなかったのか、その視線に気づくと不思議そうに首を傾《かたむ》けた。

「いや何でもないでディーネ、あとでいいこと教えたる」

たく、デリカシーがないのはどっちだよ。

その時だ、マリアが目を見開いたまま震《ふる》える声でたずねた。

「お、おぬしら、おぬしらの口ぶりでは、この温泉は数あるうちの一種類にすぎないと聞こえるのじゃが……」

そうか、いくら貴重な温泉好き異世界人とはいえ、知っている温泉がこれだけではそういう事になるか。

「もちろんだとも。温泉の泉質は新分類法で十一種類、旧分類法なら更《さら》にその数倍はあるのだぞ」

ちなみに硫酸塩泉だとか炭酸水素塩泉というのが新分類法で、芒硝泉や石膏泉、重曹泉《じゆうそう》という言い方が旧分類法だ。ま、わたしは旧分類法の方が趣《おもむき》があって好きだがな。

と、マリアが小さな声でつぶやいた。

「と、ということはじゃぞ、あれは腐《くさ》っているわけではないという事か……」

なんだと？

「お、おい、マリア、まさかここ以外に温泉を知っているというわけではないだろうな⁉」

「え、い、いやあの、あれはじゃな、きっと腐っておるのだ」

腐っているだと？　どういう事だ。

「卵の腐ったような匂いがするのか？」

「いやちがう、臭いはまったくないのじゃ」

ちがう？　なんだ？

「あの温泉はじゃな、その、苦いのじゃ」

な……なんだと⁉　匂いがなく、苦い温泉があるだと⁉

「苦いのか‼　どれぐらい苦い‼」

「え、えっと……その……かなり苦い」

そりゃすごい、そりゃすごいぞ！

えええい、こうしてはおれん。

「マリア、その温泉は遠いのか？」

「い、いや裏庭じゃ」

「よしきた！」

わたしがそう言って、ざばりと立ち上がり風呂《ふろ》の縁に上がると、なんと繭玉さんとリリウムもいつの間にか風呂から上がってわたしの横に並んでいた。

そして、あくどい笑みを浮かべている。

「主さん、これは新しい温泉やな」

「ご主人様、服着るの面倒《めんどう》だと思いませんか？」

ふははは、さすがはわたしの頼《たの》もしき弟子どもよ！

ならばリリウムの言う通り、このまま全裸で裏庭まで突《つ》っ走るとしよう！

「なんじゃなんじゃなんじゃ！　わらわをのけものにする気か？」

そんな頼もしき弟子共に負けじと、マリアも風呂を飛び出しわたしの隣《となり》に並んだ。

「馬鹿を言うな、場所を知っているのはお前じゃないか、先立って行け！」

「りょうかいじゃぁ！」

ああ、あこがれの苦い温泉。

もしそれがあの温泉なら、実はこの湯川好蔵《ゆかわこうぞう》、またの名を温泉饅頭《おんせんまんじゅう》3世《せい》。人呼んで孤高《ここう》の温泉ハンターであるわたしが、唯一《ゆいいつ》入ったことの無い泉質の温泉なのだ。もうそれはあこがれの女神《めがみ》のような存在。

「では行くぞ！」

「おまちください！」

なんだと、なぜとめるんだ！　ディーネ！

「ほ、本気で裸のままいかれるおつもりですか⁉」

「何か問題があるか？」

「え、だってその……」

と、ディーネが恥ずかしそうに応えたその時だ、リリウムは風の様な速さで音もなくディーネに近づくと「リーちゃん？」と呆然《ぼうぜん》と呟《つぶや》いたディーネに「ごめん」と一言掛《か》けると、その腹にパンチをお見舞《みま》いした。

途端《とたん》「グぇ」と口から音を出して昏倒《こんとう》するディーネ。リリウムはこともなげにそれを肩《かた》に担《かつ》いだ。

そしてどや顔。

「よし、準備完了《かんりょう》です！　ご主人様！」

「だ、大丈夫なのか？」

「心配いりません、手加減はしましたしエルフは頑丈《がんじょう》なので」

「お、おう」

ま、まぁリリウムが大丈夫というならばいいのだろう。

「リリウムこわいわー」

繭玉さんは、そんなことを言いながらも顔が笑っている。

そんな二人の様子を見て、マリアが感慨《かんがい》深《ぶか》げにつぶやいた。

「温泉道というモノは、非常に厳しい教えなのじゃなぁ……」

「い、いや、あのな……」

違うぞ、誤解だ。

「こりゃ気を引き締《し》めてかからんといかんようじゃ」

そう言うとマリアは、わたしの方にまっすぐと向き直りその場に膝《ひざ》をついて頭《こうべ》を垂れた。

そして、きれいな言葉で口上を述べる。

「この私、マグノリア・ディ・エルトリス。全身全霊《ぜんしんぜんれい》をもってオンセンマンジュウ3世様の導かれる温泉道の道、歩んでゆきたいと思います」

そう言うと、くっと顔を上げわたしを見つめた。

どうでもいいが、全裸状態の時に目の前に女性が屈《かが》むのはどうも緊張《きんちょう》する。しかもその状態で顔をあげられたら、ね、ほら、うん、ま、いいか。

ここは温泉、変な感情はご法度《はっと》なのだ。

「よろしくお願いします！　ハンター師匠《ししょう》!!」

たく、リリウムのせいで変な誤解をされてしまった、が、いいだろう。

「よかろう、励《はげ》めよ弟子！」

「はっ」

と、マリアが返事をしたその時だ、背後からあの老侍従テーテンスの声がかかった。

「では皆さま、こちらでございます」

見ればいつの間にやら、完璧《かんぺき》に服を着てしまっている。

ぐったりとしてリリウムの肩に担がれているディーネとは大違《おおちが》いだ。

「うむ、では案内し給《たま》え！」

さぁ行くぞ、わたしにとっての初体験！

「たのしみやな、主さん」

「ああ、このうえなくな！」

いかん、心臓が、はち切れそうだ。

とにかくその憧《あこが》れの温泉を見るまでは。

死ぬんじゃないぞ！　わたし!!


「くふふふ、ふひひひひひ、ふはははは！」

ああ、夢だ、これは夢に違いない。

――ぺろぺろぺろぺろぺろ
ああ、に、苦いぞ、苦いぞ!!

「にがっ！　ふひひひひ。にぃがっ！　ぐふふふふ。ひゃっは――――！」

あああ、涙《なみだ》がでそうだ、苦味のせいではなく感激と感謝で涙がこぼれそうだ。

「な、なあリリウム、主さん頭おかしなってまはったんかな？」

「い、いや、ご主人さまはいつでも、あれくらいおかし……いや、やっぱ変ですよね繭玉様」

「そうなのか？　ああいうお方なんじゃろ？」

後ろで小娘《こむすめ》共が騒《さわ》いでおる。てか、頭おかしいってお前ら。

「別に頭がおかしいわけではないわ、ばかもん」

「だって、ちょっと今までと違いすぎんねんもん、主さん」

それは仕方がない。

なぜならこの湯はマグネシウム硫酸塩泉こと、正苦味泉。日本国内にはほとんど存在せず、温泉ハンターたるわたしが今まで一度も入ったことのない唯一の泉質なのだ。硫酸塩泉なのだから、これまで入った石膏泉や芒硝泉と同じものなのだが、この温泉の陽イオンはマグネシウム。

その苦い味からつけられた名前が正苦味泉。無臭《むしゅう》、無色透明《むしょくとうめい》の温泉だ。

「これ、そないにすごいんか？」

うん、そのへんはきちんとしておこう。

「いや、薬効や効能としては他と同等。というか、すごくない温泉など存在しない」

「ほな珍《めずら》しいってだけか」

「だけ、とは失敬な言い方だが、結局はそういうことだ。この温泉ハンターが今まで入ったことのない唯一の温泉だからな」

わたしは、そのなんの変哲《へんてつ》もないサラサラとした湯ざわりを楽しみながら答える。

そして、周囲を見渡《みわた》した。

紅玉宮の裏手、大理石の大きな浴槽。

マリアがここに来る途中《とちゅう》にした説明によればもともと水に浮く観葉植物を育てていた場所なのだそうだが、その中心から吹《ふ》き上がる温泉の噴水といい、まるでローマ時代の遺跡《いせき》に浸《つ》かっているような、そんな高級感にあふれている。

そこに来て、憧れの正苦味泉。

そう、一言で言えば、贅沢《ぜいたく》そのものだ。

「お師匠、その、この温泉は体にいいと考えていいのじゃな?」

ああ、忘れていた、正苦味泉の効能だな。

「もちろんだ、硫酸塩泉の基本的な効能はそのままに、芒硝泉や石膏泉とも同等の効能を秘《ひ》めているのにくわえ、さらにマグネシウムイオンの働きで筋肉の緊張をほぐし、高血圧や動脈硬化、そして特に脳卒中後の麻痺《まひ》の治療《ちりょう》に良いとされる」

それ故《ゆえ》に、卒中の湯などと言われている温泉なのだ。

「の、ノーソッチュとはなんじゃ」

ああ、そうか、そうだな。

「うむ、病気のひとつだな。脳の血管が詰《つ》まったり破れたりする病気なんだが……」

「ほぉ、デテーアーノですな」

口を挟《はさ》んできたのはテーテンスだ。

なんとなく、真剣度《しんけんど》の違いが見て取れる。

「デテーアーノ？」

「はい、麻痺や言語障害、激しい頭痛などのあとに意識を失い、そのまま放置すれば即死《そくし》するという恐ろしい病でございますな」

「ああ、たぶんそれだな」

わたしの説明に、テーテンスは「ふむふむ」と頷きながら湯をすくって見つめている。

もちろん現代社会では、早期に対処すればほとんどが即死するということはないのだが、この世界ではそうなのだろう。ただ、それにしてもテーテンスの熱意がすごい。あまりの熱中ぶりに、こちらに背を向けることも忘れている。

おかげでそのたくましい身体が丸見えなのだが、ボディビルダーのように厚い胸板《むないた》に歴戦の勇者の如《ごと》き傷の数々。テーテンス、ただの執事《しつじ》ではなさそうだ。

「これは温泉道の基本なのだが、効くといっても完全に治ったり劇的に改善したりするわけじゃないぞ。あくまで温泉は人間が自分で治ろうとするのを助けてくれる存在だ」

「なるほど、では私の麻痺もすぐには、とはいかないのですな」

そう言うとテーテンスは自らの右手を2、3度ギュッと握《にぎ》りしめる。

「ほう、では、あなたも卒ちゅ……デテーアーノに？」

わたしの問いに答えたのは、マリアだった。

「そうなのじゃ、テーテンスはデテーアーノにかかり倒《たお》れていたところを発見されたのじゃ。もう少し早ければ魔《ま》法《ほう》でどうにかなったのじゃったが、命を取り留めるので精《せい》一《いっ》杯《ぱい》でな、結果半身が麻痺しておる」

「半身？　いや、普通に……」

「身体強化の魔法と、あとは純《じゅん》粋《すい》な運動能力じゃよ」

そいつはすごい、見た目にはまったくわからなかったぞ。

「テーテンスは普通ではないのじゃ。デテーアーノに侵《おか》される前はテーデルト・テーテントゥスの名を知らぬものはいなかったというぞ」

マリアの言葉に、湯を蹴《け》立《た》てて立ち上がったのは、ディーネだ。

「テーデルト・テーテントゥス!!」

「もーディーちゃん、温泉でいきなり立っちゃだめだよ」

さすがは温泉道の弟子、と言いたくなるセルフを吐《は》いたリリウムであるが、その言葉はディーネに届いてはいない。何やら目をキラキラと輝《かがや》かせ、尊敬の眼《まな》差《ざ》しでテーテンスを見つめている。

その横で、リリウムは「もー」と不満を漏《も》らしながら、手で股間《こかん》を隠してあげている。

ナイスだ、リリウム。

「なんや、テーテンスさん有名人なんか？」

繭玉さんの問いに、ディーネは熱く答えた。

「はい！　テーデルト・テーテントゥス様といえば先の大戦で活躍《かつやく》された英雄《えいゆう》で、ドラゴニュート族の闇竜《やみりゅう》ドリーダ様、人族の万略エスティアー・ノード様とならび阨神《やくじん》テーデルトとして恐れられた3武神のひとりですよ！」

ほお、それはすごいな。

普通の執事ではなかろうとは思っていたが、そこまでの大物、というか英雄だったとは驚《おどろ》きだ。

「いえいえ、ディーネ様。今はただの傷持ちの老いぼれでございます」

興奮するディーネを前に、そっと目を伏せておそれいるその姿勢もまた、英雄だったと聞けばなかなかに堂に入っている気がする。

「なにをおっしゃいますか！　テーデルト様が生き延びているということは、あなたはこの世界に残された最後の武神。老いぼれなどとは口が裂《さ》けてもいえない……」

なるほど、他の武神はもう存命ではない、と、いや、ソレよりも。

わたしは、熱のこもった演説を延々と続けるディーネにそっと声をかけた。

「ディーネ、わかったから座《すわ》れ」

「い、いえ、その、テーデルト様はですね」

「いいから座れ！」

「で、でも……」

「そうじゃない、早く座らんとリリウムの腕《うで》がプルプルしはじめているのだ」

言われてディーネは、自分が全裸のまま立ち尽《つ》くし、しかも皆の注目をあびていることに気づいた。

「ディーちゃん、わたしもう限界」

わたしの言葉に合わせるように、リリウムがとどめを刺す。

「ひぎゃぁっ！」

その言葉に、はっと我に返ったようにディーネは奇妙《きみょう》な叫《さけ》びを漏らして豪快《ごうかい》にしゃがみ込《こ》むと「ぐへぇげほっ」と盛大《せいだい》に湯を飲《の》み込んでむせる。

うん、こういう姿を見ると、ディーネも間違《まちが》いなく、エルフだ。

ま、でもそんなことはどうでもいい。

確かにテーテンスが武神と言われる有名人であったことは驚きではあるが、そんなことよりもさっきから気になって仕方がないことがある。

「ところで、マリア。ひとつ聞いていいか」

「なんなりと、お師匠」

わたしの問いに、マリアはうやうやしく頭を下げる。

少々硬《かた》い気もするが、まあ、いいだろう。

「先の地震《じしん》で温泉が湧いた、これはわかる。それがたまたまこの紅玉宮の真下であったことも、奇跡のような幸運だが有り得る話だ」

それはもう、神の御業《みわざ》というべきことだが、ありえないわけではない。

「しかしだ、先程の宮殿内《きゅうでんない》の噴水の池、そしてここ。あまりに都合よく水の溜《た》まる場所に温泉が湧いているのは不可解だ。しかも、きちんと水の吹出《ふきで》口から湯がでているなど、もはや偶然《ぐうぜん》ではありえない」

そうなのだ、もはやこれは自然に湧き出た温泉ではない。きちんとした温泉設備だ。

しかも、かなり高度な技術に違いない。

「ああ、ソレはじゃな……」

と、そのとき、突然《とつぜん》、湯気に紛《まぎ》れた広大な湯船の向こうから声がした。

「それについては、わしが答えようぞ」

そんな野太い声とともに現れたのは、ガッシリとした身体つき、低い身長。そして顔を覆《おお》うほどの髭面《ひげづら》。

間違いない、ドワーフだ。

と、確認《かくにん》した瞬間《しゅんかん》、わたしは繭玉さんに目配せした。それを見て繭玉さんもコクリとうなずく。そして、わたしの予想通り背後から裂帛《れっぱく》の気合を込めた叫《さけ》び声《ごえ》が響《ひび》いた。

「どわあああああふううう!!」

リリウムだ。こいつのドワーフ嫌いは筋金入りだからな。

しかし、とはいえ、こちらも対策済み。

それは、ディーネの一件以来、この先エルフの敵対勢力に出会うたびに乱闘騒《らんとうさわ》ぎを起こされてはたまらないという、繭玉さんとわたしの合意の下《もと》計画されていたフォーメーションB。

今こそその発動の時。合図とともに繭玉さんは音もなくリリウムの背後に接近、首筋に手刀を落とすべく構えた。

しかし、その時だ。

「かまわぬぞ、眷属《けんぞく》よ」

ドワーフがニタリと笑って、繭玉さんを押《お》し留《とど》めた。

その声に、一瞬《いっしゅん》動きが遅《おく》れる繭玉さん。もちろん、その一瞬の静止をリリウムが見逃《みのが》すわけもなく、その白い裸身《らしん》を隠すことなく宙を蹴《け》ってドワーフに迫《せま》った。そして、渾身《こんしん》の右ストレート。

――ガキィィン！

まるで金属を叩《たた》いたような激しい音、そして次の瞬間。

どこをどうしてなにがどうなったのかは知らないが、リリウムが白い尻《しり》を浮かべて温泉にぷかーっと浮いていた。

「いくらなんでも、杖《つえ》も剣《けん》も持たぬエルフではわしの相手にはならんぞ」

そう言うとドワーフは、着ていた作業着のような服の一部が破れているのを見て「ほぉ素手《すで》でここまでやるかぁ」と感心したように笑った。

うむ、どうやら悪いやつではなさそうだ、ならば。

「そこのドワーフ！　ここは温泉だ、服を脱《ぬ》いで全裸になりたまえ！」

するとドワーフ、ニコリとひとつ微笑《ほほえ》んで「承知！」と、ひとつ答えて勢いよく全裸になると「わしは汚《よご》れておるでな」と、律儀《りちぎ》にもかけ湯をして湯船に身を沈《しず》めた。

「ほぉ、道理がわかっているじゃないですか」

「なに、当たり前の作法だと思っただけぞ」

いいな、こういう大人の対応。

ヴァンパイア領に入ってから、究極恥ずかしがり屋《や》の便秘ダークエルフや爺臭《じじくさ》いスッポンポン公女などの若い女性や、ボッコボコにされた宗教指導者に正座で入浴する律儀な執事など、あまりに変な面々との入浴が連続していたせいか、こういうあたりまえの人人の対応が温泉のお湯のように心にしみる。

まあ比べる相手が、相手なのだが。

「名を名乗ってもよろしいですかな」

「あ、ああ、失礼した。わたしの名前は湯川好蔵、またの名を温泉饅頭3世、孤高の温泉ハンターである」

「これはこれはご丁寧《ていねい》に、わたしの名前はデバリブ・デンザルダード。仲間からがデビと呼ばれておりますぞ」

挨拶《あいさつ》を交《か》わしていると、そそくさとマリアがよってきた。

「おー、とうとうデビのおっさんも温泉デビューじゃな！」

「ああ、マグノリア公女殿下《でんか》の前で裸《はだか》になるのは、恥ずかしい限りですぞ！」

いや、そんなふうには全然見えんが。

それにしても、デビさんと話しているとマリアの年寄りくさい話し方に拍車《はくしゃ》が掛かるような気がするな。でもまあ、そんなこともまたどうでもいい。大事なことは、温泉の話だ。

「で、この温泉施設《しせつ》の話なんですが」

「いや、主さん。ここにドワーフがいはることのほうが重要なんと違いますの？」

「そんなのは知らん。わたしには興味ない」

「さすがやな」

なにが流石《さすが》だ、当たり前ではないか。

「で、温泉設備の話なんですが」

「ははは、噂《うわさ》には聞いておりましたが、本当に温泉のことしか考えておらんのぞな」

「ん？　わたしをご存じで？」

すると、デビさんは得意げに「デリュートとは竹馬の友なのですぞ」と答えた。

なるほど、棟梁《とうりよう》デリュートさんと知り合いであるのなら、わたしのことを知っていてもおかしくはないな。うん、これは色々説明が省けたというものだ。

「数ヶ月前からデリュートの手紙に、生き生きとしたハンター殿との温泉街づくりの話が書いておりましてな。職人として、なんとも羨《うらや》ましかったのですぞ」

ほほぉ、すでにこのやる気。これはかなり期待が持てるな。

「ならば話は早い、で、この温泉施設、あなたが作ったと考えて間違いありませんね」

「ドワーフはもともと地熱を使う文化があるんですぞ。なので、温泉を配管することなど朝飯前なのですぞ」

「それは本当ですか！」

温泉を配管する技術。

ドワーフが、そんな夢のような技術を持っていると聞いて狂喜《きょうき》するわたしの横で、マリアが話に割って入った。

「そうなのじゃ、もともと王宮の客分として紅玉宮にやってきたドワーフの職人たちに配管を頼んだのは、このわしなのじゃ。まあ最初は宮殿《きゅうでん》がお湯びたしになるのが嫌《いや》で、池やら何やらに流してほしかっただけなのじゃ」

まあたしかに、いくら温泉とは言えそのへんがお湯びたしになるのは嫌だよな。

しかし、今はそんなことはどうでもいい。先程《さきほど》のデビさんの話の中に、聞き捨てならない言葉が入っていたのをわたしが聞き漏らすはずがない。

そう、地熱を使う文化、というやつだ。

というわけで、マリアは無視だ。

「ところで、ドワーフは、地熱を使うのですか？」

「鉱山で生きる我々としては地熱は使わないともったいないものですぞ。パイプに蒸気や熱い湯を通して暖を取ったりするのはよくあることなのですぞ」

「それは、すばらしい!!」

なんということだ、この温泉が忌避されるという世界で地熱を使う文化があるとは。

普通《ふつう》、温泉の蒸気やお湯には様々な温泉成分が含《ふく》まれているため、配管を通すというのは普通の水に比べて何倍も難しいのだ。それこそ目詰《めづ》まりしたり、腐食《ふしょく》したり、果ては蒸気爆発《ばくはつ》などかなりの難易度を伴《ともな》うもの。

しかしそれだけに、温泉文化を発展させるには、是《ぜ》が非《ひ》でもほしい技術でもある。

と、なれば。

「この温泉設備、期間はどれくらいかかりました?」

「そうですな、二ヶ月ですな。ここにいるのは他国の領主に頼まれてやってきた職人、超《ちょう》一流《いちりゅう》ですぞ」

「ふふふふ、そうですか。ふふふふ」

これはいける、ここまでお膳立《ぜんだ》てが揃《そろ》っていて、失敗することなどありえん。

自然に笑みが溢《あふ》れる。

「ああ、またなんか主さんが悪いこと考えてますわ」

「ですね、ご主人さまがとてもいい顔をしています！」

「なんや、リリウム起きてたんか。てか、ドワーフなんやけどええんか？」

「はい、ご主人さまとなかよしなら問題ありません」

「ま、せやな」

やかましい、悪いことなんぞ考えてはおらんわ。

「よし全員こっちへ、今後のことを話そう」

「温泉で言わはるの？」

うむ、それもそうだな。

「では、一旦《いったん》湯を出るぞ！　そして今後の計画についての会議を始める！」

よし、これでヴァンパイアの国でやることは決まった。

まったく、夢は広がるばかりだね。


「えらい大勢集めはりましたなぁ」

紅玉宮最上階、円卓《えんたく》の会議室。

そこに集まったのは、わたし湯川好蔵とその一行である繭玉さん、リリウム、ディーネ。

そして紅玉宮の住人であるマリア、テーテンス。ドワーフの職人とその頭であるデビさん。

さらには、ランタータ教団の人間が数人とドドさんにも来てもらっている。

総勢四十名を超《こ》える多人数。ただ、今回の計画に限って言えば、人数はいくらいても多すぎるということはない。

「で、師匠はなにをなさるおつもりじゃや？」

全員を優雅《ゆうが》に見渡した湯上がり浴衣《ゆかた》美人なマリアは、満足げに尋《たず》ねる。

というのも、器用で万能《ばんのう》な繭玉さんが、もっていた浴衣を急ごしらえでマリアの丈《たけ》に合わせてあげたおかげで、先程からもう頬《ほお》の肉が垂れ落ちそうなほどに緩《ゆる》みきってしまっているのだ。ちなみに、他の人間も職人集団と教団の一般《いっぱん》教徒以外は皆《みな》浴衣姿である。

さすがは繭玉さんといったところか。

と、まあそれは置いておくとして。

「そうだな、まずは、これまでのことをざっくりと整理しておきたい」

とにかく、今回の出来事はややこしい上に陰謀《いんぼう》だの策略だのが絡《から》まって紛らわしいのだ。

「まず、わたしと繭玉さん、そしてリリウムは有言十支族王に『どうやら温泉絡《がら》みらしいヴァンパイアの公女の引きこもり問題を解決してほしい』と言う依頼《いらい》を受けてやってきた」

そういって繭玉さんを見る。すると繭玉さんも大きく頷《うなず》いた。

「せやな、ほいで、言われたとおりヴァンパイアの領内に入った途端、そこでまんまとランタータ教団に襲《おそ》われて、連れて行かれた教団本部にはなんとダークエルフのお姫様《ひめさま》までおったわけや」

藺玉さんの言葉に、ドドさんは青い顔で縮こまりディーネは少し悔《くや》しそうに頷いた。

「ええ、そうですね。そのせいで、そこには温泉を愛する教団と温泉を愛するダークエルフの姫であるわたし、さらには温泉を愛するエルフの領主の妹に、温泉を愛するプデーリの眷属とその主たる温泉の賢者《けんじゃ》が揃った」

ディーネの言葉に、ドドさんが付け足す。

「シメーネフの聖者が、です！」

「ま、それはどっちゃでもええわ」

熱い眼差しを送るドドさんの一言を、かるーくあしらった藺玉さんは、わたしに目配せで許可を求めてから続ける。

「しかもや、紅玉宮に引きこもっているお姫さんもまた温泉好き。しかも、そのへんの細かいことはよう知らんけども、きっとマリアと現公爵《こうしゃく》は仲が悪いはずや。なあ、マリア、あんたお母さんとなんか揉《も》めてはるんやろ？」

藺玉さんはそう言うと「重要なことやねん」とつけくわえてマリアを見つめる。

対してマリアは、ゆっくりと頷くと意を決したように話し始めた。

「そうじゃな、わらわは母をあまり好きではない」

好きではない……か。

「前公爵たる父上がなくなって以来、母は変わってしまったのじゃ。なんじゃ、ヴァンパイアの地位が低いじゃの、ヒューマンごときが王であるのは誰《だれ》のおかげか知らしめてやるじゃの、嫌味《いやみ》ったらしくいいだしおってな」

マリアは悲しげにそう言うと、テーテンスを見つめた。

ほぉ、テーテンスもここに一枚噛《か》んでくるのか。

「そして、そんな母を諫《いさ》めていた側近中の側近で、前公爵の盟友でもあったテーテンスを重職から解任した上でわらわの教育係に貶《おとし》め、頷くだけの腰巾着《こしぎんちゃく》共を周りに置きはじめた……」

と、テーテンスがそこに割って入る。

「貶めるなど、次期公爵様の教育係に任ぜられるのは名誉《めいよ》なことです」

「良い、そのようなお追従を言うべき場ではないのじゃ」

本当にお追従かな。

わたしはテーテンスの顔を覗《のぞ》き込んだが、その渋《しぶ》いオジサマ顔には仮面が厚く被《かぶ》せられているようで、その心の奥《おく》をうかがい知ることはできなかった。

まあ仕方ない、ここは温泉ではないからな。

温泉でないと、人は本性《ほんしょう》を見せない。というのがわたしの持論だ。

「まあ、いいわ。ちゅうことで次期公主マリアは温泉好きで母親である現公主と仲が悪い。しかも、現公主は有言10支族王であるルイルイに反感を持っていて、ルイルイとしてはきっと目障《めざわ》りやっちゅうところやな」

まあ、そういうことだ。つまり。

「現公主にテロ組織認定《にんてい》された温泉教団、同じく現公主と仲違《なかたが》いする温泉好きな次期公爵と3武神のひとり。さらにそこに温泉好きのダークエルフと温泉郷となったエルフの郷の有力者が加わり、しかも極《きわ》め付きには……」

ここで、ニヤリと笑いながらリリウムが加わった。

「温泉が絡むと奇跡《きせき》のようなことを成《な》し遂《と》げてしまうご主人さまが加わったんですね」

ちっ、ルイルイめ。

まったくよく計算してあるもんだよ。

「ああそうだ。そして、きっとルイルイは、そんなわたしが偶然にも集まった温泉好きたちを助けるために全力を尽くすと考えている。現公主を失脚《しっきゃく》させるなにか名案を思いついて自分の思惑《おもわく》通りに動いてくれる、となってな」

そういって、わたしはディーネを見た。

「で、間違ってないな」

「はい、私もそう思います。そしてその画策にはきっと……父様も関わっている」

「せやな、ルイルイはダークエルフと結託《けったく》してヴァンパイアをヒューマン派、つまり自分の派閥《はばつ》に取り込《こ》もうっちゅう算段なんやろうな」

そう、わたし達《たち》がここに来たのも、ディーネが温泉教団にいるのも、すべては、紅玉宮に温泉が湧《わ》いてマリアが引きこもったことを利用したルイルイの計画通り。

そして、ここまでは、その思惑通りに事が進んだということになる。

……たく、本当に面倒だ。

そもそもわたしは、この世界の温泉をひとつでも多く発見し、そして堪能《たんのう》し、できればわたしの温泉道を多くの人間に広めたいだけの男なのだ。

当然、政治だの謀略《ぼうりゃく》だのまったく興味がない、と言うか大嫌《だいきら》いだ。そんなモノ、温泉の前ではなんの価値もない鼻毛以下の代物《しろもの》だ。

しかし、きっと立場上、ルイルイにとっては政治がすべて。そして、政治以外のすべては、そのための道具であるくらいにしか思っていない。

それだけに、ルイルイのあんぽんたんは、温泉の力を見誤っている。

「別に、わらわは母上を追い落としても構わんのじゃぞ」

ここまで聞いて、マリアは少し視線をそらせてそう言った。

しかし、わたしはそんなマリアの言葉を一蹴《いっしゅう》する。

「冗談《じょうだん》じゃないぞ、バカ弟子《でし》」

「ば、バカ弟子じゃと」

「ああ、そうだ、お前はまだ、温泉道の何たるかをちっともわかっていない！」

驚愕《きょうがく》してこちらを見るマリアに、わたしは高らかに宣言する。

そう、温泉道の真髄《しんずい》を、だ。

「温泉を利用して争い事を起こすなど愚《ぐ》の骨頂、いや、温泉という天然自然の恵《めぐ》みに対して失礼千万だ。温泉道とは、温泉に対して最大限の尊敬と感謝をもって、その力と魅力《みりょく》を最大限に信じるものが歩む道」

そう、温泉の持つ無限の可能性。

それを信じていないやつに温泉道を歩む資格はない。

「温泉の力、その最大の魅力は人を助ける力であるということ。病ある者や傷ついた者が治ろうとする力、そして心を癒《い》やしたい者や日々に疲《つか》れた者が元気を取り戻《もど》そうとする力、そんな人間の力を助け、背中を押してくれることにこそ、温泉の魅力はある」

温泉は、入る人間の幸せになりたい力を助けるものなのだ。

そして、それは決して……。

「温泉は、争う者に力を貸してくれる存在ではない。憎《にく》しみを増幅《ぞうふく》させる道具ではない。仲違いを助長し誰かを追い落とすためのものでもない。決してない！　そんな無粋《ぶすい》な、くだらないものでは断じてありえない！」

この時わたしの中にあった感情、それは間違いなく怒《いか》り。

愛してやまない温泉を、わたしを、今のわたしを形作る、その芯《しん》のところに存在する大切な大切な温泉を汚されたしまったことへの怒り。そしてなにより、温泉を愛するわたしの想《おも》いを、この温泉道を、侮辱《ぶじょく》され踏《ふ》みにじられたことへの怒り。

何度もいうが、政治などどうでもいい。

それは、温泉を使って、温泉を愛するものを貶め、仲違いする親子をそのまま引き裂こうとするルイルイに対する滾《たぎ》るような怒りだ。

「ルイルイは温泉の力を貶め、侮辱した。それは万死《ばんし》に値する。が、争いは温泉道の上にあるものではない。だから……」

そう言うとわたしは、声高らかに宣言した。

「この紅玉宮を、健康ランドにするぞ！」

「なんでやねん！」

おう、繭玉さんお早いツッコミで。

「なんや主さんが真面目モードの入ったはるからおかしいな思ててんけど、ほんま長続きせんお方やなぁ」

「なんだと、わたしは大真面目だ」

「せやから、問題やねん」

なんと失礼なことを言うのだ、この狐《きつね》め。

「大丈夫《だいじょうぶ》ですよ、繭玉様。ご主人さまなら、きっと楽しくしてくれますって！」

フフ、さすがリリウム、よくわかってるじゃないか。

そうさ、わたしは楽しくしたいのだ。

たとえ怒っていたとしても、温泉をつかって後ろ暗いことなどまっぴらごめん。お前の言う通り、温泉は楽しいものだからな、リリウム。

「まかせろ、名案がある」

さあ聞け、温泉を愛するものどもよ。

わたしの計画に、抜《ぬ》かりなどひとつもないのだ。

効能その四　忙《いそが》しくない男とまだまだ忙しい人々

「ぷっはああ、しかし何回入っても正苦味泉はいいなぁ」

「そんなもんかなぁ、違《ちが》いわからへんわ」

「ばかもん、気分だ気分」

「さよか」

健康ランド建設が決まって今日で七日。

あの総決起集会じみた会議の日、それぞれに指示を出して以来、いつものようにわたし自身はなにもすることなく、皆《みな》の迷惑《めいわく》にならない程度に温泉を満喫《まんきつ》しているのだが、今日は繭玉《まゆだま》さんに色々報告を受けるため久々に一緒《いっしょ》に入浴中である。

ところで、先程からわたしの股《また》の間で、繭玉さんの浮《う》き具合が激しい。

こりゃ相当疲れているな。

「ところで繭玉さん、えらく疲れているようだな」

わたしの気遣《きづか》いに、繭玉さんは恨《うら》みがましい視線を送って答えた。

「だれのせいやっちゅうねん」

まったく、ごもっともです、はい。

たしかに、服飾《ふくしょく》関係は繭玉さんが最適だよなぁ程度の軽い思いつきでわたしがお願いしたことは、今考えてみるとかなり過酷《かこく》な注文だったなと反省はしている。

が、後悔《こうかい》はしていない。

「ほんま、うちはお稲荷《いなり》さんのお使い姫で服屋やないねんで」

そんな事はわかっている、と心で思っていても言わない。

というのも、繭玉さんに注文したのは、このヴァンパイアの国で健康ランドを経営する上でどうしても欠かせない最重要なもの。

これはやはり、繭玉さんにしか任せられないものなのだ。

「あの湯浴《ゆあ》み着ってやつな、めっちゃめんどくさいんやで」

そう、それは、湯浴み着。

簡単に言えば、服を着用したままに温泉に入れる、いわゆる温泉用の水着なのだが、この世界の健康ランドには欠かせないだろうと繭玉さんに注文してあったのだ。

「そもそも、主さんの注文自体がこの世界の素材では不可能に近かったし、しかも湯に入っても重うならんようにせないけん上に、あて布をつけて着心地《きごこち》ようして……って、注文きつすぎるわ」

　これまた、おっしゃるとおり。

　しかしだ、やはり湯の中に着たまま入っていく服である以上その程度の機能性がないと困る。さらにいえば、たしかに難しい注文だとは思ったが、繭玉さんに頼《たの》みさえすればなんとかやってくれるという自信もあった、の、だけれど。

「で、むりっぽいのか」

「アホ抜かせ、もう出来てるわ」

　そう言うと繭玉さんはパンパンと手を打った。

　とたん、あらわれたのは、ドドさんとリリウムだ。

「へへーどうですご主人さま、似合いますか？」

「えっと、これであっているのでしょうか？」

　現れた二人は、性格通りの正反対の反応を見せながら、着ている服を広げてわたしに見せる。うん、さすが繭玉さんだ。

　見た感じ、完璧《かんぺき》だな。

「流石だな、一番弟子よ」

「ホメてもなんも出えへんよ」

いつものように、悪態をつきながらも照れる繭玉さんの頭をポンポンしながら、わたしは出来上がった湯浴み着を見た。

見た目は、いわゆる甚平《じんべい》と同じスタイル。

色は真っ白で、こうして風呂《ふろ》に入る前から男物は股の部分に、女物は股と胸の部分にあて布がついているのが見える。まあ、胸に小さなコウモリの刺繍《ししゅう》が入っているのは、繭玉さんの遊び心だろう。

忙しそうにしてた割に遊び心は忘れない。うん、いい弟子だ。

「まあ、ほめるんは湯に入ってからでもおそないしな」

「ほお、では頼む」

私がそう言ってリリウムとドドさんに目配せすると、ふたりとも丁寧にかけ湯をする。

繭玉さん謹製《きんせい》の湯浴み着は、かけたお湯を弾《はじ》くことなくしっかりと浸透《しんとう》させ、しかもお湯が滞《とどこお》ることなく流れ落ちているところを見るに水通りも相当良さそうだ。さらに、隠《かく》し所《どころ》以外は薄《う》っすらと肌《はだ》が透《す》けているものの、大事なところはまったく見えない。

いやはや、さすがだな。

「どうだ、着心地は」

リリウムが答える。ちなみに、すでに湯には入っている。

「そうですね、やっぱり裸で入ったほうが気持ちいいんですが、これでもありかなぁって感じですね」

ドドさんが続ける。こちらは、かけ湯の途中《とちゅう》でその出来に驚いているのかまじまじと湯浴み着を見つめていた。

「我らの教団のものと似ていますが、こちらのほうが数段機能が上がっております。さすがは繭玉様です」

言いながら、ドドさんがキラキラした目で繭玉さんを見つめている。

初対面の時ボッコボコにされて以来、ドドさんは何に目覚めてしまったのか、今では教団の長《おさ》でありながら繭玉さんファンクラブの会長のようなことをしているらしい……。

……のだが、うん、なんかやばい。

べつに個人の趣味《しゅみ》に口を出す気はないが、ナイスミドルな見た目のドドさんが幼女な繭玉さんの裸をキラキラした目で凝視《ぎょうし》するのは、元いた世界の常識がこびりついているわたしには非常にまずい光景だ。コレは、後で注意を……。

あ、殴《なぐ》られた。一件落着か？

いや、喜んでいる。事態は悪化した。

って、繭玉さん？　振《ふ》りかぶり過ぎではないですか……ああ、そのストレートは死ぬって！　死んじゃうって！

……うん、浮いた、ドドさん気絶して浮いた。

よし、無視しよう。

あと、温泉で暴れるな、バカもん。

「うん、えっと、まあなんだ、ほんとに、藺玉さんはすごいな、感心した」

「もうええって、コレ、ヴァンパイアの服が着想元やし、あんまうちばっかの手柄《てがら》にはしたないねん」

「ほう、まあいい、どちらの手柄でも、できたことに変わりない」

「せやな、それより、聞きたいことあってんけど」

「ん、なんだ？」

わたしが訝《いぶか》しげに藺玉さんを見ると、意外に真剣《しんけん》な顔で尋ねてきた。

「温泉に服着て入るって、ありなん？」

ああ、そのことか。

わたしが答えようとすると、リリウムも続けた。

「そうですよ！　エルフの郷では私も姉さまも裸にむいたくせに！」

人聞き悪いわ！　まあ、事実だが。

ここはしっかりと説明しておかねばならんだろうな。

「そうだな、たしかに温泉道の掟《おきて》から言うと服を着て入るのは邪道《じゃどう》だし、天然自然の温泉に服を着て入る輩《やから》はいまでも許さん」

二人は、わたしの言葉に頷く。

ドドさんは、気絶して浮いている。

「しかしだ、温泉施設となれば、これは話は別なのだよ」

「温泉施設……ですか？」

「ああ、例えばリリウム、エルフの郷の稲荷湯、あそこは男女別であったろ？」

そう、べつに稲荷湯に限らず、銭湯とは普通男女別だ。

「あれだって同じだ、本来温泉道の理であれば、男女を分ける必要はない。こうしてわたしと繭玉さん、それにリリウムも普段《ふだん》は一緒に風呂に入るし、だからこそ味わえる安らぎもあるだろ？　それが温泉道の基本だからな」

なれてしまえば、本当になんでもないことなのだ、男女混浴というやつはな。

しかしだ。

「しかしな、わたしは何も誰彼《だれかれ》構わず全員に温泉道を強要したいわけじゃないからな」

「どういうことなんです？」

こういうとき、食いついてくるのはいつもリリウムで、繭玉さんはフンフンうなずいて聞いている。

「簡単に言えば、温泉好きと温泉道を歩むものは違うということだ」

「うーん、もう一声」

「そうだな、言い方をかえると、温泉道を歩む人間でなくとも、温泉自体を楽しんでほしいと思っているんだよ」

要は、温泉に入るハードルをあげるべきではない、ということだ。

温泉道を歩む人間は、温泉に入るものの中でも特に温泉が好きな人間。そしてその中でも温泉にハマってしまった温泉フェチで、温泉のことが頭から常に離《はな》れない温泉マニアで、さらにその中でも温泉に人生を捧《ささ》げようという気《き》概《がい》と熱意がある人間だけでいいのだ。

そんなモノ、普通に温泉を楽しみたい人に求めるのは酷《こく》というもの。

そう、ライトに温泉を楽しむ人間には、温泉道は厳しいのだ。

「つまりや、温泉に遊びに来るような人は服着て入ってええっちゅうこっちゃな」

「さすが繭玉さん、ほぼ正解だ。付け加えるなら、そこがそういう施設であれば、だがな」

いうまでもなく、健康ランドとは、温泉を遊ぶための施設。

温泉旅館のように温泉の風《ふ》情《ぜい》をメインに楽しむところでもなく、湯治場のように病気を治療《ちりよう》する場でもなく、銭湯のように入浴自体を目的とする場所でもない。健康ランドとは、温泉を使って遊ぶところだ。

いわばそれは、温泉テーマパーク。

恋人《こいびと》同士、夫婦《ふうふ》、親子連れ、友達同士などがはしゃぎながらいろんな温泉に入って、温泉という場所の持つ魅力を楽しんでもらうところ。であるなら『裸で』というのは、かなり難しいのが現状だ。

「簡単に言えば、すみ分けだよ」

「すみ分けですか、ご主人さま?」

リリウムはそう尋《たず》ねながら、グイグイと体を寄せてくる。

ほんと、リリウムは熱心だな。

ただ近すぎだ。その、ほら、当たる、先端《せんたん》が当たるから!

「え、えっとだな、例えばだ、みんなが服を着て入るような温泉に裸のおっさんが紛れ込《こ》んだら、これは完全にアウトだ」

「せやな、あと、顔赤くなったはりますよ」

「やかましわ。でだ、同じように、こういう健康ランドやスパリゾートのノリで、服を着たまま天然自然の温泉や入浴施設に入ってくる人間も、もちろんアウトだ」

そう、前者は皆気づく。ただ、後者に関しては気づかない人間が本当に多い。

地域の公衆浴場、温泉宿の大浴場、または天然自然の露天風呂《ろてんぶろ》や野天風呂に、最近、当たり前の顔をして水着を着てくる人間が多いのも、すべて、この当たり前に気づかない人間が多いせいだ。

なので、着衣での温泉入浴はそれがＯＫだと明文化されているところ以外では禁止、これは譲《ゆず》らん。

ただ、そういう着衣ＯＫの場所があっても構わんし、同じ理由で、着衣が望ましい温泉施設に裸で乗り込んでいったり、そこで裸を強要したりすることはない。それが、すみ分けというものだ。

「なるほどなー、それでこの湯浴み着ってわけなんやな」

「ま、そういうことだな」

言いながら、繭玉さんは火の玉ストレートを食《く》らって仰向《あおむ》けに浮いているドドさんの湯浴み着を見つめた。

「そうかぁ、そんな理由があってんな。うちはまた、主さんが新しい性癖《せいへき》にでも目覚めはったんかと思ったわ」

「なんだそりゃ」

「いや、これな、思いのほかエロいねん」

エロい、だと？

そんな訳はないだろう、服を着ているんだぞ。全裸《ぜんら》より、いや水着と比べても露出《ろしゅつ》はかなり少ない。

「いや、水着より布が多いんだ、エロいってことはないと思うぞ」

「なんや、気いついてなかったんか、コレ、エロいで」

そう言うと繭玉さんは、首をかしげるわたしにニヤリと笑《え》みを送ると「リリウム、ちょっと立ってみ」と指示を出した。

「はぁい」

言われて素直《すなお》に立ち上がるリリウム。

そして、その姿ときたら……。

「うわぁエロいわ」

「な、せやろ」

「ちょ、ちょっとなんですかふたりして！」

慌《あわ》てて身体《からだ》をくねらせてモジモジするリリウム。

その姿は、身体にピッタリと張り付いた布のせいでむしろ裸でいるときよりもその凹凸《おうとつ》がくっきりと浮かび上がり、しかも濡《ぬ》れそぼった服から滴《したた》るお湯と相まって、そのなんというか、メチャクチャ、いやドチャクソエロい。

特に、当て布のある……の部分は、やけにリアルに浮き上がる凹凸加減が完全にモザイク処理が必要なレベルだ。

透けてないのに、間違《まちが》いなく、透けているよりエロい。

「繭玉さん、コレ、わざと？」

「ちゃう、うちは無罪や」

「そうか、ただ、改善をよろしく」

「了解《りょうかい》や」

二人の会話を聞きながら「べーだ！　このアホー」と叫《さけ》んで湯に飛び込むリリウム。

「バカもん、湯には静かに入らんか」

そう言いながらも、なんとなく久しぶりなこの気のいい二人とのゆったり空間に癒やされるわたし。

わたしの股の間で完全に脱力《だつりょく》する繭玉さんとワチャワチャするリリウム。

あ、それと、浮いてるドドさん……はどうでもいいか。

「ああ、いいお湯だなぁ」

「せやなぁ」

リリウムのたてた波に揺《ゆ》られて少しずつ遠ざかっていくドドさんの姿を目で追いつつ、藹玉さんを抱《だ》っこし、リリウムを生暖かい目で見つめながら、のんびりと正苦味泉の湯を満喫する。

ああ、ほんと、極楽《ごくらく》極楽。

なお、このあと調子に乗って藹玉さんに追加注文を出したところ、結構本気の顔で叱《しか》られてしまった。

しかし、怒りはしたものの「必要ならしゃあないやろ！」と請《う》け負《お》ってくれる藹玉さん、かわいい。

いやぁ、本当に、いい相棒をもったものである。


紅玉宮最上階、支配人執務《しつむ》室《しつ》。

本来は公主であるあの女公爵の私室だったところらしいが、現在わたしの部屋としてあてがわれているなんとも豪華《ごうか》できらびやかで居《い》心地《ごこち》の悪い部屋だ。そんな部屋の真ん中で、わたしこと湯川好蔵《ゆかわこうぞう》、またの名を温泉饅頭《おんせんまんじゅう》3世《せい》、人呼んで孤高《ここう》の温泉ハンター三十五歳《さい》独身地方公務員。

現在、絶賛ピンチの真《ま》っ只中《ただなか》なのである。

「まいったな、どうしたものか」

頭をひねるが名案は浮かばない。

いや、まあ、ピンチと言っても、その正体は……。

まあったくなんにもすることがなくて、笑っちゃうほどに暇《ひま》。と、いうことなのだが。

繭玉さんの報告を聞いたあの入浴が、今から十日前。

そこからも、温泉はもう死ぬほど入った。いや、リアルに死にかけた。

もちろん、どれだけ入ろうとわたしが温泉に飽《あ》きることはないし温泉の入り過ぎで死ぬなんてことはない。のだが、二日ほど前とんでもない失態を犯《おか》してしまったのである。

発見者のドドさんいわく、憧《あこが》れの正苦味泉のド真ん中にわたしはプカプカ浮いていたらしい。

わたしとしては、その前後の記憶《きおく》はさっぱりないものの、憧れの正苦味泉に上がりすぎたテンションを抑《おさ》えることができず、昼夜を問わずそこで過ごしていたのだから、そりゃ倒《たお》れるよね、と今は思う。

そんなこんなで、繭玉さんとリリウムにしこたま怒られ、ひとり温泉は当分禁止。

温泉道の師匠《ししょう》としてはこれ以上の失態を晒《さら》すわけにはいかないので、断腸の思いでその提案を飲んだというわけだ。結果、皆忙《みないそが》しく、温泉についてくれる人は皆無《かいむ》な今、このわたしが温泉に入れないという緊急《きんきゅう》事態になっているのだ。

「とはいえ、仕事を頼んだのはわたしだし、役に立たないから手伝いもできんしなぁ」

と、虚《むな》しい独り言をつぶやいたせいで、役立たずな自分を再認識《さいにんしき》してため息が出る。

施設《しせつ》全体の改装を統括《とうかつ》しているドワーフたちは働き者な上、何やら危険な仕事が多いらしく、全体像の計画をつめた段階でわたしはお役御免《ごめん》。危ないから近づくなとデビさんにきつく言われている。まあ、邪魔《じゃま》だからあっちいけと言わないデビさんの大人力に感謝したい。

　藺玉さんは、教団の女たちと着物制作。ここも居場所はない。「じゃまやあっちいけ」と言われてしまった。

で、教団の残りはドドさん中心に資材調達やら何やらで、激務らしい。わたしが行くと拝み始めるので邪魔なのだそうだ。

　テーテンスとマリアは、ちょっとした用があって今はこもりっきり。コレには、わたしの口は出したくない。

　そしてディーネも、忙しい。というか、紅玉宮にはほぼいない。

「というか、リリウムでさえ忙しいのだからなぁ、今」

そう、リリウムは忙しいのだ。

普段であれば、暇な私のそばにはリリウムがいて、暇を持て余すわたしの遊び相手……もとい、執務《しつむ》をするわたしの秘書のようなことをしてくれているのだが、全体の調整というかなり重要な役を振っているので、ここにはいない。

よって、わたしは一人で執務室にいる。温泉を封《ふう》じられて、死ぬほど退屈《たいくつ》している。

「ああ、責任者というのは孤独《こどく》なものだな。つまらん」

――コンコン
と、悪態をついたその時、神がわたしの願いを聞き入れてくれたのか、誰もいない部屋にノックの音が響《ひび》いた。

「いつでもはいってどうぞ」

その返答はどうなんだ？　と自分でも思うのだが、基本、偉《えら》い人がこういうときにどういうのかわからないので構わない。

「しっつれいしま――す！」

あ、リリウムだ。

一発でわかる間延びした声を響かせて、リリウムがニコニコ顔で部屋に入ってきた。

「ご主人さまぁ、さびしかったですか？」

「何だ、暇なのかリリウム」

声がかぶった。そして、返答もかぶる。

「なわけあるか、殴るぞ」

「ぶっ殺しますよ」

えー、リリウム怖《こわ》いよ。

「おまえさ、ぶっ殺すはひどくない？」

「ひどくないですよ、誰のせいで忙しいと思ってるんですか」

はい、それはごもっともです。

「で、何の用だ」

「ディーちゃんの件です」

「ほう！　うまくいってるのか？」

わたしがそう言うと、リリウムは満面の笑みで答えた。

「へっへー、パーフェクトですよ！」

「ほぉそれはいい！」

思わずテンションが上がる。

というのも、実は、ディーネには今回の健康ランドの核《かく》の一つになる、特産品の制作をお願いしていたのだ。

これが本当にうまくいっているのであれば、紅玉宮の価値はぐんと高まり、そして、世界中の様々な人間がここを目指してやってくると言っていい状況《じょうきょう》になるのだが……。

「というわけで、これです」

「うむ」

と、エラそうに受け取ったものの、実は見たってわたしには成功したかどうか分かりはしない。

リリウムがわたしたそれは、小型の瓶《びん》に入った灰色のペーストにしか見えないのだが、うまく言っているのであれば、コレは宝。

「フッフッフ、これこそわたしが考えた、泥湯《どろゆ》スクラブ洗顔だ！」

そう、その正体、それは美容洗顔剤《せんがんざい》。

別府温泉などでは有名な話だが、泥湯の泥はカオリナイトやベントナイトと言った鉱物のごく小さな微粒子《びりゅうし》によって構成されている。

この極小の鉱物の粒《つぶ》は、化学合成のスクラブ剤《ざい》とは違う天然のスクラブ剤となり、肌にことのほかいい……と、地元の売店で温泉泥を売っていた晴子《はるこ》おばちゃんが言っていた。

しかも、そこにはたっぷりと温泉成分を含《ふく》んでいるとなれば、美容効果はかなり期待できる……とも、晴子おばちゃんは言っていた。

古くてきったない店だったのに、女子学生から年配の女性までがひっきりなしに訪《おとず》れて泥を買っていく売店。

転生前、たわむれにSNSに載《の》せたら、北は北海道、南は九州沖縄まで、様々な場所から問い合わせ注文が殺到《さっとう》して、その結果、晴子おばちゃんがスマホの使い方を習得するほどに大人気だった商品。

そう、これは売れる。

インフルエンサーにまで成長した晴子おばちゃんの実体験により、確実だ。

「で、どうだ、使ってみたか？」

「はい、これ、姉さまに送ってあげていいですか？」

そうか、ということは効果あったか。

「商品化する前には送るな。オーヘンデックには悪いが、先に商品化されてはたまらん」

「でも材料ないですよね？」

「お前の姉だぞ、あらゆる手を使って材料を調達するに違いない」

「たしかに！　姉さまならやりかねませんね!!」

信用ないな、オーヘンデック。

「ところで、これにはなにが入ってるんだ？」

わたしが尋《たず》ねると、リリウムは胸を突《つ》き出して答えた。

「まずは泥です！」

「それはしっとるわ」

「もう黙《だま》って聞いてくださいよ」

そう言うとリリウムはわたしとデスクの間にズカズカと入ってきて、そのままデスクの上に座《すわ》った。

そしてわたしに正対する。

温泉ではないので服は着ていると言うものの、リリウムの服はスカート丈《たけ》が短く太ももあらわになっている。そのせいで、わたしの目の前にリリウムの健康的でピッチピチの太ももが二本並ぶことになり、そして同じ理由でその奥に関しても……ゴホン、うん、気にしない。

温泉じゃないから結構つらいが、気にしない。

仕事中だから！

「わかった、続けろ」

「ちっ」

リリウムはなにが残念なのかそう舌うちすると「まいっか」とつぶやいてそのまま続けた。

「まずは泥、そしてオイル、そして白百合石鹸《しらゆりせっけん》。ご主人さまの言う通りこれでなんとかしてみようと思ったんですが、なんとなくヌルヌルが足りないんですよね、水を加えても」

ん？　白百合石鹸が入ってもか？

「それが、石鹸がぬるっとしないんですよ、泥と混ぜると」

泥と混ぜると……？　どういうことだ？　いや、その現象どこかで……。

あ、そうか、熱海だ！　熱海の温泉は石鹸と相性《あいしょう》が悪く、泡立《あわだ》たないことは有名。となると、あの温泉は酸性の硫化《りゅうか》水素泉なのだな。だとすればあの温泉の泥は石鹸のアルカリ性を中和してしまってヌルヌル度を下げてしまうのにも納得《なっとく》できる。

うーん、盲点《もうてん》だったな。

「で、ディーちゃんの提案で泡立てないでそのまま顔に塗《ぬ》って流したらいいんじゃないかって」

そうか！　その手があったか!!　さすがはディーネ！

と、いうか、わたしはなぜそれに気づかなかったのだろうな。

普通《ふつう》に考えれば、そこまで温泉成分のしっかりした泥ならば、クレイパックにして顔に

塗ったほうが効果があるに決まっているじゃないか。晴子おばちゃんの店でも泥パックは売っていたしな。

うん、かえすがえすも、さすがはディーネだ。

「でかした！　ディーネには感謝だな」

「わたしは？」

「もちろんリリウムにも感謝だ」

わたしがそう言うと、リリウムは体を屈《かが》めてわたしの目の前に頭を突き出した。

目の前に、サラサラしたリリウムの金の髪《かみ》。

その香り、そして息遣《いきづか》い。うん、これはやばい。温泉以外でこんなに女性に接近されるのは、湯川好蔵的にはかなりやばい。いや、男ならみなやばい。やばい、よね？

「な、何だ、何だリリウム」

なので、少々うろたえた声がでても、わたしに罪はない。

しかし、リリウムは、そんなわたしにお構いなしに、しかもなんだかちょっと苛立《いらだ》った感じで答えた。

「ほめる時は頭をなでるもんです！」

えー。

そういうのは子供の頃《ころ》に卒業しとくべきだろ……って、うん、まあ、たしかに頑張《がんば》ってくれたからいいか。でも、さすがに子供っぽいとは言え大人相当のリリウムに対してナデナデは勘弁《かんべん》してほしい。

と、いうことで、わたしはリリウムの頭をポンポンと叩《たた》くことにした。

「よくやったな」

ポンポン。

と、その瞬間《しゅんかん》、リリウムは弾かれたように顔をあげた。

「な、なんだ！」

驚《おどろ》くわたしの前に現れたリリウムの顔。

その顔は、笑っちゃうほどに真っ赤に染まっていた。

「な、ななな、なんて上級テク！」

え？　なにが⁉

「ナデナデと見せかけてポンポンなんて、ご主人さまそんなテクニック誰《だれ》に習ったんですか！」

えー、しらんがな。

べつに誰にも習ったことないし、ナデナデよりポンポンが上級テクってそれどこの世界の理屈《りくつ》だよ。てか、そんなことよりも。

「じゃぁリリウム、お前の仕事は完了《かんりょう》ということだな」

「はい、ディーちゃんはちょっと考えがあるらしくて泥湯の方に残ってますけど、わたしは終わりです」

「そうか」

ならば。

「では、お前はわたしの側女《そばめ》の役目に戻《もど》れ」

「どういうことですか？」

「そばにいろ、ということだ」

わたしがそう言うと、リリウムは先程《さきほど》よりも更《さら》に顔を真っ赤にして、あわあわしながら答えた。

「な、なな、くっ、くぅぅ、またしても上級テク。ってか、まさかご主人さま、わたしがいなくて寂《さび》しかったんですか？」

だからそのリアクションはヤメロ。

とはいえ、ここで意地を張っては、またあの退屈という名の牢獄《ろうごく》に逆戻《ぎゃくもど》り。ここは素直になっておこう。温泉でなくとも素直になろうと思えばなれる男なのだ、わたしは。

「ああ、そうだ、悪いか」

わたしはそう言うと、いまだあわあわしているリリウムにしっかりと言い放った。

「そばにいろ、お前がいないと、つまらん」

「いやあああああああ!!」

いやああ!?　だと!?

「な、なにを言うんですか、ご主人さまのエッチ!」

えー、しらんがな。（2回目）

てか、いまの発言のどこにエッチな要素があったというのだ。

「ちょ、ちょっと温泉に入ってきます!」

いやいや、なんでだよ。

まあ、でも。

「そうだな、じゃぁわたしもいくとするか」

うむ、温泉に入るというのは、さすがはリリウム、良い提案だ。というか、リリウムを職務から解き放ち側女に戻そうとした理由は、まさにそれだ。最近はリリウムと二人で入ってなかったし、今後のことも踏《ふ》まえてつもる話もあるだろう。

そもそも、いまのわたしは、誰かといっしょでないと温泉に入れないしね。

「えー、こういうときはご主人さまは待ってるものでしょ！」

えー、しらんがな。（３回目）

てか、なぜ温泉ハンターのわたしが、他人が温泉に入るのを外で待っていなければいけないのだ。

「わけのわからんことを言うな、いくぞ！」

「うーん、ま、いいか。はーい！」

リリウムはそう答えると、立ち上がったわたしのそばにくっついて腕《うで》を抱きしめるように絡《から》めてきた。

当然、胸の膨《ふく》らみがギューッとこう、なんともいい具合に当たるのだが、不思議と恥《は》ずかしさや男的に困った感情は湧《わ》き上がってこなかった。むしろ、おだやかな心地《ここち》よささえあった。どこか安心感に似た、懐《なつ》かしささえ感じる、心地よさが。

そして同時に、何となくそうするリリウムの心が、わたしにも伝わった気がした。

「なんだ、お前も寂しかったのか？」

「もう、そういうこといわない」

ふん、素直じゃないやつめ。

まあいい、さぁ。

久しぶりの温泉だ！


「ぷっひゅー」

「フフフ、リリウム、お前もいい声で入るようになったな」

「声関係あるんですか？」

「ない」

「なんですかそれは」

いつものように入る温泉。

最近は一人で入ることが多くなって、結果倒れて一人温泉禁止令が出てしまったのだが、やはりこうやって誰かと入ると何となく心が浮《う》き立つ。それが気のいい仲間だと、効果は倍増。

それもまた、温泉の良いところだ。

「ところでリリウム、ディーネは何であっちに残ってるんだ？」

「ああ、ディーちゃんは、美容の研究だそうです」

はっはぁ、確かに今回美用洗顔剤の開発をお願いしただけあって、泥湯の美容効果の奥《おく》深さに気づいてしまったか。

洗顔剤をパックに変えたこともそうだが、言われた通りに言われたことだけをやるのではなく、さらにそこから進んで物を考えられるとは……元の世界にいたらディーネは高給取りになるかブラック上司に使いつぶされていただろうな。

「なんだかヴァンパイアの一般《いっぱん》女性を捕《つか》まえて実験してるそうです」

「実験？」

「はい、泥湯の効果にはきっと美白があるはずだ！　とか言って」

「はぁぁぁ」

うん、じゃっかん怖いな。

優秀《ゆうしゅう》なビジネスパーソンというよりマッドサイエンティストみを感じる。少なくとも、わたしの中にあるディーネのキャラと違《ちが》いすぎているのだが。

「人体実験はほどほどにしてほしいがな」

「でも、喜んでたみたいですよ、ヴァンパイアの人たち」

「そうか、ならば、よい」

まあ、任せよう。

もともと美容に関してはわたしより女性陣《じょせいじん》の方が詳《くわ》しいはずだし、興味関心に関しても他の何より高いものに違いないのだ。

「私は、彫刻《ちょうこく》遊びを強く推《お》したんですけどねぇ」

ま、まあ、リリウムを除いて、だが。

と、その時、後ろから声がかかった。

「何やら楽しそうな話をしておるようぞな」

その口調、デビさんだな。

振り向くと、予想通りデビさんが皮の鎧《よろい》を着こんでいるかのごとき身体をさらして立っていた。

「ああ、デビさん！　泥の攪拌《かくはん》うまくいきました！」

「おおそうかリーの字」

「はい！　あと、お土産《みやげ》に近くで取れる粘土《ねんど》もってきてるので後で」

「それはよいぞ！　菓子《かし》を用意して待とうぞ！」

「しゃー！　お菓子!!」

うん、仲良さそうで何よりだ。

が、なんとなく疎外感《そがいかん》を覚える。ていうか、リリウム、お前ドワーフ嫌《きら》いなんじゃないのかよ。

「デビさん、さ、立ってないで入ったらどうですか」

「おお、そうですな。お邪魔しますぞ」

そう言うとデビさんは深いため息を漏《も》らしながら豪快《ごうかい》に身を沈《しず》める。

「ふぅぅぅ、どうして今まで湯に体を沈めるという行為《こうい》に行き着かなかったのか不思議でなりませんぞ」

「文化の盲点というやつです」

「なるほど、それは確かにそうであろうぞ」

そう、文化の盲点。

どんなに発達した文化でも、そこになんとなくの忌避《きひ》感や、もしくは宗教上の理由などがあった場合、他の文化では当たり前になっているようなことがまったく抜《ぬ》け落ちてしまうのは良くあること。

魚だらけの南洋の小島でも刺身《さしみ》を食わない人たちがいる。

鹿も牛もいる日本に角笛はない。

そういうことだ。

あ、あと、リリウム、泳ぐな。

「しかし、リリウムとはすっかり仲良くなられたのですね」

「ああ、そもそもリーの字はお前さんの警護のつもりでしかないぞな」

ほお、それは初耳だな。

「エルフとドワーフは仲が悪い。それは、ダークエルフも同じこと。だからこそ、自分が護衛についていることでそういった輩《やから》にお前さんが狙《ねら》われやしないかと過剰《かじょう》になっているだけぞな」

確かに、リリウムはドワーフやダークエルフに過剰に反応した時、常にわたしがいた。「私はご主人様の護衛ですからねー」

「側女じゃないのか?」

「えー、側女の役割を果たさせてくれるなら、護衛やめますよ」

あ、すいません、いいです。

「ところでデビさん」

「あ、そうやってすぐ話をそらす」

「やかましい」

二人のやり取りに、デビさんは愉快《ゆかい》そうに微笑《ほほえ》んでいる。

このデビという男、見た目は非常に豪快なのだが、なんというか近所の気のいいおじさんというか優《やさ》しい校長先生というか、そんな湯ざわりのいい温泉のような包容力を兼《か》ね備えたナイスガイ。その包容力で、まったく知識のない温泉ランド建設も文句一つ言わずに請け負ってくれたのだが……。

「なにか問題はなかったですか」

とは言え、こういうフォローはしとくべきだろう。

「ないですぞ」

即答《そくとう》ですか。

「まあ確かに奇妙《きみよう》な内容のものもあったぞね。それでも、わしとエルフやヴァンパイアの魔法《まほう》を組み合わせればできないものはないぞな」

そう言うとデビさんは、ニヤリと笑いながら言った。

「ただわしにも、なんに役立つものかは、わからんぞ」

するとすかさずリリウムが続ける。

「大丈夫《だいじようぶ》ですよ、きっとご主人様が温泉に浸《つ》かりながら説明してくれますって」

「ふむ、たのしみだぞな」

まあそうするつもりでは、あるんだけどな。

「完成はいつ頃《ごろ》？」

「そうぞな、もうちょっと……八日後ぞな」

すごいな。

エルフの里で銭湯の建設を頼《たの》んだときも思ったが、この世界の建築速度はもはや魔法のように……って、リアルに魔法か。それにしても、見たことも聞いたこともないようなもの、よくもそんなスピードで造れるものだ。デビさんに依頼《いらい》した浴槽《よくそう》の数、十種類二十個以上あったんだが、ドワーフの底力を舐《な》めていた。

「できたらみんなで入るか」

「いいですね……って、あ」

「ん？　どうした？」

口ごもるリリウムに問う。

と、ものすごく言いにくそうに口を開いた。

「繭玉さまは、その、無理じゃないかなぁと」

「なに？　あの温泉馬鹿がか？」

――ゴガッ！

そうわたしが口を開いた瞬間、後頭部にものすごい衝撃《しょうげき》を食らった。

「誰が温泉馬鹿やねん、主さんだけには言われとうないわ」

クッ、この地獄耳《じごくみみ》が。

てか、一応わたしは主なんだぞ、後ろからかかと落としって、ねぇ。

「なんでここにいる?」

「いたらわるいんか?」

そんなことはない、が。やけにトゲトゲしているな、今日の繭玉さんは。

「まあいい、湯に入れ。あと、リリウムが繭玉さんは参加できないというのだが、なぜだ? 体調でも悪いのか?」

わたしがそう言うと、繭玉さんはリリウムと顔を見合わせて深い溜《た》め息《いき》をついた。そして、それをデビさんが楽しそうに見つめている。

なんだ、またわたしはのけものか。

わたしがすねかけたそのとき、繭玉さんが情けなさそうに口を開いた。

「あのな、主さんうちにどんだけ仕事振《ふ》ってる思うてるん?」

「ん? 湯浴《ゆあ》み着はもう出来ているんだろ?」

「……リリウム、この男の頭かち割ってええか?」

おい、やめろ。って、この間、仕事の愚痴《ぐち》はきいたではないか。

リリウムとディーネには美容系、デビさんには建築系、ドドさんには雑務、そして繭玉さんには服飾《ふくしょく》系。それぞれの得意分野に合わせて仕事を割《わ》り振って、しかも湯浴み着は目《め》処《ど》がついたのだから、そうそう忙《いそが》しくはないだろう。

「なにがそんなに忙しいんだ？」

「……あんな、目処はついたとは言え、湯浴み着がおおよそ二百着、健康ランドの浴衣《ゆかた》が三百着、そこで働くヴァンパイアの衣装《いしょう》と予備とかそんなん細々入れて、全部で七百からの服を縫《ぬ》うてるねんで」

そんなにか！　誰だその計算をしたのは……あ、わたしか。

たしかに一日百五十人分計算で、交換《こうかん》分を倍用意して、湯浴み着はその三分の二で……みたいなことを言った、気がする。たしか。しかも、具体的な数はなんとなく出したものできちんとした計算はしていない。

だって、計算、苦手なんだもの。

「そりゃたしかに、人手は何人か割《さ》いてもろてるけど。実際問題、寝《ね》る間もないっちゅうねんこっちは」

ううう、まずい、これでは無能なブラック企業《きぎょう》の社長だ。

「えっと、へらすか？」

「へらしてええんか？」

「いや、まずいよなぁ」

紅玉宮は広い。

そこをフル回転で回す健康ランドにしようと思えば、一日百五十人計算でもかなり少ないくらいだ。むしろそれが少ないくらいになってくれないと困るし、そうなるように手配もしている。となれば、その数はギリのボーダー。

でもなぁ、藺玉さんを過労死、はしないだろうけど、社畜《しゃちく》のように働かせるのは申し訳ない。

なんとかならんか。

と、腕を組んで悩《なや》んだそのとき、デビさんが意外そうに疑問を投げかけた。

「わしにはよくわからんのだが、なんで、服屋に頼まんぞね」

服屋、か、まあ考えられなくはないが、この一連の作業はヴァンパイア国内においては秘密厳守が基本。こっちの世界に守秘義務なんてないだろうしな。この話はできるだけ身内を使って極秘《ごくひ》裏に進めたいんだよな。

「それこそ、お前さんはエルフの郷《さと》と親交があるぞね。なんぞおまけでもつけてやれば、頼みぐらい聞いてくれるのではないか」

そうか、そうだ！

国境をまたいでアウトソーシングしてしまえばいいんじゃないか、なんで思いつかなかったんだ。

「おいリリウム、これオーヘンデックに頼めるか？」

「お姉さまなら、対価によります」

そうか、そうだよな、うーん。

「繭玉さん、なにかオーヘンデックにやれるものあるか」

「いや、主さん。オーヘンデックさんなら、普通に金銭で商取引すれば問題ないと思うで。あの人あきんどやさかい」

あ、それはそうか。

そうと決まれば最初の発注は後払《あとばら》いにして、紅玉宮で利益が出たらペイできる、はずだ。

「よし、じゃぁお願いしとくか、リリウム」

「わたしはパスです、里帰りしにくいので！」

あ、そうか、おいそれと帰れる立場じゃないんだな。

「うちがいくで、もともとうちの仕事やさかいな」

「そうか、ならたのむ、ついでに元の数の三倍発注しといてくれ」

「承知や、ウチが働くんやないなら、どんだけでもかまへん」

繭玉さんは、薄《うす》い胸を叩いて請け負う。

しかし、今回の件でわかったのだが、わたしには社長というか、そういった取締役《とりしまりやく》的な人間の才能はないらしい。エルフの里でうまく行ったのは、途中《とちゅう》にオーヘンデックやデリユートさんが挟《はさ》まっていたからだな、うん。

「はぁ、わたしもまだ未熟者だな」

「せやな、でもまあ、落ち込《こ》まんでええよ」

わたしの一言に、一番ワリを食っていたはずの繭玉さんが励《はげ》ましをくれる。

「ご主人さまは温泉に詳しいっていうだけで十分ですって」

くぅ、リリウムにまで励まされてしまった。

いやはや、本当に、情けない限りである。


「おお、ここもずいぶんと出来上がってきたな」

健康ランド特有の、それはどこの国の衣装なんだ？　と言いたくなるような、でもなんだか落ち着く衣装を着て、わたしはもともと謁見《えっけん》の大広間であった場所を案内されている。

そうここは。

「レストランやなぁ」

「フードコートだ」

「ちがわへんやろ」

まあ、うん、たしかにフードコート感は薄いな。

確かに周りを見渡《みわた》せば無数の調理スペースが部屋の周囲を囲み、真ん中にはちょっとしたオブジェとベンチ、そして部屋中に無数に配置されたテーブルと椅子《いす》。ここまではまさにフードコートの設備なのだが、いかんせん壁《かべ》や天上が豪華《ごうか》すぎるほど豪華。しかも奥には大きなステージまでついていて、なんとなく巨大《きょだい》な立食パーティーでもやりそうなレストランにも見える。

高級ホテルの宴会場《えんかいじょう》とか、な。

ただ、わたしにはレストランや宴会場ではなくフードコートでなくてはならない理由があるのだ。

「たしかに飯を食うという目的は一緒《いっしょ》なんだがな、フードコートの雑多な感じこそが、やはり健康ランドなんだよ」

「どゆこと」

「そうだな、まあ簡単に言えば、気を抜いていられるということさ」

そう、わたしがここで再現したかったのは、温泉街のまったりとした雰囲気《ふんいき》だ。

焼団子をくわえて歩いたり、そのへんで購入《こうにゅう》したちょっとした食事をベンチや簡易テーブルで食べたり。名物めぐり、スイーツめぐり、そんなのを浴衣のままぶらりと気軽に楽しめる空間。それこそが、温泉の醍醐味《だいごみ》のひとつでもある。

そしてそれは、雑でなければいけない。

健康ランドの謎衣装《なぞいしょう》をまとっていても違和感《いわかん》がないくらいに、雑でチープで気兼《きが》ねない空間でなくてはいけないのだ。

「とは言え、フードコートにしては豪華すぎひん？」

「まあ、みてな、ここからもう一段階工夫《くふう》はしてある」

わたしはそう言って、後ろについて来ていたデビさんを見る。

デビさんもまた、わたしの視線に気づいて誇《ほこ》らしげに微笑んで返した。ふふ、どうやらソッチのほうの工夫に関しても、抜かりないらしいな。さすがはドワーフだね、まったく。

と、そんな二人をみて、繭玉さんがジト目でつぶやいた。

「なんや、おっさんどうしで気色悪い」

繭玉さん、一気にストレスから解放されたのはいいけど、口悪くなってますって。

「まあ、繭玉さんがいいなら、サプライズの前にネタばらししてもいいんだが」

「わぁ、その言い方は卑怯《ひきょう》やわ」

「まあ、がまんしろって」

と、なんやかんや文句はいっているものの、繭玉さんも楽しそうだ。

そういえば、こうして繭玉さんと時を過ごすのはかなり久しぶりで、健康ランド建設という大事業に心奪《うば》われて、最近、繭玉さんのことをきちんと見ていなかったな、と思い知らされる。

うん、だめだな、一番の相棒なのにな。

そういえば、気のせいか、あのリリウムまでもが気を使って少し離《はな》れて歩いているのだ。普段《ふだん》ならまっさきにわたしの側にひっついている、あのリリウムが、だ。そのリリウムですらこうなのだから、どうやら、繭玉さんのこの頃の疲労《ひろう》具合に関しては、わたし以外みんな気にしていたのだろう。

もう、なんだかほんとすいません。

「すまんかったな、繭玉さん」

「それ以上あやまったら、殴《なぐ》るで」

「そいつはこまる」

そう答えたわたしに、繭玉さんは「フフッ」と笑って続けた。

「たしかにな、ちょっと頭のおかしい注文ではあったよ」

自覚はしてるけど、頭おかしいとか、言うなよ。

「でもな、温泉に関して主さんの言うことに外れはない。きっとこれは何やら素敵《すてき》なことに役立つんやなって思てたし、主さんの相棒であるお使い姫《ひめ》としては、一番頼《たよ》られてないと寂しいのも確かやしな」

「しかしだな……」

「しかしもカカシもないねん。今後とも、うちが一番いっぱいの仕事させられる立場でいたい言うんは、ほんとなんよ」

そうか、それはありがたいな。ただ、二度とこういうことにはならないからな。

「以後気をつける」

「はは、律儀《りちぎ》なこって」

繭玉さんが少し照れながらそう答えた時、前からマリアが走ってくるのが見えた。

「ししょ――――!!」

うん、たとえ見えなくてもすぐに気づいたな、その声で。

見れば、少し穏《おだ》やかな顔になったように見えるテーテンスが、後ろからまるで父親のような風情《ふぜい》でゆったりとついてきている。つい最近まではつかず離れずの護衛感丸出しだったのが嘘《うそ》のようだ。

「どうだ、マリア、うまくいってるか?」

「ふっふっふ、あとは仕上げを御覧《ごろう》じろなのじゃ」

相変わらず言い回しが古い。

「いやはや、オンセンマンジュウ3世様のご慧眼《けいがん》には心より感服いたしました。まさか、マグノリア様にあのような才覚があったとは」

ごめん、まったく想定外でした、が。

「そ、そうか、うん、それはよかった」

「思いっきり予想外だったくせによう言うわ」

「うっさいぞ、繭玉さん」

まあそうなんだけどね、でも、結果オーライならそれでいいじゃないか。

「で、間に合いそうか」

「はい、問題なく」

そういうとテーテンスはマリアを見てニコリと微笑む。そしてそれにマリアも微笑みを返した。

そうか、そこまで打ち解けたか。

マリアとテーテンス、この二人のこういった関係は今回の計画の芯《しん》になる部分なだけに、あの仕事を任せて本当によかったと心の底からホッとした。ただ、ここまでうまくいくとは思わなかったのも正直なところではある。

まあ、テーテンスもマリアも、なんで自分たちにあんな仕事が割り振られたのかきちんと理解しているからなんだろうけど、それでも、これは嬉《うれ》しいサプライズでしかない。

うん、色々、うまくいきつつあるな。

「そういえば、ドドさんは？」

「ああ、あの人なら女公主さんを挑発《ちょうはつ》しに行ってるで」

「言い方！」

「もう、めんどくさい人やなぁ。ヴァンパイアの城下町に、この健康ランドの宣伝に行ってる。でええか？」

まあ確かに挑発の意味もあるけどさ。

でもただ、少なくともヴァンパイアの人間も何人かここに来てもらわなければ困る以上、宣伝が重要なのも事実だ。

もちろん、エルフの郷と同じようにヴァンパイアも温泉への忌避感は持っている。いくらランタータ教団が存在していようと、そこは変わらないのだ。だからこそ必要になるのが、ディーネの成果だ。

「リリウム、スクラブ洗顔の試供品は？」

わたしの問いに、出番とばかりにリリウムが嬉しそうに駆《か》け寄ってきて胸を張った。

「二百で足りますか?」

くぅう、百ほどあればいいなと言ったわたしの注文に対してその倍を用意しておいてのこのセリフ。そしてこのドヤ顔。

「うーん、足りん」

意地悪したくなるよね、実際。

「えええええ、足りないいんですか!」

ははは、このリアクション、これでこそリリウムだよ。

「いや、足りるぞ」

「もう! どっちなんですか!!」

リリウムをいじって楽しむわたし、そんなわたしの姿を藺玉さんが生暖かい目で見つめる。

やっぱりこの3人でいるのはほんとに心地良《ここちよ》いな。

「リリウムと藺玉さん以外で、今すぐ動ける人間は?」

「せやなあ、衣装作りに余裕《よゆう》ができてるから、教団の人なら動かせる思うで」

「オーバーワークにはなってないか?」

「心配なしや」

「よし、では宣伝部隊に試供品を惜《お》しみなく配ってくれ。ここは攻《せ》め時、遠慮《えんりょ》はいらん」

わたしの言葉に、繭玉さんとリリウムが一斉《いっせい》に頷《うなず》く。

「あと、なにかすることは残ってないかな」

「せやな、必殺の調味料は目処が立っとるし、食材の確保かな」

なんだよ必殺の調味料って、聞いてないぞ！　ま、いっか。

「ああ、それなら大丈夫じゃ。ここの倉庫に腐《くさ》るほどの食材が腐らないように保管されておる。追加も、わらわの一声で完璧《かんぺき》じゃ」

おお、またしてもドヤ顔。もちろん、遠慮なく使わせてもらおう。

「魔法って便利やな」

「まったくだ」

では、コマは揃《そろ》いつつある、ということで。

「よしみんな、最後の仕上げに入るぞ！」

最大の計画まであと少しだからな。

みんなの小気味良い返事が響《ひび》く中、わたしはこれからの計画のことを思って、少しだけ背筋に緊張《きんちょう》を感じていた。

うまくいくかどうか、あとはわたしにかかっている。

「大丈夫や、どんと構えとき」

「ですです、私もついてますしね！」

そうだな、繭玉さん、リリウム。

二人がいれば、大丈夫だよな。


「おお、ドドさん、陣中見舞《じんちゅうみま》いにきたぞ」

「これはこれはシメーネフの聖者様、いらっしゃいませ」

「ああ、それやめて、ハンターさんでお願い」

「かしこまりました、ハンター様」

ここはドドさんの事務仕事用にあてがった執務室《しつむしつ》。

きれいに整頓《せいとん》されてはいるものの、大量の書類が積み上げられているところを見ると、わたしの管理能力のなさがここにも相当なしわ寄せになっていたようだ。

「無茶《むちゃ》な仕事をふったみたいで、申し訳ないな」

「なにをおっしゃいます、光栄ですよ」

ドドさんはそう言ってくれるが、わたしとしては信仰心《しんこうしん》をたてに過重労働はさせたくない。

「うむ、まあ適度に休んでくれ」

「そうですね、今のところはちょっと難しいかもしれません」

「な、なんで？」

「城下で行っている宣伝作戦、あれが今大変なことになっております」

なに⁉　大変なことになっているだと。

まさか、宣伝部隊が城下の警備と揉《も》めて争い事になっているとかそういうことじゃ……。

と、顔色で何かを察したのか、ドドさんが慌《あわ》てて否定する。

「ああ、ちがいますちがいます！　大人気なんですよ、宣伝部隊」

「なんだ、そういうことか、しかし、そこまで人気なのか、なぜだ？」

思い当たるフシがない。

やっていることと言えば駅前でティッシュを配っているのと同じようなことで、大人気なのは嬉しいことだがそこまでになる理由に心当たりがない。温泉はボーデルンとしてヴァンパイアの間でも忌避される存在のはずなのに、だ。

「気づいてなかったのですか……」

ドドさんは、少し呆《あき》れ顔《がお》で続ける。

「ハンター様が追加で提案なされたあの、泥《どろ》パックですよ」

なるほど、あれが引っかかったのか。

あれは、ヴァンパイアであっても美容商品は売れるとリリウムやディーネ、教団信者の女性たちに太鼓判《たいこばん》をもらっていた商品だ。やはり女性の美に対する欲望というのは底知れない物があるな……。

と、泥パックに思いを馳《は》せていると、ドドさんはさらに呆れ顔で続けた。

「うーん、推察するに、ハンター様の考えていることは違いますよ」

「なに⁉ 泥パック人気に火がついたのではないのか」

「はい、火がついたのは、試供品というやり方です」

はぁ？

ドドさんの言葉に、頭の中ではてなが踊《おど》る。

というのも、個人的にはたったあれっぽっちの試供品では逆効果なのではないかと考えていたからだ。だって、考えても見てほしい、道端《みちばた》でいきなり試供品渡《わた》されて、中は一見ただの泥だぞ。しかもほんのちょっと。

きっとリリウムあたりなら、即《そく》ゴミ箱だ。

「もちろん私も、最初は半信半疑でした、あの試供品というシステム」

だよな、それが正しい。

「道行く人に、宣伝が目的とはいえ無料で商品を配るなんて、いくらハンター様の案でもさすがにそれはない……と」

へ？　そこなの。

「でも、これが予想以上の反響《はんきょう》で、二日目三日目と日を重ねるごとに、試供品を配った人たちはもちろん、配っていない人たちまでが宣伝部隊に押《お》し寄せて、これはいつ買えるんだ？　どこで買えるんだ？　ともはやパニック状態」

お、おう、まじか。

「もはや、健康ランドの成功は間違《まちが》いなしです、ハンター様！」

そうか、うん、まったくの予想外だった。

元いた世界で美容商品の試供品なんかあたりまえのことだったからな。うん、すごいなら、良かった。

「うむ、予想通りだ！」

「さ、さすがはシメ……ハンター様！」

ということにしておこう。

「じゃあ、オープンに向かって客は確保できそうだな」

「はい、試供品の入れ物である小箱にマリア様の紋章《もんしょう》をデザインしましたので、さすがに怪《あや》しいと感じるものはいませんでしょう」

マリアの紋章だと？

「お、おい、許可はとったのか」

「はい、マリア様が直々にこられまして、試供品には自分の紋章入りの箱を使え、と」

へぇ、あいつやる気じゃないか。

一瞬《いっしゅん》、母親を真っ向から挑発するようなことにマリアの紋章を使うのはいかがなものかと思ったのだが、テーテンスもついているし何より本人がＯＫしたのなら問題ないだろう。

やる気があるのは良いことだ。

「なんだか最近は、中身と同じくらい箱に人気が出てるみたいですよ」

「ほんとか？」

「はい、庶民《しょみん》にしてみれば公爵《こうしゃく》家の紋章入りの箱なんて家宝モノですから」

おうふ、なんだか中身が霞《かす》んでしまいそうだが……ううん、まあ、箔《はく》が付いたと思えば良いのか？

わたしが頭を悩ませていると、ドドさんは恐《おそ》る恐るといった風情で切り出した。

「で、あの、試供品の追加は……」

「うーん、リリウムに相談して」

「あ、はい、かしこまりました」

基本的にわたしには商才がない。

なので、マーケティング的に試供品を配る数はどの程度にしておいたほうが良いとかいうのは、さっぱりわからないのだ。こんなことだから繭玉さんに「温泉以外はなにもわからない」とか言われてしまうんだろうな。

まあ褒《ほ》め言葉《ことば》ではあるんだが、周りに若干《じゃっかん》申し訳ない。

――コンコン
と、その時、ノックの音が響いた。

「だれだ」

「うちや、あの件や」

そうか、あの件か。

「今行く」

ちょっと気を引き締《し》めないと、行けないな。

効能その五　王と公女

「ほぼ予定通りだな」

「なに？　ボクが来ること予想してたの？」

「ああ、まあ、繭玉《まゆだま》さんが、だがな」

「フッ、流石《さすが》だねぇ」

紅玉宮の公爵執務室《こうしゃくしつむしつ》あらため健康ランドの支配人室で、わたしは両脇《りょうわき》を繭玉さんとリリウムに挟まれ、執務室の大きな机越《ご》しにある人物と対峙《たいじ》していた。

そう、それは有言十支族王ルイルイ。その横には、当然小町《こまち》もいる。

互《たが》いにソファーに腰掛《こしか》け、一見和《なご》やかな雰囲気で対峙しているのだ。

「テーテンスかと思ったよ」

「ほぉ、わたしはよく知らんが、なんだかすごい英雄《えいゆう》らしいな」

「そうだね、非常に邪魔《じゃま》な存在さ」

「気のいいおっさんだぞ、ああ見えて」

くだらない与太話《よた》をしながらも、わたしは背中に嫌《いや》な汗《あせ》をかいていた。

それはそうだ、だって、もし万が一にでもここでわたしが対応を間違えて、決定的にルイルイの怒《いか》りを買うようなことになれば、下手をするとエルフ、ダークエルフ、ドワーフ、ヴァンパイア、そしてヒューマンの間で世界大戦レベルの戦争がおっぱじまってもおかしくない状況《じょうきょう》でもあるのだ。

もちろんそこまで極端《きょくたん》なことにはそうそうならないだろうけど、それでも、胃がキリキリはするよね。

ただ、どんなにキリキリしても、譲《ゆず》るつもりはないけどな。

「で、説明してもらってもいいかな？」

小さくため息をついて、ルイルイが切り出した。

「ああ、これか、これは健康ランドだ、お前なら知ってるだろ？」

「……ハンターさん、事の重大さに気づいてる？」

「さぁ、わたしには温泉以上に重大なことなど存在しないんでね」

本心だぞ、ルイルイ。

だからこそ、お前は間違ったんだ。

「はぁ、ボクはお願いしたよね、引きこもりのお姫様《ひめさま》をなんとかしてあげてほしいって」

「ああ、そうだったな、マリアには会ったか？」

「……会ったけど？」

「楽しそうだったろ？」

「まぁ、そうだね」

ルイルイの答えに、わたしは満足げに、そしてきっぱりと言い切るように言葉を返す。

「じゃぁ、解決だな、礼を言ってもらっても構わんぞ」

引きこもりのお姫様は心の底から快適な引きこもりスペースとやりがいのある役目を任されて、日々楽しそうに充実《じゅうじつ》した生活を送るようになった。何やら楽しげに企《たくら》みごともしているみたいだし、テーテンスとも仲良くなってきた。

時々は外に出てせっせと働いてさえいる。

なあ、ルイルイ。これ以上ない結果だよな。

「公爵との関係は？」

「さぁ、そんな事お前から頼まれた覚えはないけどな」

わたしが頼まれたのは『引きこもりの姫をなんとかしてくれ』だ。

「それで済むと思うの？」

「済まないと思うのか？」

そこでとうとう、ルイルイがキレた。

「いいかげんにしてよ！　あんた、自分がなにやってるのかわかってんの⁉」

ああ。こういうところどうしようもなく若いな、ルイルイは。

おっさん丸出しのわたしとしては少々羨《うらや》ましくもあるのだが、かつて自分にもこういう真《ま》っ直ぐな怒りを感じることが温泉以外でも存在していたのを思い出して、いっそ眩《まぶ》しいくらいだ。

生まれて過ごしてきた時間の長さは変わらないとしても、やはり身体《からだ》に精神は引きずられるということか。十代の身体には十代の精神が宿る、ってところだな。

でも、それは眩しすぎる。

あまりに眩しすぎて、きっと、自身の目もくらむくらいに。

「さて、わからんので説明してもらおうか？」

わたしはルイルイを鷹揚《おうよう》に見つめる。そんなわたしを、ルイルイは歯嚙《はが》みしながら睨《にら》みつけ、呻《うめ》くように漏《も》らした。

「本気で言ってるの？　ハンターさんってそこまで馬鹿なの？」

と、答えたのは両脇の二人だ。

「馬鹿やな」

「はい、馬鹿です」

やかましいわ。

「うちはちゃあんと言ったはずやでルイルイさん」

二人の容赦《ようしゃ》ない一言に苦笑《くしょう》するわたしに目配せをすると、繭玉さんがゆっくりと諭《さと》すように話し始めた。

「ここにいるこの御方《おかた》はな、温泉のほかは、ほんと、なんにもでけへんお人や。不器用で面倒《めんどう》くさがりで独りよがりで、基本的に温泉以外になにか成《な》し遂《と》げられるような人物ではぜったいにない人や」

言い過ぎだぞ、繭玉さん。

しかし、大正解だぞ、繭玉さん。

「しかし、ハンターさんがわからなくてもお使い姫のあんたならわかったはずだよね？こんなところにこんなものをつくったら、いったいどうなるのかくらいは」

その問いに答えたのは、リリウムだ。

「繭玉さんじゃなくたってそれくらいわかりますよ、というか、ご主人さまにも本当はわかってますよ」

「じゃぁなんで！」

激昂《げきこう》するルイルイに、リリウムはピシャリと言ってのける。

「ご主人様は馬鹿です。本当の、本物の、正真正銘《しょうしんしょうめい》の」

おい、やめろ、リリウム、ないちゃうぞ。

嬉しくて、な。

「でも、それは、モノを見る目がないとか理解力がないとかそういう馬鹿じゃないんですよ。そういうことなら、ご主人様は驚《おどろ》くくらい頭のいい人です、でも」

そこまで言うと、リリウムはどんと自分の胸を叩《たた》いて誇らしげに宣言した。

「ご主人さまは超がつくほどの『温泉馬鹿』なんですよ」

はははははは、ほめるなよリリウム。

と、ルイルイはそんなリリウムの言葉にさらに激昂してまくしたてる。

「知ってるよ、わかってるよ。だから今回の件をハンターさんに任せたんだ。温泉好きのハンターさんなら、温泉大好きの公女と温泉教団の窮状《きゅうじょう》を見かねてきっとそれを助けるはずだって。それで、わからず屋の女公爵を追い出して、このヴァンパイアの国をエルフの郷みたいに温泉天国に変えるはずだって。なのに！」

はぁ、これが責任ある立場というやつか。

「お前、ただの建前でよくそこまで怒れるな」

「はぁ⁉」

はぁ⁉　じゃねぇよ。

ていうか、ほんと感心するな、そういうところは。

「それで一番得するのは、お前なんだろ？　ルイルイ」

わたしの一言に、ルイルイの口《くち》の端《はし》がピクリと動いた。

「どういうことかな？」

突然《とつぜん》、先程《さきほど》までの怒りなんかどこかに行ってしまったような風情で、ルイルイは冷たい眼差《まなざ》しとともにそう答えた。

それが、素なのか？　ルイルイ。

「お前とヴァンパイアの公爵の仲が悪いことくらいこっちはすでにお見通しだ。で、都合よく起こった地震《じしん》と、それによるマリアの引きこもりという『美味《おい》しい素材』にお前が食いついて、ダークエルフと共謀《きょうぼう》してヴァンパイアの公爵を失脚《しっきゃく》させたいと考えていることも、きちんとまるっとわかってるんだよ」

わたしの言葉に、ルイルイは「へぇ」っと一つ声を漏らして、そして感心したように頷いた。

「ただな、そんな思惑《おもわく》にわたしは乗ってやるつもりはない。それだけだ」

その一言に、ルイルイは鋭《するど》く反応する。

「そこまでわかって思惑に乗らないということは、ボクに対する敵対行動ということ?」

はぁ、ほんと、どこまでも敵か味方なんだな、政治をする人間というやつは。

「主さんは、ルイルイさんに敵対するつもりなんかないわ」

じれたように繭玉さんがこたえる。

「じゃあなんで!」

「そりゃ簡単や、味方するつもりもないねん」

それを聞いて、ルイルイは信じられないものを見るように、わたしを見つめた。

「馬鹿な、だってボクは、この世界の王なんだぞ」

しかし、それに対して繭玉さんは冷静にこたえる。

「しらんがな」

「な、なに!?」

「しらんがなっていうてんねん」

繭玉さんの口ぶりに、今度は小町が大声で叫《さけ》んだ。

「繭玉! あなたいったいどこの誰《だれ》に口をきいているつもりなんですの!!」

しかし、繭玉さんは当然怯《ひる》んだりはしない。

「おかしなこといいはりますね、小町先輩《せんぱい》」

「な、なにがおかしいっていうんですの」

戸惑《とまど》う小町に、繭玉さんは激しい口調で啖呵《たんか》を切る。

「うちらはこの世界の住人違《ちが》いますやろ？　この世界ではプデーリ言うんかもしれへんけど、うちらはお稲荷《いなり》さんのお使い姫や。そんな神の使いであるうちらが、なんで人間の小《こ》娘《むすめ》一人に丁寧《ていねい》な対応してやらなあかんねん。王？　そんなん知らんわ、お稲荷さんの前では王もへったくれも関係ない、全部まとめてただのイキモノや」

これに対して、小町もまた激しく反論する。

「しかしそのただのイキモノは、わたくしのご主人さま。たとえあなたが相手でも、害する人間は容赦しませんよ」

「ああ、そうや、せやからうちも容赦せえへんいうてんねん」

そういうと繭玉さんは、その場に立ち上がって叫んだ。

「あんたらはな、うちのご主人さまの最も大切な物を汚《よご》したんや！　うちの一番大事な人の何よりも大事なもんにケチつけよったからには、ただじゃすませんへん言うてんねん！」

と、リリウムも立ち上がる。

「エルフの恩人の、その誇りを汚すもの。それはエルフへの敵対の意思があるものと、わたしは判断します。……ううん、違う、そうじゃない、エルフなんか関係ない」

途中で首を振《ふ》って、リリウムは再び続ける。

「わたしの大切な人の大切なものを馬鹿にしたんだから、わたしが許しません！」

ははは、簡潔でいいな、そうだ、その通りだ。

うん、やはり二人の弟子《でし》たちは、二人の仲間は、二人の最愛の者たちは、わたしのことをきちんと理解してくれている。そして、一緒に怒ってくれている。

なあルイルイ、お前にはこういう人間はいるのか？

お前の横にいるその狐《きつね》は、お前とともに怒ってくれるのか？

そしてお前は、こんな仲間を見て、たとえ一国の王であろうと怯むことのない勇気を、もらえたりするのか？

わたしはもらえるんだ、羨ましいだろ、だから。

許さんよ、わたしは。

「お前は温泉を争いに利用した、それはな、温泉を汚す行為《こうい》なんだよ」

わたしの言葉に、ルイルイは反論する。

「争い？　馬鹿を言わないでよ、むしろ争いを避《さ》けるために利用したんだ。たしかに、結果としてボクの利益にはなるけど、王の利益は国の利益だろ。争いの兆候をつかんで、その争いを未然に防ぐために温泉を利用してなにが悪いんだよ」

そうか、ルイルイ、お前にはなんにも見えてなかったんだな。

「お前は言ったよな、公女をなんとかしてやってくれって」

「もうそれはいいだろ、そんなこと今更《いまさら》！」

「良くない、まったく良くない」

わたしはそういうと、その場で手を叩いた。

と、入り口の重厚《じゅうこう》なドアがゆっくりと開き、そこにマリア、いやヴァンパイア国公女マグノリアとその侍従《じじゅう》である英雄テーテンスが姿をあらわした。

途端《とたん》、ルイルイの顔に緊張が走る。

老いたりとは言え、大戦の英雄のプレッシャーは、並ではないのだろう。

まあ、それはともかく。

さぁ説教の時間だぞ、ルイルイ。


「この場にテーテンスを呼ぶとは……おどしかい？」

つとめて冷静な表情で、ルイルイはわたしにそう告げる。

しかし、その目はテーテンスをちらりとも見ようとはしない。

「いやいや、小町がついてて脅《おど》しにはならないだろう」

「そうかな、こちらには小町だけ。対してそっちには藺玉さんにエルフの姫にテーテンス。いや、吸血公女も立派な戦力か」

「はぁ、戦力としてみたことはなかったが、そんなもんなんだな」

「馬鹿言わないでよ、ヴァンパイアは戦闘《せんとう》種族だよ」

馬鹿じゃない、本当にわたしは、マリアを戦力としてみたことなんかない。

わたしにとってマリアは、可愛《かわい》い温泉道の弟子でありそして、絶賛親子喧嘩《げんか》中の小さな子供だ。そして、

「よくわからんがそうなんだろうな。ただ、戦闘種族であったとしても、マリアはただの気のいい温泉仲間さ」

他の全てはどうでもいい、わたしにとってはそれがすべてだ。

ともに裸《はだか》で温泉につかり、心を割って話し合った仲だ。

あれから何度もマリアと二人きりで入浴した。温泉の効能を教え、温泉のすばらしさを伝え、そして、マリアの心の内をただ、黙《だま》って聞いた。

確かに、言葉の端々《はしばし》に、何やら胸の内を隠《かく》しているような素振《そぶ》りは感じられた。

藺玉さんは「なぁんか怪しいな」とも言っていた。ただ、普通《ふつう》に考えれば、おっさんに

心の中を全部さらけ出す幼女はいない。

しかし、温泉によって結ばれた絆《きずな》は十年の浅い付き合いよりも深い。

完全無防備で向き合った人間というのは、そういうもんだ。

そこで出来た絆は、なによりも強い。そう信じている。

「ボクは違ったんだね」

そんなわけ無いだろう。

「馬鹿を言っているのはそっちだルイルイ。お前は間違いなくわたしの温泉仲間、ともに温泉につかった友人だ」

そうさ、だからわたしはルイルイの提案を飲んだのだ。

確かに温泉絡《がら》みの一件という一語に惹《ひ》かれたのは否定しない。

が、それがすべてじゃない。大半ではあるが、ほとんどそれが理由と言っても過言ではないが、むしろ頼《たの》まれなくても知っていたらここに来たとは思うが、しかし、だ。

本当に、それだけではない。

「わたしはお前が温泉仲間だからこの件を受けた。そして、温泉仲間だからこそ」

わたしはそう言うと、マリアを自分のそばに手招きした。

そしてその頭にポンと手をおく。

「ルイルイ、お前に説教しなきゃいかんと思ってな」

わたしの言葉に「説教？」ととぼけたような声を上げると、ルイルイはそのままなんとも愉快《ゆかい》そうに笑い始めた。

「有言十支族王であるこのボクに、説教？　温泉のことしか能のないハンターさんが？」

「王にじゃないさ、友人にだ、言っただろ？」

相手が笑顔《えがお》なんだ、当然私も笑顔で応じる。

が、どうやらルイルイはそれがお気《き》に召《め》さないようで。

「ふざけているんなら、やめてよね」

うーん、はじめからふざけるつもりなんかこれっぽちもないんだがな。

「ふざけてなんかいないさ」

その一言に、ルイルイは盛大《せいだい》に深いため息をついて、ソファーに深く身体を沈《しず》ませた。

「わかったよ、じゃぁ、なにが言いたいかだけはきいておく」

「ふむ、じゃぁ言わせてもらうけどな」

「どっちにしろ、このメンツから無理に逃《に》げ出す方法なんかないからね、ボクは」

ほんとにそんな気はなかったんだけどな。

まいいか、好都合だということにして、話を進めよう。

「わたしは、温泉を政治に利用するのは嫌《きら》いだ」

「地域振興課《しんこうか》なのに？」

詳《くわ》しいな、そんなことまで言った覚えはないんだけどな。

「地域振興課は温泉を観光に使おうと言うだけの、政治的になんの影響力《えいきょうりょく》もない部署だぞ。少なくとも、温泉を使って種族間の対立を煽《あお》ったり政権の転覆《てんぷく》を狙《ねら》ったりするところではない」

役場の地域振興課が、そんなところであってたまるか。

大人が真剣《しんけん》に議論して何年もかけて『ゆるキャラ』作ってるような場所だぞ、あそこは。

「でもな、わたしも大人だ、嫌いだったとしてもお互いウインウインならいいんだ」

エルフの郷《さと》でやったこと、あれも大きく見れば温泉をつかった政治的介入《かいにゅう》だ。

そして今やっているこの健康ランド計画もまた、人によってはそう見えるだろう。

「温泉を政治に使おうとするのは許せないものだが、結果的に政治に利用できちゃった場合は、仕方ないしな」

「だったら、ボクの計画がハンターさんのマイナスになるとは思えないな」

かたくなだね、まったく。

「まだわからんか、お前は温泉を争いに利用しようとしたんだぞ。そんなモノ許せるわけがないだろ」

「だからそれは、たしかに小さく見れば争いだけど、大きく見れば政治だよ」

そうか、こいつはほんとにわかってなかったんだな。

政治なんてものを任されて、玉座なんぞという立派な椅子《いす》に座《すわ》らされてしまうと、人間はここまでモノが見えなくなってしまうんだな。

「じゃぁ聞くが、マリアと、母であるヴァンパイアの女公爵との関係は、どうなる。それは争いじゃ、ないのか？」

「は？」

ルイルイは、本気で虚《きょ》を衝《つ》かれたように首を傾《かし》げる。

それでも、即座《そくざ》に理解して続けた。

「その程度を争い？　馬鹿だな。でも、まあ、それを争いであるとしても、母を疎《うと》ましく思う公女マリアはわからず屋の母を追い出して女公爵となる。ちょっとしたいざこざの結果争いが消えるから結果オーライじゃない」

と、そこで、とうとうマリアが口を挟《はさ》んだ。

その瞳《ひとみ》には、うっすら涙《なみだ》が浮《う》かんでいるように、わたしには見えた。

「いつ、いつわらわがそんなことを望んだのじゃ！」

そう、そうなのだ。ルイルイには、ここが見えていないのだ。

「確かに、確かにわらわは母上が疎ましいと思っておる。あんなわからず屋の母上は、かつて優《やさ》しかった母上とは別物じゃとも思う」

「ああ、そうだね、あれは権力の権化《ごんげ》。醜《みにく》くも浅ましい女だ」

この一言に、マリアがキレた。泣きながら、キレた。

「わらわの前で、母上を悪く言うでないぞ！」

そして、その一言に呼応するように、身体に難があるとは思えないスピードで、テーテンスがルイルイの後ろに音もなく忍《しの》び寄った。

同時に、小町が動こうとするが藺玉さんが片手を小町の方に掲《かか》げてその動きを制する。

そしてリリウムが、風のようにわたしの前に立ちはだかった。

で、結果、目の前がリリウムの尻《しり》である。

この場の緊迫《きんぱく》した雰囲気《ふんいき》なんかどうでもいいくらい、かなり近い、鼻先にある、小ぶりの尻。なんとも形の良い尻……。ああ、温泉なら別に緊張しないのになんでこういう場面だと意識しちゃうんだろうなぁ。

てか、飽《あ》きた。もう、言い争うの、飽きた。

……ああ、めんどい、温泉入りたい。

そこでハッとした。こういう小難しい展開はわたしの最も苦手なものであることに。

サンキュー、リリウムの尻。もう、やめだ。

「あああ、もうやめろ、めんどうだ、ここでバトルなんかわたしはする気ないからな」

「なにを言ってるんだいハンターさん、先に動いたのはそっちだろ」

緊張の中にも、王たる資質を見せて冷静なルイルイが指摘《してき》する。

「あほか、娘《むすめ》の前で堂々と親の悪口を言うやつのほうが百倍悪いわ」

「だって、そこの公女は母親が嫌いなんだろ」

ルイルイは、もはや不貞腐《ふてくさ》れているかのごとくに言い放つ。しかし、当然マリアがこれに反論した。

「いつ、わらわが母上を嫌いじゃと言った」

「だって、家出して引きこもってたんじゃないの、君は？」

だー、もう頑固《がんこ》だなこの王様というやつは！

自分で理解するまで言わないようにしようとおもっていたが、はっきり言ってもう終わらせたい。こういう雰囲気ホント苦手なんだよ、わたしは。

「あのな、ルイルイ。好きだから、分かり合いたいから、認めてほしいから、だからマリアは引きこもったんだよ」

わたしはそういうと、マリアを見つめる。

マリアも、大きくうなずいてわたしを見た。

赤く濡《ぬ》れた瞳で。

そう、健康ランド建設を宣言した直後の夜。

二人で入った温泉でみた、あのときのような、寂《さび》しくもか弱い瞳で、だ。


「なあマリア、わたしは別に、さくっとお前の母さんを追い落としてってやり方でもいいんだぞ」

健康ランド建設が決まった数日後、わたしはマリアと二人で正苦味泉につかっていた。

リリウムも藺玉さんも他のみんなも一様に忙《いそが》しく、この頃《ころ》はまだマリアのやることも決まっていなかったため、この頃はマリアと二人で風呂《ふろ》に入ることが多かった。

テーテンスもついてはこない、マリアが断っているらしい。

「会議ではああ言ったけどな、あれはその、ちょっとわたしも興奮していたと言うか」

温泉は争いの道具ではない。

だから、温泉を使ってマリアと母を仲違《なかたが》いさせるようなことはしない、あのときわたしはそう言った。ルイルイの計画通りだとそうなってしまうのが嫌で、そう言ったのだ。

勢いに任せて。

「それは、温泉は争いの道具でもあるということことかの？」

「いや、そうじゃない、それは全く違う」

それは、間違いなくＮＯだ。

ただ、わたしはマリアの人生を勝手に決めていい立場にはない、それだけだ。

「マリアは、母を追い出してもいいと言っていたんでな」

「ああ、そうじゃな。正直それでもいいと思っておる」

そういうとマリアは、風呂の湯をすくってパシャリと顔にかけた。

「苦いのぉ、この湯は」

「ああ、それがいいんだけどな」

「そうじゃな、苦味もまた、必要なときはあるよな」

言いながらなにかを考えるマリアの横顔が、いつもより大人びて見えて少しだけどきっとする。

繭玉さんがいなくてよかった。

「マリアは、母親が嫌いか？」

わたしの問いかけに、湯に濡れた細い肩《かた》がピクリと震《ふる》えた。

「師匠《ししょう》からはどう見える？」

「さあな、わたしには母がいないのでな」

「そう、じゃったか」

こういう話をすると、決まって困り顔を浮かべたり憐《あわ》れむ人間が多いが、マリアは天気がいいねの返答のような一言でサラリと流す。

幼いながらも、一国を任された人間の娘。

この先その跡《あと》を継《つ》いで一国を任されることが宿命付けられている人間だけあって、そのへんの心の座り具合というのがやはり普通とはまったく違うのかもしれない。

「わらわは、きっと、母上が大好きなんだと思う」

スーッと細く息を吐《は》いて、水面の湯気を分けるように、マリアは小さくもはっきりとした口調で言った。

「ただ、母上は何に怯《おび》えているのか、それともこだわっているのかわからぬが、少しばかり常軌《じょうき》を逸《いっ》しているように思えてな」

ヴァンパイアの地位の低さ、ヒューマンの足下《あしもと》に置かれている現状。

そんなプライドを背景にしたプレッシャーのようなものが、少し考えれば見えてくるルイルイの画策すら見破ることが出来ずに、オロオロと愚策《ぐさく》を繰《く》り返し、結果、取り返しのつかない引き金を引きそうになっている、現状。

きっと、マリアには、それを看過できない、ということなのだろう。

「わらわはヴァンパイアの公女、母上がヴァンパイアの害となるなら、追い落とすのが責務。でも、それより」

そういうとマリアは、わたしの肩に頭を寄せて目をつぶった。

その軽さに、幼いマリアの今を思い出させる。

この小さな細い身体に背負う責任の重さと、そこから逃げ出したくなってここに閉じこもった、その今を、だ。

「これ以上こんなことをしていては、母上が可哀そうじゃ」

言いながら、マリアはわたしの腕《うで》にその細い腕を絡《から》ませてギュッと抱《だ》きしめた。

「あんな母上は、これ以上見とうない」

見れば、マリアは歯を食いしばって涙を流していた。

そんな彼女《かのじょ》の身体を、温泉のお湯は暖かく包《つつ》み込《こ》み、そして、その心に溜《た》まった澱《おり》を少しずつ溶《と》かし出すように口と心を開かせていく。

「母上は、もっと素敵《すてき》な人なのじゃ。優しく、温かい人なのじゃ。それを一番知っているのはこのわらわなのじゃ」

マリアの独白は続く。

「だから、わらわが母上を困らせればいいと思った。そうすれば母上は、むかしのように自分を取り戻《もど》すんじゃないかって。でも、そのせいで、母上はむかし以上におかしくなってしまわれた。わらわのせいで、国を割ろうとさえしておるのじゃ」

誰にも言えず、不出来な娘を演じるマリアの本心が、次々にこぼれてはお湯に溶けて消える。

「テーテンスを閑職《かんしょく》に追いやり、ドドさんたちを迫害《はくがい》し、争いの準備を始めるなど……」

マリアはそう言うと「信じられんのじゃ、あれが我《わ》が母上だとは」と、頼《たよ》りない声で漏らす。

「じゃから、もう、母上を追い落としてわらわがこの国を治めるしかない。とも、思うのじゃ」

その一言の重み、その一言の苦さ。

それを思うと、その言葉を引き出させることができた温泉の力に、わたしは心から感動した。

「母上のために、わらわはもっともっと悪い娘になろうと思うのじゃ。親を裏切り追い落とす、悪魔《あくま》の娘に」

ああ、温泉は良いものだ。本当に良いものだ。

だからこそ、わたしは。

同じく温泉を愛し、そして、共にこうして湯の中にいる弟子を、仲間を、友を。こんな顔で温泉に浸《つ》からせるようなことをこれ以上したくはなかった。温泉の力を利用して、マリアを悪魔の娘にしようとするルイルイが許せなかった。

なあ、マリア、温泉はな、温泉というものはな、マリア。

そんな顔で入る場所じゃ、ないんだ。

「そうか、わかった、ならまずは仲直りからだな、マリア」

「な、話を聞いておったのか？　そんなことできるわけが……」

「さあどうかな、温泉の力があれば、あるいはな」

わたしの言葉に、マリアは優しいほほ笑《え》みを浮かべてこたえる。

「はぁ、師匠は優しいな。でも、わらわにもわかる。温泉にそんな力はない」

ああ、そうだ、よくわかっているじゃないか、我が弟子よ。

ただ、まだまだだな。

「そのとおりだが、そんなもの温泉道の初歩中の初歩だ」

「どういう意味なのじゃ」

「温泉というのは、言ってしまえばただのお湯。病や傷を治す力などない。そんな、魔法《まほう》のようなものではない」

病気になったら医者に行くべきだ、温泉では治らない。ただ。

「温泉は、自ら治ろうとする力を助ける。それが本来の温泉の効能というものだ」

そう、温泉は助ける力、支える力。

自らそうなろうとする人間の思いを、押《お》し上げてくれる優しい力。

「おまえ、母さんと仲直りしたいんだろ？」

「いや、それは、その」

だめだぞマリア、温泉では素直《すなお》になるべきなんだ。

「……そうじゃな、限りなく難しいが、できればそれがいい」

ああ、そうか、ならば答えはひとつだ。

「温泉は、自ら治ろうとする力を助けるものだ。だからもし、お前が母親との関係を治したいと思うなら」

わたしはそういうとマリアの肩をぐっと引き寄せて、抱きしめた。

「温泉はきっと助けてくれる」

そう、温泉はそういうものだ、はじめからそういうものとしてこの世にあるのだ。

「お前が望めば、な」

そうして、少しの沈黙《ちんもく》の後。マリアが小さく口を開いた。

「望んでも……いい、の、かな」

思いがけず、子供のような口調。

細かく震える、幼子のような。

権威《けんい》という衣《ころも》を脱《ぬ》ぎ捨てて、心まで裸になった、マリアの本当の言葉。

「わたし、お母さんともう一度、一緒《いっしょ》に仲良く暮らしたいって思っていいのかな？」

わたしではない、自分に聞くんだ。

その答えは、わたしが出してあげて良いものじゃない。

「沢山《たくさん》の人を傷つけて、困らせて、迷惑《めいわく》をかけて。いっぱいいっぱい、テーテンスにもドドさんたちにもひどいことしたのに、師匠や繭玉様やリリウムさんやディーネさんにも迷惑かけたのに、たくさんの国が関係している大変なときなのに」

言いながら、マリアは泣きぬれた目でわたしを見上げる。

「わたしが、ヴァンパイアの公女であるわたしが、お母さんと仲直りしたいなんて願っちゃっても、良いのかな？」

ああ、ほんとに、わたしの周りにいる奴《やつ》らは、みんな馬鹿だな。

わたしと同じ、馬鹿ばっかりだ。

「子供が母親と仲良くしたいなんてことに、誰の許可もいらん」

当たり前じゃないか、そんなの、言うまでもないことだ。

「お前が本心からお母さんと仲直りしたいと思うなら、温泉はきっとそれを助けてくれる。そして、この世で一番温泉を知っているわたしが、そのさらに手助けをしてやる」

政治なんかわたしにはわからない、わかりたくもない。

ただ、温泉と温泉のもつ力について、わたしより知っている人間はいない。この異世界にも、元いた世界にも。

親もなくこの世に生まれ、温泉に育てられたわたし以上に、それを知る者はいないのだ。

「わたしにまかせろ、マリア。お前が望むなら、全力で助けてやる。だから」

そう言うと、わたしは、マリアの顔をしっかりと見つめて、その心に問いかけた。

「お前の望みを言え、マリア」

「わたし、わたしは……」

震える声で、そうあえぐように言いながら、マリアがわたしの体に抱きつく。

「お母さんと仲良くなりたい、また一緒に楽しく暮らしたい、わたしは、わたしは！」

その声は、高く、そして貫《つらぬ》くように紅玉宮の隅々《すみずみ》にまで響《ひび》き渡《わた》ったに違いない。

「お母さんといっしょに、温泉に入りたい‼」

ああ、そうか、ならばマリア。

「まずはテーテンスと話せ、腹を割って、温泉で、な」

わたしはそう言うと、ふしぎそうな顔で涙を流すマリアの頭を、優しくなで続けた。

「マリアは、母親と仲直りをしたいと思っている。わたしは、わたしと温泉の力はそれを助ける」

記憶《きおく》をたどって、わたしはルイルイにマリアの思いを聞かせた。

ただ、この思いが、ルイルイに伝わらないことくらい、もうすでにわたしにはわかっていたのだがね。

「くだらないよ、何が温泉の力だよ、出来もしないことを」

そうか、お前ならそう言うよな。

だから言おう。

「ルイルイ、温泉入っていかないか?」

そうさ、答えはすべてそこにある。

そこにしか、ないのだ。

「王は来ませんでしたな」

「ああ、きっと後悔《こうかい》するぞ、あいつ」

わたしが紅玉宮に造った隠し温泉その一。

ヴァンパイアの魔法とドワーフの技術が融合《ゆうごう》して出来上がったこの『緩《ゆる》やかに流れる温泉』の出来栄《ば》えを堪能《たんのう》しつつ、こんなすばらしいものに入らなかったルイイに憐れみを感じる。

本当に馬鹿なやつだ。

ま、テーテンスと二人っきりと言うのも、それはそれでオッサン同士の気楽さもあって良いものだけどな。

「ははは、自信満々ですな」

「もちろんだ、この流れるお湯というのは結構健康効果が高いのだぞ」

「は？」

そうかそうか、テーテンスもわからないか。

「この緩やかな水流、実はかなりリラクゼーション効果が高いとされている」

「リラ……？」

「ああ、そうか、ええとだな、簡単に言うと癒《い》やし効果だな」

この効果、もちろん科学的に証明されているわけではない。

しかし、人によっては胎児《たいじ》の頃の記憶と結びついているのだとか、体の表面に流れる水の動きを感じることで優しく撫《な》でられているような心地《ここち》になるだとか、そんな理由で精神的な癒やしを得ることが出来ると言われているのだ。

確かに、流体に体を接触《せっしょく》させるとリラックスできるというのは、東洋医学ではよく聞く話。

とまあ、難しいことはおいておくとして、入ってみればわかる。

お湯が流れていることで感じる軽い浮遊《ふゆう》感、そして、止まっているお湯よりいっそう強く感じる一体感。

「確かに、眠《ねむ》くなりそうですな」

「はっはっは、そうだろ、でも、温泉で寝《ね》てはいかんぞ」

「心得ておりますとも」

テーテンスはそう言うと、わたしを見てニヤリと微笑《ほほえ》む。

どうやら、わたしが温泉でぶっ倒《たお》れてしまったことに関して、すでにテーテンスにも情報が入ってしまっているらしい。情報源は、まあ言うまでもなくリリウムだろうな。聞くところによれば、あまりにも偉人扱《いじんあつか》いされるわたしの「人間味」をアピールしているのだそうだが。

よけいなお世話である、後でお説教だな。

にしても、この笑顔。テーテンスも砕《くだ》けてきたなぁ。

「それにしても、テーテンス、だいぶ馴染《なじ》んできたな」

歴戦の強者で英雄《えいゆう》であるこの男を呼び捨てにするのはかなり心苦しいのだが、これはマリアの願いと言うか懇願《こんがん》の賜物《たまもの》。

わたしがマリアの師匠である以上、その侍従であるテーテンスに敬語的な表現をされるのはこまるらしい。

いやはや、貴族社会というのはめんどくさいものだね。

「はい、温泉のおかげですな」

ふふ、本当にこの男と話すのは楽でいい。

実際問題、テーテンスが砕けた態度を取るようになった理由が温泉かどうなのかなんてわたしにはわからない。きっとそうだろうとは思うが、他人の心情の変化をわかったつもりになるほど傲慢《ごうまん》ではない、が。

そのうえで、こういう返答をサラッと出来る、大人の姿勢。

「ははは、そうであるといいですね」

わたしとしても、非常に心地よい。

「マリア様とも、随分《ずいぶん》仲良くなれましたよ」

仲良く、か。

「それもまた、温泉の、いやオンセンマンジュウ3世様のお力、ということになるのでしようね」

「ははは、すごいのはマリアだ、わたしの力じゃない」

何気ない、それでいて心からのわたしの言葉に、突如《とつじょ》、テーテンスは表情を曇《くも》らせた。

「それで、いいのですか？」

「なに？」

それでいいのか？　って。

マリアとテーテンスが仲良くなって、わたしに悪いことなんかこれっぽっちもないではないか。それこそ、わたしにとっては気のいい温泉仲間が増えるよなぁくらいだ。

もしかして、貴族社会の面倒《めんどう》な話か？　だとすれば、わたしの知ったことではない。

と、テーテンスはわたしの返答を待たずに、矢継《やつ》ぎ早《ばや》に続けた。

「あなたは自分の力をどれくらいのものだとお考えで？」

ん、なんだか今日のテーテンスは絡みづらいぞ。

「いや、あなたがなにを聞きたいのかは知らないが、わたしの力と言われてもな。温泉に詳しいただの人だよ」

「ただの人が、エルフの郷を財政的に立ち直らせることが出来ると？」

「それこそ、それは温泉の力だ」

この世になかった最高の観光資源。

もとの世界で実証されている成果から見ても、難しいことじゃない。

「エルフの族長とよしみを通じ、その妹を側女《そばめ》にもらうことが出来ると？」

「オーヘンデックは温泉仲間だしな、リリウムに関しては、楽しそうだからついてきているだけだ」

ま、まあ、ふたりともわたしに対して想《おも》いを寄せているのもあるだろうけど、さすがにここでは言いにくいし、照れる。

「この世の頂点である有言十支族王に認められ、しかも正面切って対立していられると？」

「うーん、それについては色々あるんだが、一番は繭玉さんと小町が仲良しなんでな」

そして、何より重要なのは、ルイルイとわたしが同郷であるということだ。

それもまあ、言わんほうが良いよな。

「そしていま、この紅玉宮を健康ランドにして、ヴァンパイアにも変革をもたらそうとしている」

「おいおい、ただの温泉施設《しせつ》だぞ。大げさだな、まったく」

それは確かに繁盛《はんじょう》してほしいとは思うが、健康ランド一つで国が変わるなどと言われたら困惑《こんわく》しかない。

というか、こいつは一体……。

「何がいいたいんだ、テーテンス」

そう、テーテンスの質問の意図がわからない。

もちろん、なんとなくではあるが、わたしに釘《くぎ》を刺《さ》しているような気はする。あまり自分の力を過信するなよ、とか、調子乗るんじゃないぞ、的なことなんだろうけど、テーテンス的にはわたしがそういうふうに見えるのだろうか、わたしの素行が。

「別に、わたしはそれらの手柄《てがら》を独《ひと》り占《じ》めにしようとも思わんし、自慢《じまん》する気もないぞ」

温泉でしたくない会話だ、本心を喋《しゃべ》って早めに切り上げよう。

そう思ってこぼした一言に、テーテンスは深いため息をついて意外なことを口走った。

「なんで自慢したいと思わないのですか？　手柄を独り占めにしたいと、なぜ思われない」

はぁ、何だ喧嘩売られてんのか、これは。

温泉絡みの喧嘩なら、たとえ相手がテーテンスでも買う……いや、買いません、買いませんけど、ムッとはするぞ。

なんて考えているわたしの気持ちが表情にでていたのか、テーテンスは慌《あわ》てて否定した。

「いや、違《ちが》います、違うのです。そうではなくて。わたしはオンセンマンジュウ3世様が謙虚《けんきょ》すぎるのではないか、と」

謙虚すぎる？

「オンセンマンジュウ3世様はご存じですか、エルフの娘がドワーフと仲良く肩を並べて働くさまを。ダークエルフの娘がヴァンパイアと顔を突き合わせてなにかに没頭《ぼっとう》している姿を」

「ああ、でも、それがどうした？」

「……それがどうした、ですか、そうですか。そうなんですね」

テーテンスはそう言うと、ゆっくりと湯をすくって顔にかけた。

「繭玉様がおっしゃっておりました、オンセンマンジュウ3世様は温泉のようなお方だと」

そうか、後でいっぱい褒《ほ》めておこう。

「そして、私、テーテンスも今理解しました。さすがは繭玉様だ、と。そして……」

そういうとテーテンスはお湯に浸《つ》かったまま、深く頭を下げた。

「マリア様の師匠があなたで良かった」

「うーん、さっぱりわからん」

いきなり質問攻《ぜ》めにされ、喧嘩を売られたかと思ったら、今度は感謝。

しかもだ、マリアと仲良くなれた件ならば、先程《さきほど》も言った通りそれはわたしの手柄ではなく温泉の力、いや、温泉に背中を押されたマリアの、そしてテーテンス自身の力だ。

でもまあ、感謝されているのだし、あまり否定するのもな。

「まあ、そう思ってくれているのなら、嬉《うれ》しい限りだよ」

わたしがそう言うと、テーテンスはニコリと笑ってわたしのすぐとなりにやってきた。

全身傷だらけのマッチョなボディ。

そういう体つきが好きな特殊性癖《とくしゅせいへき》を持った人間が見たら、卒倒《そっとう》するだろうな。しかも、テーテンスはイケメンだしな。って、なんだか自分の体の惨《みじ》めなラインが恥《は》ずかしくなってきたぞ。

「ど、どうした」

「いや、お耳を拝借」

そう言うと、テーテンスは更《さら》に体を寄せて耳元でささやいた。

「マリア様は、極秘《ごくひ》でとある計画を進めております」

はぁ、もったいつけて、しかもびっくりするほど長い前フリ付きで、言うことはそれか。

ちょっとがっかりした。

「知ってるよ」

わたしの一言に、テーテンスは驚《おどろ》きの声を張り上げ立ち上がる。

「知っていたのですか⁉　知っていて、放置を⁉」

あーもう、驚いてもいいから立ち上がるなって。股間《こかん》！　顔の直前が股間！

「いいから、座ってくれテーテンス」

「あ、すいません、しかし」

シブシブと湯に浸かりながら、テーテンスは何か珍獣《ちんじゅう》でも見るような顔でわたしを見ている……のだが。

まあ、気持ちはわかる、確かにサプライズというのは照れくさいものだ。

というのも、実は繭玉さんに聞いてしまったのだ。

マリアの劇の内容がちゃんとしたものかを確認《かくにん》させたときに、どうやらテーテンスに対してサプライズを用意しているということに。

そのとき「ほんまに内容自分で確認せんでええんやな」と、釘は刺《さ》されたがな。

「マリアが考えてやったことだ、お前もあんまり怒《おこ》るなよ」

「い、いや、オンセンマンジュウ3世様がそういうのであれば、良いのですが」

そういうとテーテンスは、もう一度湯で顔を洗って深い息とともに吐き出した。

「これは、裏切りではありませんか？」

あ、ああ、うん、そうか？

裏切り……うん、わからん。まあ、そうだとしても。

「大げさに考えるなよ。何にせよ、主役はマリアなんだ、マリアの好きにさせてやろう」

わたしはそう言うと、テーテンスの方をしっかりと見て、告げる。

「大人ぶっていても、あいつはまだ子供だ。行き過ぎることもやりすぎることも、間違《まちが》えることもあるだろうさ。でも、そんなときこそ大人であるわたしたちがフォローする、それがあたりまえのことじゃないか？」

マリアは、子供のくせに色々背負いすぎているのだ。

だからこそ、マリアに知ってほしい。間違えたっていいということを。そのために、周りに大人がいて背中を支えているのだ、ということを。

子供にとって、大人とは温泉なのだ。

「マリアの顔、生き生きしているだろ？」

「はい、たしかに」

「それでいいじゃないか」

そう、それでいい。

「そうですね、やはりあなたは、温泉のような人だ」

「しつこいぞ、わたしはそこまで偉《えら》くない」

「いえ、私の目に狂《くる》いはありません」

そうか、ならそれでいい。

「オープン、楽しみですな」

「ああ、ほんとに。健康ランドの底力を早くマリアの母に見せたいもんだ」

いいながら、わたしはお湯をすくって顔にかける。

そして気づいた。

そう言えば、女公爵《こうしゃく》の名前、聞いてないな、と。

「なぁテーテンス、女公爵、名前なんて言うんだ？」

わたしの問いに、テーテンスは何故《なぜ》か一度ビクリと体を震わせた。

しかし、そのまま少し考えると、女公爵の名前をわたしの耳元にそっと囁《ささや》いた。

「へぇ可愛《かわい》らしい名前じゃないか」

あの見た目と態度には全然似合わんな。

わたしはその名前とのギャップがおかしくて、小さく微笑んだ。


「なんや忙しい毎日やったなぁ」

「そうだな、まあ、たしかにな」

健康ランド建築に目処《めど》がつきルイルイの一件も片付いた私たちは、いつものように温泉に浸かっていた。

遠くまで見渡《みわた》せる絶景のロケーション。

無駄《むだ》にだだっ広いバルコニーを改造して造った通称《つうしょう》天空の湯からの眺望《ちょうぼう》はまさに天上の至福。色々あった日々の締《し》めくくりには最高の温泉と言えた。

しかも一緒に入るのは繭玉さんとリリウム。

安心感が、違う。

「で、このままおとなしく引き下がるんですかねぇ?」

「ああ、それは、うん」

リリウムの言葉に、わたしは無言で目配せをする。

と、繭玉さんはニコリと微笑んで答えた。

「ああ、大丈夫《だいじょうぶ》や、きちんと掃除《そうじ》はしてるさかいに」

「そうか、うむ」

掃除、というのは、ルイルイがわたしを監視《かんし》するために放っていたと思われる使《つか》い魔《ま》のようなものの除去のことだ。

当然それに気づいたのはわたしではなく、繭玉さんであったのだが、その報告を受けたときにわたしはそのまま放置しておくように命じておいたのだ。だって、そのほうが温泉の魅力《みりょく》に引き寄せられてくれそうだからな。

残念なことに効果は、なかったようだが。

「失敗だったな、使い魔放置作戦」

「そうなん？」

「そりゃ、そうだろ。あいつ全然温泉に興味ないんだもんな」

わたしの言葉に、リリウムが「はぁ？」っといぶかしげな声を上げる。

「どうしたんだリリウム？」

「どうしたんだ？　じゃないですよ！　ご主人さまが使い魔を放置してたのって、こっちの作戦をわざとルイルイさんに筒抜《つつぬ》けにして、相手の動きをコントロールするためじゃないんですか？」

はぁ、なんでそんなことをしなきゃいかんのだ。

「ばかな、わたしは、ルイルイが温泉好きになってくれれば、もう少し肩の力もぬけるだろうになぁと思ってだな……」

「ま、うちはそんなところやと思ってたけどな」

「えええ、うそだぁ⁉」

リリウムはそう言うと「ディーちゃんに聞いたとき、さすがご主人さまだと思って感動したのに」とつぶやき、口をとがらせて続けた。

「本気で言ってます？」

なにを馬鹿な、本気も本気、大真面目だっつうの。

リリウムの意味のわからない勘違《かんちが》いに、ひとこと言ってやろうと口を開きかけたそのとき、繭玉さんがのんびりとした口調でリリウムの肩を叩《たた》きながらこぼした。

「リリウムもな、ここ最近やたらと主さんが切れ者っぽい動きをしてたから勘違いしてる頃やろうな、とは思ってたけどやっぱりなぁ」

「やっぱりって、なんですか？」

ん？　コレは褒められているのか、それともけなされてるのか？

「あんな、主さんはずーっと首尾《しゅび》一貫《いっかん》。どうやったら温泉を楽しめるかしか考えてへんねん」

なんだ、褒められているのか。

って、リリウム、お前わかってなかったのか？

「だって、温泉を汚《よご》すものはなんとかとか、あとはルイルイの陰謀《いんぼう》を打ち砕くとか……」

うむ、それはとても大事だな、ただ。

「そういうのも全部な、主さんがゆっくり温泉を満喫《まんきつ》するのに邪魔《じゃま》なだけやねん」

「はぁ？」

はぁって、リリウム、それ以外に理由なんかあるはずないじゃないか。

「じゃぁ、じゃぁマリアちゃんとお母さんの件は？」

「まあそれも同じだな、マリアは母親と仲良くなりたがってたからな、だったら仲良く温泉に入ればいいじゃないか、なぁ」

「えぇええぇ、そんなの、ただの思いつきじゃないですか、それじゃあ」

はぁ、リリウムよ、わたしは失望したぞ。

別にわたしは水戸黄門ではないのだ。

この異世界を旅している理由は世直しでも人助けでもない。理由はずっとただひとつ、この世界にある温泉を全力で、そして最高の状態で味わおうとしているだけだ。そのために、厄介《やっかい》事はできるだけ排除《はいじょ》する。

なぜなら、ソッチのほうがくつろげるからだ。

そして、そのための努力をわたしは惜《お》しまない。

それは、より良い温泉を作ることと同義なのだ。

「じゃぁ。マリアちゃんのことはどうするんです？」

「どうするとは？」

「だって、お母さんとの仲直り、まかせろって言ったんじゃないんですか？」

ああ、その件か。

「言ったな、言ったから、わたしに思いつくできるだけのお膳立《ぜんだ》てはしてあげるつもりだぞ。うまくいくといいな」

「うまくいくといいな、って。成功するって確信があるんじゃないんですか？」

「そんなもんあるか」

「な、ないんですか⁉」

あってたまるか。

「あのなリリ……」

わたしが言葉を継ごうとした時、またしても繭玉さんがリリウムをなだめるように割って入った。

「リリウム、主さんはな、温泉の力を信じてんねん」

「う、うむ。まぁそういうことだな」

言葉尻《ことばじり》を奪《うば》われたが、間違っていないのでうなずくだけにとどめた。

ただ、なぜだかリリウムはご機嫌斜《きげんなな》めである。

「もう、なんか二人で通じ合っちゃって、むかつきます！」

むかつくなよ。

「あんな、エルフの郷《さと》でもそうやったけど、主さんは温泉のようなひとやねん」

優《やさ》しくほほえみながら、濡《ぬ》れた手でリリウムの頭をなでながら、繭玉さんはゆっくりと言葉を紡《つむ》ぐ。

テーテンスも繭玉さんがそう言ったと言っていたが、繭玉さんよ、それは褒め過《す》ぎだ。

「主さんは、ただ温泉を楽しみたい。できれば、この楽しさをみんなにわかってもらいたい」

「わかってますよ、それは」

「だから、いろんなアイデアを出しはるし、方向性を示してくれるねん、けどな」

そう言うと繭玉さんは、いつものようにわたしの股《また》の間に入って、そしてゆっくりと体重をかけてきた。もう、すでに懐《なつ》かしさすら感じるこの体勢、この心地よさ。触《ふ》れる体の柔《やわ》らかさ、体温、そして無条件に無防備を晒《さら》す脱力《だつりょく》。

それだけで、繭玉さんが、誰《だれ》よりも自分をわかってくれていることが、わかる。

「温泉と同じや、主さんはそこまでしかせえへんねん」

「どういうことですか？」

「温泉はな、結局はちょっと効能がある温かいお湯で、魔法の水やない」

そう、そこに気づいてから、温泉の本当の楽しみが始まる。

「でもな、病気でも怪我《けが》でも、心の傷でも。そこまでいかんでも、疲《つか》れやストレスやらでも、それをどうにかしたい人のどうにかしたい心を支えて、ちょっとだけ背中を押してくれる」

繭玉さんは、優しく問いかけるようにはなしていく。わたしと同じ思いを。

それを、リリウムが真剣《しんけん》な面持《おもも》ちで聞いている。

ああ、なんて、なんて素敵な温泉タイムなんだろう。

「エルフの郷でもそうやったろ？　主さんは、こうしたらどうかな？　っていうだけや。あとはみんなで考えて、みんなでそれをカタチにして、そして、あの温泉街が出来上がった」

幾度《いくど》となくわたしは言い続けてきた。

わたしは、なーんにもしていない、と。

「ここでもそうや、健康ランドなんて言う突飛《とっぴ》なことをいい出しただけで、あとは丸投げ。マリアは、そんな主さんの提案を飲んで、それをつこて仲直りを、まあたぶん、その他いろいろを画策してはる」

藹玉さんの言葉に、リリウムはずっとコクコクとうなずいている。

顔にしっとりと浮《う》かんでくる玉の汗《あせ》が、リリウムの真剣味《しんけんみ》を象徴《しょうちょう》しているようで、上気して赤くなった顔が凛々《りり》しくさえ感じられた。

「ディーネさんだってそうやろ、ダークエルフとヴァンパイアの仲違《なかたが》いなんか起こさせへんって気持ちとみんなに迷惑かけたって気持ち、そして純粋《じゅんすい》に温泉が好きな気持ちで、主さんの提案どおりに自分で頑張《がんば》ってはる」

藹玉さん、なんかわたしよりわたしに詳《くわ》しくなってるな。

さすが、お稲荷《いなり》様のお使い姫《ひめ》だ。

……って、そういえば随分ディーネにあってないな。

「よし、難しい話はそこまでだ、ディーネに会いに行こう」

突然《とつぜん》のわたしの提案に、藹玉さんとリリウムがそろってガクリと肩《かた》を落とす。

「なんでそんな話、突然出してくるねん」

「もう、せっかくいいところだったのに」

アホ抜《ぬ》かせ、答えはひとつだ。

「温泉がわたしを呼んでいる」

それが何より大切だ、あと。

「面倒な話は、もうお腹《なか》いっぱいだ」

そう言うとわたしは、ざぶりと音をたてて立ち上がる。

藹玉さんは褒めてくれているのだろうけど、もうなんだかそういうのはお腹いっぱい。わたしは温泉ハンター、ただ温泉が好きなだけの温泉マニア。ただ純粋に、温泉が巻き起こす楽しさを求めるものだ。

だからこそ。

「ディーネはきっと、なにか楽しいことをしているに違いない！」

独り占めはさせんぞ、ディーネ！

「いやいや、楽しいことしてるに違いないって、指示出したん主さんですやん」

「言われた通り働いてるディーちゃん可哀そう」

やかましいわい。

「な、リリウム、思い出したやろ、主さんはこんなお方や」

「はい、はっきり思い出しました、こんな人でした」

ははは、ほめるんじゃない。

ではでは、ルイルイのことやマリアのこと、健康ランドのことですら、あとは成り行きと各自の努力にぽーんっと丸投げして。

ディーネが泊《と》まり込《こ》みで頑張っている新しい温泉スポットに……。

「いくぞおまえら！」

「がってんや！」

「はい！」

そうそう、わたし達《たち》はこうでなくてはいけない。

これからもずっと、こうでなくてはいけないのだ。

効能その六　マッドな温泉とマッドサイエンティスト

ディーネに任せっきりの泥湯《どろ》。

入り口でちょっとやつれたように見えるヴァンパイアの若い女性にディーネを呼んでくれと頼《たの》んで十分少々。

「ああ、ハンター様じゃないですか、よくいらっしゃいました」

そう言って出てきたディーネは、ディーネ……は……？

「ディーネ、だよな？」

現れたのは、全身を白い包帯のようなもので包まれ、目と鼻だけに穴を開けて「プヒュー」と呼吸している……人の形をしているなにかだった。

ただ、ディーネを呼んできてほしいと頼んで出てきたのだから、理論的にはきっとディーネなのだろう。

「なに言ってるんですか、ディーちゃんですよ」

リリウムはうれしそうにそう言うと、その全身白い布に巻かれた、ミイラのような未確認生物に近づいていく。

「だ、大丈夫だよな、近づいて」

「ま、まあ、平気なんちゃう？　た、たしかに、雰囲気《ふんいき》的なもんはディーネさんっぽいしな」

わたしだけではなく、繭玉《まゆだま》さんもその見た目に戸惑《とまど》っているようだ。

「ま、まあ、ここの責任者に任命したのはわたしだから、な」

そう、ここは、エルフの郷からヴァンパイア領内に入ってすぐ。

わたしたちがランタータ教団に襲《おそ》われた、あの泥湯のあるところ。

いまではすっかりその姿はかわってしまって、何やらログハウスのような小さな小屋が無数に点在し、なにをどうしてそうなったのかちょっとしたキャンプ場のバンガロー群のような様相を呈《てい》している場所だ。

である以上、そこの責任者として紹介《しょうかい》された人物はディーネで間違いないのだろうけれど。

キャラかわりすぎだろ、何だあの白い布切れのおばけは。

「そ、そのなんだ、その格好はどうした？」

「あ、これですか？　これは、いま、泥パックの効果を自分の体で実験していたところなんですよ」

お、おう。

確かに、以前リリウムからの報告で、ディーネが泥パックの開発に尋常《じんじょう》ならざる意欲を燃やしているのは知っていたが、まさか自分の体を使って人体実験を行っているとは思ってもみなかった。

「自分の体で人体実験しているのか？」

「はぁ⁉　エルフは回復魔法《まほう》が使えるから自分の体で安全テストしろってご主人さまが言ったんですよ‼」

「え、そうだっけ？」

わたしの言葉にリリウムは目を見開いて驚く。そして、何故か藕玉さんに肩をポンポンと叩かれて「はぁ」とため息をつくと「わたし先に温泉に行ってますね」と悲しげに呟《つぶや》いてそそくさと一人でバンガロー群の奥《おく》に入っていってしまった。

それを見て、ディーネは「プフッ」と奇妙《きみょう》な音で笑うと、楽しそうに話し始めた。

「ハンター様、泥パックの効果はかなりのものですよ！　理由はわかりませんが、これをパックするだけで肌《はだ》が突然赤《とつぜんあか》ん坊《ぼう》のような精気を取り戻《もど》すんですから」

確かに、泥湯の泥にはそういう効果がある。

基本的に泥湯の泥というのは粒子《りゅうし》自体が温泉成分の結晶《けっしょう》のようなものである上、粘着《ねんちゃく》して肌にとどまるため温泉成分を長い時間体に触れたままにしておくことが出来る。

成分分析をしてみなければわからないのでなんとも言えないが、この匂《にお》いからして、硫《い》黄分《おうぶん》の強いだろうこの泥湯。

美肌《びはだ》はもちろん、皮膚病《ひふびょう》などに効果があると見て間違いない。

「ヴァンパイアの中には、長年治らなかった肌のただれるようなかゆみに効果がでている人もいるみたいですね」

へぇ、しかしよく調べてあるな。

ただ、その格好ではなんとなくしゃべりにくい。

「ああ、えっと、すごいな、ディーネ。ただ、一旦《いったん》もとの格好に戻ってくれ、はなしづらくて仕方ない」

「あ、そうですね、すいません」

そう言うとディーネは「記録係！」と声を張り上げる。

すると、どこからともなくヴァンパイアの女性が風のように現れて、手にあるメモを覗《のぞ》き込みながらディーネのカラダに巻きつけてある包帯を剥《は》がしはじめた。

どうやら包帯の下には泥が塗《ぬ》られてあったらしく、包帯をはぐたびに泥がポロポロと落ちるのだが、ヴァンパイアたちはそんなことはお構いなしに「二《に》の腕《うで》のあたりに炎症《えんしょう》は見られません」とか「脇《わき》の下のあたり、軽く赤みが見られます」などと呟きながらどんどんと何事かをメモに書《か》き込んでいく。

対してディーネは、そんな声にいちいち頷《うなず》きながら「そうですか、では泥パックの最大使用時間はこれくらいにしておきましょう」とか「しかし、ある程度の効果を出すためには少々のことは犠牲《ぎせい》に」とか色々意見を述べていく。

「ああ、ディーネ、いまそれは何をしているんだ？」

「ああ、これですね、泥パックの効果は一通りデータを出せましたんで、今度は連続使用可能な時間を割り出しています」

「ほ、ほう」

「あと、布によって外気を遮断《しゃだん》して塗布《とふ》した場合の効果とダメージも」

「な、なるほどな」

その研究意欲、圧倒《あっとう》されてしまう。

すごいな、ディーネにこんな一面があったとはしらなかった。

「あ、あと、向こうの研究棟《とう》では、泥の中に何分浸《つ》かっていられるかを実験してますし、泥パックの効果を最大限に上げる塗り方の研究、さらに泥パックを粉にして食べて見る実験なども……」

「まて――――い！」

「はい？」

いやいやいや、泥パックを食うなんてどこの誰が考えつくんだそんな事。

「さすがに食っちゃまずいだろう」

「はい、美味《おい》しくはないですよね」

「いや、そういうことじゃない」

言葉をかわしながら、徐々《じょじょ》によく知る姿に変わりつつあるディーネは「なんで食べちゃいけないのですか？」と小首をかしげてこちらを見ていた。

その姿、その様子、何よりそのちょっとイッちゃってる瞳《ひとみ》……。

こ、こいつほんとにディーネか？

言っていることの内容が、ほとんどリリウムくらいおかしいんだが。

「もちろん、ハンター様がお気《き》に召《め》さないなら食べるのはやめますが、温泉は飲んでも効果があると教えてくださったのはハンター様ですし、ならば食べてもいいだろうと思ったのですが……」

バカもん、毒だったらどうするんだ。

「やめなさい」

「ウー、残念です」

言いながら、ディーネはスルスルと包帯を解いていき、続けて、慣れた手付きで皮膚《ひふ》の泥をペリペリと剥がしていった。そしてその下から現れたのは……。

なんか前にもましてテッカテカに艶《つや》めいている裸身《らしん》だ。

ダークエルフの褐色《かっしょく》の肌と相まって、その見た目は……しみっしみの味付け卵のように艶めいている、の、だが、流石《さすが》にいきなり目の前で全裸《ぜんら》になられては、こちらも戸惑ってしまうというもの。

「お、おま、服を着ろ」

「あ、それは大丈夫です、ねー、リーちゃん！」

わたしが視線をそらしてそう注意すると、ディーネはのんきにそう答えて声を張り上げた。と、意外と近くから、そう、目の前にある小さな小屋の裏辺りからリリウムの声が聞こえてきた。

「ご主人さまー、もうすぐそこ温泉なんでこっち来ませんかー？」

「なに？」

初めてこの泥湯に来たときとロケーションがあまりにかわりすぎていて、確かなことは言えないが、記憶《きおく》によればまだここは温泉から結構距離《きょり》のある場所だった気がする。あのとき、脇道《わきみち》にそれたあとけっこう草むらを分け入って行ったはずなのだ。

なのに、すぐ近くに温泉だと？

いや、たしかに、そういわれてみれば、わたしのこの鼻にもごくごく新鮮《しんせん》な温泉の匂いが届いている。

「主さん、温泉ってこんな近くやったっけ？」

どうやら繭玉さんも混乱しているようだ。

「いや、わたしの記憶でももっと遠くだったはず。しかし、匂いはたしかに近い」

そんな二人を見て、ディーネはドヤ顔で言い放った。

「ああ、ハンター様が最初に入っていた温泉ではありませんよ、いまリーちゃんが入っているのは」

「なに？」

「じつは、水脈探査の魔法を駆使《くし》して、この辺り一帯の土壌《どじょう》の様子と地下水脈の流れを把握《はあく》したところ、少し掘《ほ》ってやればこのあたりに無数に温泉が出ることを突《つ》き止《と》めたんです！」

な、なんですとおお!!

「水脈はこの辺り一帯に広大な温水溜《だ》まりを形成しており、また、土壌に泥のもととなる細かい粒子の堆積層《たいせきそう》を見つけましたので、現在この敷地内《しきちない》には大小様々な泥湯が数箇所《すうかしょ》点在しています」

お、おいおい、何だその泥湯パラダイスは。

「そこで、そのうちのいくつかは泥の採掘《さいくつ》用に。そしていくつかは研究用にと確保して、残りは泥湯にいろんな形でアクセスする入浴方法を考えて泥湯の楽しみ方を最大限に発揮する温泉を並べているんです！」

やばい、ディーネ本格的にやばい。

さすがは温泉の魅力に取り憑《つ》かれてダークエルフの里を追い出されただけのことはある。

「試《ため》されますか？　ハンター様」

「当たり前だ、馬鹿野郎《ばかやろう》！」

わたしがそう言うと、ディーネは嬉しそうに微笑《ほほえ》み、全裸のままわたしの手を引いてリリウムの声のする方へと連れて行った。

「ではまずこちらです！」

そこには、顔だけを泥の外に出しているリリウムの姿が。

「ご主人さま、これ最高です！」

「なんだ、これは⁉」

「はい、泥の比重を利用して長時間の入浴を想定して作り上げた『立ち泥湯』になります！」

は、ははははは、はははははは。

ある、あるぞそういう温泉は、伝統的な入浴方法として大分の別府にあるぞ！　そして
それは、非常に心地《ここち》よいものだぞ‼

ああ、ディーネよ、おまえはそれに、自力でたどり着いたというのか。

「でかしたディーネ！　お前は最高だ！」

我を忘れて、裸《はだか》のディーネに抱《だ》きつくわたし。

「あ、いや、はい。こ、光栄です」

抱きつかれて、その凄《すご》さを実感したのか真っ赤な顔で照れるディーネ。

そんな二人を、リリウムは嫉妬《しっと》のこもった眼差《まなざ》しで、そして繭玉さんは呆《あき》れ返った表情
で見つめている。

そして、奇《く》しくも同じセリフをポツリと一言呟いた。

「「また、ひとり増えたか」」

そう、ひとり増えたのだよ。

温泉道を歩むべき、貴重なる人材がな！

「よし！　では、この泥湯パラダイス、全力で堪能《たんのう》するぞ！」

泥人形になっても構わん。

マッドな温泉にとりつかれたマッドサイエンティスト、ディーネ。

その温泉研究の成果、とくとご披露《ひろう》いただこうではないか！


「ふひー、いやぁ堪能した」

「せやなー、いい体験させてもろたわー」

「ディーちゃん天才ですねー」

うむ、たしかに、間違いない。

「ハンター様にそこまで楽しんでもらえて、私もヴァンパイア一同も光栄です！」

いやいやディーネ、さすがにこれを楽しいと思わない温泉好きはいないぞ。

あれから、ディーネに連れ回された温泉の数々、それはまさに泥湯テーマパークというべき代物《しろもの》で泥湯という特殊《とくしゅ》な温泉の特徴《とくちょう》を見事に捉《とら》えた上で、様々な味わい方が出来るという最高の出来だったのだ。

わたしが健康ランドをつくっている裏で、別の観点から同じような温泉施設《しせつ》を造り上げたディーネの凄さ。

「ディーネ、お前は素晴《すば》らしい」

「あ、いや。はい、ありがとうございます！」

そしていま、我々が浸かっているのは、上がり湯。

なにをどうしてそうなったのかは知らないが、泥湯から泥を完全排除して出来上がった、透明《とうめい》でサラサラの湯ざわりの温泉。

こんなもの、少なくとも元いた世界でも見たことはない。

「なぁディーネ、この泥の除去方法だが……」

「魔法ですね」

「だろうなぁ」

便利だな、魔法。

ここまで、大小様々な5つの温泉をくぐり抜けてきたのだが、送湯方法から湯船の形状に至るまで、とても普通《ふつう》の土木技術ではなし得ないような奇妙な温泉がたくさんあった。

ゆっくりジワーッと湯が流れていきなんとも言えないマッサージ効果が期待できそうな泥の流れる温泉、泥湯のほぼ表面に横になって浮かぶことのできる浮遊《ふゆう》温泉、そして、なぜか顔にまったく泥の付着しない泥湯の滝《たき》。

どれも、ただただ不思議、ただただ極楽《ごくらく》。

「ふむ、異世界名湯の旅、新しい課題ができたかもしれんな」

「なんやのん、それ？」

「うむ、それはな、わたしの温泉知識と魔法の融合《ゆうごう》だよ」

きけば、ヴァンパイアはエルフに勝《まさ》るとも劣《おと》らない魔法の使い手で、ある程度の人員を確保できればこの程度の魔法装置なら通常稼働《かどう》が可能なのだそうだ。

そうつまり、常設で魔法を使った温泉ができるということ。

言うまでもないが、わたしの温泉知識は、その根底に『魔法のない世界の知識』という前提がある。だからこそ、この不思議な力を常時稼働する状態で温泉を作り上げるという発想はなかったのだ。しかし、結果はどうだ、温泉知識のないディーネが作ってこの出来だ、これは研究の余地が残されている分野と思って間違いない。

「それでですね、泥湯の比重がですね、これがなかなか使い勝手が良くて……」

ああ、前言撤回《てっかい》。

ディーネの温泉知識は、泥湯に限ってはやばいものになりつつある。

「楽しそうだな、ディーネ」

「はい、ハンター様が温泉道を広めようとなさっている意味、ようやくわかってきました」

ディーネの一言に、リリウム不思議そうに尋《たず》ねる。

「意味？　面白《おもしろ》いとか、楽しいとか、気持ちいい以外にあるんですか？」

このやろう、わたしをなんだと思ってるんだ。

で、他に意味なんかあったっけ？

「うん、それはきっと、温泉って楽しくて気持ちよくて、役に立って、そして」

「そして？」

わたしがそう促《うなが》すと、ディーネは「もうわかってるくせに」と呟きながらわたしのそばに来て、しなだれかかるようにして続けた。

「夢があるんです、どこまでもなんだか面白いものを見せてくれそうな」

ああ、そうだな、うん。

「だってこの泥湯だけで、ほんとにすごいんですよ」

ディーネの嬉《うれ》しそうな独演会は続く。

「最初は泥の温泉って不思議だなぁってくらいだったのに、ハンター様に教えていただいてそこに薬効があるってわかって。しかも、泥のおかげで比重が高いから立って入ってもリラックスできるし、普通の温泉と違《ちが》って泥のおかげで薬効が強く出るし、しかも比熱の影響《えいきょう》でのぼせにくくて冷めにくいって特徴があって長い時間入っていられる」

いやぁ、しかし、本当によく調べているな。

この短期間でそこまで多様な特徴に気付けるというのは、もはや努力だけではどうにもならない才能というやつの存在を感じる。

「しかも、泥単体で使いみちがある」

「ほお、ディーネ。泥単体で使いみちがあるというのはどういうことだ？」

わたしの言葉に、ディーネは意外そうに首を傾《かし》げた。

「え？　これってハンター様が教えてくれたんですよね？」

「なにがだ？」

「スクラブ効果です」

ああ、確かにそう言ったな。

ただあれは、石鹸《せっけん》と混ぜてやる予定だったから、そこが失敗した段階であまり期待はしていなかったのだが。

「確かに、リーちゃんと研究したときは石鹸が泡立《あわだ》たなくて断念したんですけど、それが温泉の薬効のせいだって聞いてピンときたんです」

「ん？　なんだ、まだ続けていたのか？　研究」

「はい、温泉の効果で、かなり細かくなっているこの泥の粒子は絶対スクラブ剤《ざい》として使いたいと思って」

そう言うとディーネはニコリと微笑んで言い放った。

「温泉の薬効を、抜いちゃえばいいんだって」

「なに？　温泉の薬効を抜く、だと？」

温泉マニアのわたしには思いもつかない言葉。

薬効こそが温泉の醍醐《だいごみ》味のひとつだと考えるわたしに、そんなもったいない神に背《そむ》くようなアイデアが出るわけがない。

「はい、そしたら、出来たんです。泡立つスクラブ洗顔剤《せんがんざい》が」

できたって……温泉成分を泥から取り除くなんてことがか？

「魔法で」

魔法すごい！　って、普通にやろうと思ったら工場が必要な作業だぞ。

しかし、それならスクラブ洗顔剤は確かにできるよな。

「で、リーちゃんに頼まれていたものも、その過程でできたんだよねー」

「え、できたの⁉」

「うん、結構いい線いっているとおもう」

おいおい、今度はなにを作ったと言うんだ。

「なぁ、主さん、ディーネのイキイキぶりがなんかちょっと怖《こわ》いねんけど」

「うむ、ただ、共感しかないがな」

「まあ、主さんはそやろな」

藺玉さんは、いつもの通りわたしの股の間で呆《あき》れ顔《がお》だ。

しかし、今はそんな事どうでも良い。

「リリウムの頼んでいたものとはなんだ？」

「あ、それですね、それは……」

そう言ってディーネが口にしたもの。

それは、わたしの想像を超《こ》える代物だった。

「な、お、お前、それ本気で言ってるのか⁉」

わたしの声と表情、そしてにじみ出る緊迫《きんぱく》感に、ディーネとリリウムが怯《おび》える。藺玉さんは大きなあくびをする。

「あ、あの。い、いけなかったでしょうか⁉」

「ご主人さま、頼んだのは私です、ディーちゃんは悪くないです！」

「アホか、これはな、喜んでる顔や」

うん、藺玉さん、正解。

今わたしは、できたての温泉饅頭《まんじゆう》を口にほおり込んだときのように喜んでいる！

「よし、一旦湯からでてそれを見に行こう！」

いても立ってもいられず、わたしは繭玉さんを追いやるようにして立ち上がった。

「うわっぷ！　ちょ、乱暴に立つのやめーや」

「あ、すまん、しかしだな」

「もうええ、わかってるから、はよ行ってき」

「繭玉さんはこないのか？」

「行くに決まってるやろ」

そうだ、立ち会ってもらわねば困る。

なんせこれは。

この異世界の温泉史に刻むべき、歴史的瞬間《しゅんかん》なのだから。


「ほんま、これ、すごいで」

「ああ、さすがはリリウムだな」

「ふっふー、もっと褒《ほ》めてもいいんですよ」

ここは紅玉宮、簡易的に作った湯船。

ドワーフのみなさんたちに無理を言って速攻《そっこう》作ってもらった湯船ではあるが、そこに張っているのはただのお湯。

そう、ただの温めた水だ、が、それだけではない。

「まさか、入浴剤《にゅうよくざい》を作るなんて発想を生むとはな」

そう、今わたしたちは、入浴剤の入ったお湯につかっているのだ。

「ディーちゃんが温泉成分を泥と分離《ぶんり》できたって聞いたときに思ったんですよ、もったいないなぁって」

えらい、もう、ほんとえらい！

温泉ハンターのこのわたしでさえ、泥と温泉成分を分離できたと聞いたときは、おおそれはさぞかし泥パックや泥洗顔剤《どろせんがんざい》が作りやすくなったことだろうな、としか思わなかったというのに。

「温泉成分を分離したものを、普通のお湯に入れたら温泉になるのかなぁって」

なるさ、なるに決まっている。

もちろん、世間一般《いっぱん》で売られている入浴剤のほとんどは、温泉とは全く関係なく、様々な薬効ある化学生成物と香料《こうりょう》を混ぜただけのものではある。

しかし、例えば別府の明礬《みょうばん》温泉で作られる湯の花などはれっきとした温泉成分を抽出《ちゅうしゅつ》した入浴剤。もしくは草津《くさつ》の湯樋《ゆどい》に貯《た》まる温泉成分をかき集めたものなど、日本中の温泉に温泉成分をそのまま生かした入浴剤は存在する。

そうそう、かつては、六一〇ハップというまさに『温泉の素』というべき入浴剤も存在した。

「さすがはわたしの弟子《でし》だ、本当に偉《えら》い。お前は天才だ。もちろんディーネもすごい、やはり天才だ」

「なんや、天才の大安売りやな」

「ほんとうにな、わたしは人材に恵《めぐ》まれるタイプらしい」

わたしの横で、クンクンと湯の匂いをかぎながら繭玉さんが若干《じゃっかん》ジェラってはいるが、まあ、この手柄《てがら》の前だ。

「確かになぁ、これは温泉文化を広めるという点では、今までで一番かもしれんね」

と、耳をひくひくと動かしながらも、納得《なっとく》するしかない。

ただ、いっしょに湯船に浸《つ》かっているディーネの表情が若干冴《さ》えないのが、気になる。

「ところで、どうしたディーネ。もっと喜んでいいんだぞ」

「いや、えっと、そうなんですが」

「どうした、なにか製品としてまずいことでもあるのか？」

コストがかかるとか、難しい魔法だとか、もしくは体に害……に関してはディーネの事だ、すでに人体実験はしているだろうが。

にしては、どうも、のりが良くない。

「どうしたのディーちゃん、すっごく褒められてるよ」

「いや、うん、そうなんだけどね」

少し渋《しぶ》ったあと、ディーネは恐《おそ》る恐るといった風情《ふぜい》で口を開いた。

「これ、もし製品化したら、温泉いらなくなっちゃうんじゃないか、って」

この一言に、わたしのみならず、繭玉さんもリリウムも「なーんだ」という表情で大きく息を吐《は》いた。

もっと、深刻ななにかかと思っていたら、そういうことか、といった感じである。

ただ、ディーネは、その表情の意味がわからず頭にはてなを浮かべている。

「みなさん……心配してないんですか？」

そうだな。

「うむ、まったくな」

「これっぽっちもやな」

「ぜーんぜんですね」

ハハハハ、さすがはわたしの一番弟子と二番弟子だな。

「だって、これがあると、別に温泉に行かなくてもその薬効と成分を十分に！」

そうか、ディーネは温泉の研究に少し没頭《ぼっとう》しすぎたのかもしれないな。

「なぁディーネ」

「え、あ、はい」

温泉の素晴らしさ、お前はきっと知っていたはずなんだ。

「お前は、ダークエルフの郷《さと》で一人で温泉に入ってたんだよな」

「え？　はい、でも今そんなことは……」

いやいや、それは大事なことなんだよ。

「その時お前、薬効とか成分とか、気にして入ってたのか？」

「え？」

「温泉は体に良い、温泉は役に立つ。そう思って温泉を楽しみ、郷を追われるような危険をも顧《かえり》みずに温泉に入ってたのか？」

わたしの言葉に、ディーネは「はっ！」と小さく息を吐いて口を押《お》さえた。

「確かに、温泉の薬効は素晴らしい。普通のお湯とは比べ物にならない、天然自然の恵《めぐみ》だ」

語り始めるわたしのそばに、リリウムがすっと寄り添《そ》ってくる。

相変わらず繭玉さんはわたしの股《また》の間でプカプカと漂《ただよ》っている。

そしてディーネは、ゆっくりと目を閉じて空を見上げるように顔を天井《てんじょう》に向けた。

「ああ、そうですね、わたしは大事なことを忘れるところでした」

「はは、すぐに気づくなら、忘れてない証拠《しょうこ》だ、安心しろ」

「はい、そうですね」

温泉の良さは、成分だけではない。

誰《だれ》しも初めて温泉に入ったときは、成分なんか気にしてない。それどころかずっとそんな事気にしないで温泉に入り続けるマニアだっている。それが正しい入り方だとは言わないけれど、もちろん間違《まちが》ってもいない。

ただ、温泉にハマっていく中で、成分や効能というのは本当に面白いものなのだ。

ここは○○泉だとか、成分に○○が入っているから貴重なんだ、とか。成分や薬効を調べて珍《めずら》しい成分の温泉を探し、入ったことのない成分の温泉に狂喜乱舞《きょうきらんぶ》する。心酔《しんすい》して感動する。

そして、ある日ふと気づく。

自分が、効能や成分だけを気にして温泉に入るという『病』にかかっていることに、だ。

「わたしも、一度同じ病に陥《おちい》ったことがある」

「ハンター様もですか」

「ああ、そうさ。そして、ありきたりな温泉を軽く見ている自分に気づくんだ」

温泉にとって効能は大切なものだ、それは間違っていない。

ただ、それは大切なものの一つであって、それが全てではない。そう、温泉はそんな小さなものではないのだ、もっと大きく広くそして懐《ふところ》の深いもの。

「浴槽《よくそう》の広さや材質、屋内なのか屋外なのか、海辺なのか山中なのか、ただ湯が張っているだけなのか泡風呂《あわぶろ》なのか、そして泥湯なのか。温泉に入るまでの動線、温泉に入る時間、場所の雰囲気、入り方、その全てが温泉の価値を決める」

と、繭玉さんがわたしを優《やさ》しく見つめながら口を挟《はさ》んだ。

「そして、誰と入るか、やな」

「ああ、そうだ」

リリウムも、嬉しそうに話に加わる。

「大勢で入るのも楽しいですし、一人でゆっくり入るのも楽しいし、好きな人と二人で入るのも、ね」

リリウムの言葉に、不意にエルフの郷の温泉宿での夜が思い出されて、ドキッとした。

ただ、そうだな、あれもまた、温泉の良さのひとつだ。

リリウムが教えてくれた、魅力《みりょく》のひとつだ。

「ああ、私は視野が狭《せま》くなってました」

ディーネはそう言うと恥《は》ずかしそうに湯で顔を洗う。

「いや、集中するというのはそういうことだ。だからこそこんな素晴らしいものが誕生した、それはそれでいいことさ」

「はい、そして、温泉に浸かれば、狭くなった視野もまたゆっくりと広がっていく」

「そういうことだ、さすがはディーネだな」

温泉はいい、本当に素晴らしい。

自然に湧出《ゆうしゅつ》する天然自然の温泉もいいが、こうして入浴剤を入れて作る即席《そくせき》の温泉にだって良いことはある。

「入浴剤は素晴らしいものだよ、ディーネ。どこででも温泉気分を味わえるし、入れる量を調節すれば濃度《のうど》を変えられる。それは天然自然の温泉にだってできないことだ、しかし」

わたしの言葉に、ディーネがゆっくりと続ける。

「それが温泉のすべてじゃない。そして、こうして擬似的《ぎじてき》な温泉に入ればわかる。ああ、ホンモノの温泉に入りたいなぁって気持ちが湧《わ》いてくるのが……ですね」

「ああ、そのとおりだ」

そして、逆もしかり。

天然自然の温泉に入れば「ああ、これを家で楽しめたらなぁ」と思うはずだ。

「うれるやろな、これ」

藺玉さんがニヤニヤしながら呟く。

「ああ、バカ売れだろうな。しかも、宣伝になる」

「せやな、こんなもん土産《みやげ》に買われたら、いっぺん本物に入りとうなって仕方ないやろな」

フッフッフ、そうだとも、そしてこれで。

「コマは揃《そろ》った」

「予想よりめちゃめちゃ強いコマが、やろ?」

「ああ、そうだ」

紅玉宮はもはや健康ランドとしてその姿を変えてしまっている。

そして、泥《どろ》をつかった美容商品以上の武器も手に入った。

「じゃぁ、そのコマの力をさらに強めるためにも……」

「ああ、ドワーフの人ら、苦労すんねやろうな」

だな、しかし、絶対に必要なものだ。

デビさんたちには、頑張《がんば》ってもらうしか、ないな。

健康ランド開演の前日の深夜。

わたしは、ディーネに呼び出されて二人で彼女《かのじょ》が考案した温泉につかっていた。

「ふむ、間に合ってよかったが、これもまた良いな」

「おわかりになるハンター様も流石です」

「いやいや、ディーネが流石なんだよ」

紅玉宮、健康ランド化された建物の中で最も広い空間である、各種変わった温泉を楽しめるメインホールの一角。

ジェット水流風呂《ぶろ》、ぷかぷか浮《う》かぶ塩風呂、ジャグジー、薬湯に電気風呂、そのほか思いつくままドワーフの皆《みな》さんに造ってもらったこの健康ランドの最大の目だまであるこの場所に、さらにドワーフのみなさんに骨を折ってもらって出来上がった最後の湯船。

そこでわたしは、ディーネとともに泥湯に入っているのだ。

しかも、人工の泥湯に、だ。

「いやぁ、無理だと思ってたんだがな、泥湯の再現は」

「お役に立てて光栄です」

そう、無理だと思っていたのだ、この紅玉宮に泥湯を完成させることは。

というのも、基本的に温泉の泉質は混ぜて良いものではない。もちろん、酸性とアルカり性を混ぜれば中和してしまうというのもあるが、やはり温泉というのはその地にある独自の効能こそが肝《きも》であるからだ。

だからこそ、温泉成分を持つ泥湯の泥を別の温泉に入れるのは良くないと思っていた。

泥湯の泥から温泉成分を抜《ぬ》く。

そんな奇抜《きばつ》なアイデアをディーネが持ち込《こ》んでくるまでは。

そう、これは、紅玉宮に湧いた温泉に泥湯の泥から温泉成分を抜いた普通の泥を混ぜた温泉なのだ。

「コレは、目玉になりそうだ」

「そうですか？」

「ああ、そうだとも。それにかなり売上にも貢献《こうけん》する」

そこはまず間違いないだろう。

この健康ランドの売店では、様々な商品とともに、泥湯の泥で作った泥パックと泥スクラブ洗顔剤が売られているのだ。

最初は、その効能さえ知れ渡《わた》ってしまえば売れ線マチガイナシくらいに思っていたのだが、健康ランド内に泥湯があるとなればその販促《はんそく》効果は言うまでもない。

「ディーネが思っている以上に、大手柄だよ」

「そうですか、ありがたき幸せです」

「かたいなぁ」

最初の頃《ころ》よりは少し砕《くだ》けては来たが、相変わらずディーネの話し方はどこか真面目でかたい。というか、一旦《いったん》はかなり砕けてきたようだったのに、最近になって再びかたくなった気さえするのだが……。

「なぁディーネ、最近なんだか話し方が固くなってないか？」

ハッハッハ、この温泉ハンターにはデリカシーなどない。聞くときは、直球だ。

「あ、えっと、はい、それは……」

「それは？」

わたしがそう問うと、ディーネは浴槽の中でこちらを向き、かしこまって頭を下げた。

「わ、私を旅のお供にお加えください！」

「え、どういうこと？」

「ハンター様は、きっともうじきこの地をおさりになりますよね。その時、私を連れて行ってほしいのです」

ああ、そういうことか。

うーん、でもな。

「いや、最初からそのつもりだぞ」

「へっ⁉」

なにが「へっ⁉」だ。

「当たり前じゃないか、この先お前の故郷にある炭酸泉は絶対に行かねばならぬ場所だぞ。それまではついてきてもらわなきゃこまる」

とっくにディーネはそのつもりだと思っていたんだがな。

どうやら、ディーネの方としてはそんな気は全然なかったらしく、小さくつぶやきながら神に祈《いの》りを捧《ささ》げている。しかし、それと話し方がいきなりかしこまってしまったのとどう関係があるのだ？

「いや、それは良いとして、なんでかしこまっているのだ、そんなに」

「えっと、私は、仲間ではなく純粋《じゅんすい》に弟子としてついていきたいのです」

「うーん、よくわからんな、繭玉さんもリリウムも、実際弟子だぞ、温泉道の」

まあ、話しぶりというか接し方と言うか、弟子に見えなくても仕方がないけどな、あの二人は。

そもそも、わたしも「温泉道の弟子だぁ！」なんて言ってはいるが、その実態は気のいい温泉仲間くらいにしか思っていない。

理由は簡単、ソッチのほうが接しやすいからだ。

でも、きっとディーネが求めているのはそういうものではないんだろうなぁ。

「私は、本気で弟子入りがしたいのです」

やはり、か。

「しかも、温泉道ではなく、ハンター様の持つ温泉に対する学識を学びたいのです」

なんだと？

「学識？」

「はい、私は、この世にある様々な温泉について研究を重ね、温泉博士になりたいのです」

ほぉ、それはまた、困難な道程を選んだものだ。

とは言え、目指すものがそれだとわたしには力になりようがないなぁ。

「すまんな、助言くらいはできそうだが、はっきり言って力にはなれないな」

わたしがそう言うと、ディーネは一瞬《いっしゅん》小さく驚《おどろ》きの表情を浮かべ、そのままうつむいてしまった。

「私では、無理だと？」

ああ、もうだから真面目な人間というのは……。

じゃ、ないな、確かにわたしはちゃらんぽらんな人間ではあるが、温泉に関しては生真《きま》面目《じめ》なくらい真面目な男。ディーネのことを言えた義理じゃない。

きっとわたしも繭玉さんやリリウムから見たら、こういう思《おも》い込みの激しい融通《ゆうずう》の利《き》かない人間なんだろうな。

「ちがうさ、いや、むしろ、わたしよりディーネのほうが上かもしれん」

「え？　そんなはずは」

「いや、違わないさ、なんせこの世界には……魔《ま》法《ほう》がある」

そう、魔法がある。

元いた世界で温泉の成分を把握しようと思えば、試薬だの研究用の実験機材などが必要なもの。

しかしここでは、それもこれも、魔法一つで片がつく。

この泥湯がその最たる例だ。

温泉の泥から温泉成分をいとも簡単に除去してピュアな泥に変え、それを別の温泉に入れることで泉質の違う泥湯を瞬《また》く間に作り上げてしまう。

「魔法さえあれば、温泉成分の研究など至極《しごく》簡単なんだよ。もしかしたら、魔法でないと見つけることのできない温泉の素晴らしささえ見つかるかもしれない」

顕微鏡《けんびきょう》が出来る前まで、世界に微《び》生物《せいぶつ》は『存在しないもの』だった。

だとすれば、温泉を魔法によって解析《かいせき》することで、わたしですらまだ知らない、温泉のこの素晴らしい効能と効果を促進《そくしん》する成分が見つかるかもしれない。そして、それは。

「わたしの目は、魔法のない世界の常識で濁《にご》っているんでな。しかも当然魔法は使えない。しかし、ディーネは違うだろ？」

「私は、魔法が使える、そして、魔法のない世界の常識に縛《しば》られない……ですか？」

「ああ、そうだ、それは、重要な要素だ」

答えながら、わたしは心の底から湧き出すワクワクを止められずにいた。

だってそうだろ？　今、目の前にはわたしに匹敵《ひってき》する温泉好きがいて、しかもそいつはありがたいことに温泉研究に身を投じようと決意し、さらには魔法のあるこの世界で魔法が使えて、常識にとらわれない真っ白な頭脳をもっている。

そう、目の前にいるディーネは、異世界温泉の可能性そのものだ。

「さっきも言ったが、もちろん助言はする。手伝ってもやるし仲間としてついてきたって構わん。ただ、ディーネにわたしの中にあるわたしの常識を植え付けるのはよしておこうと思う。そうすれば、もしかしたら」

と、その時、背後から声がかかった。

「ご主人さまも知らない温泉の不思議を知ることが出来るから、ですよね！」

はっはっは、久しぶりだな、この背後から突然《とつぜん》声がかかるパターン。

「リーちゃん？」

「おじゃまするねー、ディーちゃん」

そう言うとリリウムは、すでに体を洗って水滴《すいてき》の浮いた裸身《らしん》を湯に沈《しず》め、わたしとディーネの間に体を割《わ》り込ませてきた。

「だいたい、ご主人さまは温泉を趣味《しゅみ》として遊んでいるだけの人で、学問なんて絶対無理ですよね」

元も子もないこと言うなお前は。ま、正解だけどな。

「ていうか！　ディーちゃんと二人っきりで温泉に行ったって聞いたから、まさかディーちゃんとエッチなことでもしているのかと思ってきたのに、なに真面目な話してるんですか！」

なんだよそれ、それだとまるで。

「何だお前、わたしとディーネにエッチなことしててほしかったのか？」

「なわけ無いでしょ！　私もまだなのに!!」

「ええっ!?　まだなの!?」

「「まだだよっ!!」」

……って、別に予定もないよ。

「……たく、お前が来ると話のレベルが下がるな」

「ご主人様にとっては、こっちのほうがありがたいくせに」

「ほっとけ」

ま、合ってるけどな。

ただ、なんだろうな、リリウムがあらわれた途端《とたん》にこう肩《かた》の力が抜けたような気分になる、この感覚は。

「表情柔《やわ》らかくなりましたよ」

「そうか？　そんなに硬《かた》かったか？」

「うーん、かっこよかったですけど、温泉には似合わない感じでした」

「そうか、って、なんだそれ」

ま、それもまた正解だけどな。

てか、こうもリリウムに胸の内を読まれてしまうというのもどこか癪《しゃく》だな。

と、そのとき、ディーネが深いため息とともにとんでもないことを口走った。

「はぁぁ、恋愛《れんあい》に関しても、敵が強すぎますよね」

へっ？

「ふふーんだ、エルフとダークエルフは戦う宿命なんですよ」

お、おい、ちょっと待て。

「ど、どういうことだ、それは」

いや、どういうことなのかはわかっているよ、わかっているけどさ。

片やエルフの族長の妹で片やダークエルフの姫《ひめ》。

最近ではあんまり意識しなくなったとは言うものの、リリウムはああ見えてめちゃめちゃ美少女だしディーネはもうそりゃびっくりするくらいの褐色《かっしょく》美女だ。そんな超《ちょう》ハイレベルな女性が二人揃ってわたしにって……。

異世界の美的感覚は、もしかしてわたしにとってパラダイスなのか⁉

とか、言ってる場合ではなく。

「大人をからかうな、ディーネ」

と、いっておく。

しかし、精一杯《せいいっぱい》演じた大人としての返答に、リリウムがお手上げのポーズでディーネを見た。

「ね、一番の敵はご主人さまでしょ」

「そうみたいだね、リーちゃん今までよく頑張ったよ」

いいながら、二人は肩を抱《だ》き合って深いため息をつく。

ああ、この場になんで繭玉さんがいないんだろう。ほんと、わたしはこういう雰囲気《ふんいき》が超絶《ちょうぜつ》苦手だ……よし、逃《に》げよう。

「う、うん、では、わたしはそろそろ上がるぞ」

そう言ってそそくさとさろうとしたその瞬間、リリウムが大げさな大声を張り上げた。

「うわー、敵前逃亡《とうぼう》だー！」

ぐぬぬ、悔《くや》しいが、それもまあ、正解だ。

「やかましい。あとディーネ、今後とも温泉の研究がんばれよ」

「はい！　それいがいもしっかり」

「それは、うん、すきにしろ」

はぁ、しかしなんだ、これでわたしは一生に一度は言ってみたかった言葉を言える権利を手に入れたのだな。かつてはあんなに憧《あこが》れたのに、きっとカッコつけて嘘《うそ》を言っているのだと思っていたのに。

現実は、違った。奴《やつ》らは正直だったのだ。

では万感《ばんかん》の思いを込めて、心で叫《さけ》ばせていただこう。

ああ、モテる男は……つらいぜ！

と、馬鹿なことはさておき。

明日の健康ランドの開園に向かって、あとはゆっくり寝《ね》るとしようか。

効能その七　健康ランドと女公爵《こうしゃく》の初体験

「なぁにをしておるのじゃ、母上」

「ぐはぁっ!!」

健康ランド開園当日。

マリアによって「ホンドロドロ健康ランド」と名付けられた（ヴァンパイアの古語で至高の快楽という意味らしい）この施設《しせつ》の開園日は、こっちとしてもまったく予想外の大盛《だいせい》況《きょう》で幕を開けた。

もうそこいら中ヴァンパイアとエルフと、ほんの少しのドワーフでごった返している。

聞くところによれば、あの試供品がかなり有効打だったようだ。

ちなみに、オーヘンデックから花輪が届いた。

どうやら繭玉《まゆだま》さんが教えたらしく、パチンコ屋の新装開店のような風情が絢爛豪華《けんらんごうか》な紅玉宮あらため「ホンドロドロ健康ランド」を彩《いろど》っている。

で、そんな我々の努力の成果をホクホク顔でマリアを含《ふく》めた皆で見て歩いていたのだが、そこにいたのが怪《あや》しい一団。

ズタ袋《ぶくろ》のようなボロ布を頭からすっぽりと被《かぶ》り、昔見た童話に出てくる沼地《ぬまち》の魔女《まじょ》のような風情で腰《こし》をかがめて歩いている小柄《こがら》な女性と、その周りを囲むように歩く絢爛豪華な鎧《よろい》をまとった騎士《きし》たち。

ここはお土産物《みやげもの》コーナーであるから健康ランドのあの奇妙《きみょう》な服と私服の人間が入り交じっているとは言え。

「あれは何の冗談《じょうだん》なんやろな」

と、繭玉さんも呆《あき》れ顔《がお》であった。

「た、多分、母上じゃ。後ろの者たちは、あれはロイヤルガードじゃからな」

そう恥ずかしそうにため息をついたマリア。

一瞬《いっしゅん》戸惑《とまど》ってはいたものの「あれでは逆にお可哀《かわい》そうですから」というテーテンスの言葉を聞いて渋々《しぶしぶ》声をかけたというわけだ。

「なにをしておるのじゃ、いったい」

「な、え、そ、その、余はそなたの母親ではないぞ！　マリア」

このやり取りに、あの天然娘《むすめ》リリウムまでもが呆れ顔だ。

「隠《かく》す気あるんですかね、あれ」

「いや、まあ、努力はしているんだろうよ」

口調を変えろとか、初対面の人間の名前を当ててしまうなよ、とか即座《そくざ》にいくつものツッコミが浮かんでくるマリアの母ことヴァンパイアの女公爵の素振《そぶ》りではあるが、でもまあ、こういう事するのでさえ初めてなのだろうから、そこは大目に見てあげたい。

で、そんな、女公爵が食い入るように見ているのは泥パックを始めとした、泥の美容製品。泥コスメ。

ということは、挑発《ちょうはつ》という名の試供品作戦は成功したのだな。

「そこの御婦人《ごふじん》、申し訳ない、わたしの連れが失礼をした」

「いや、師匠《ししょう》、この人はじゃな」

「下がれマリア！」

わたしのこの一言に、女公爵を囲んでいたロイヤルガードの面々が一斉《いっせい》に剣《けん》を構え、そして女公爵本人も「なんという無礼な！」と声を荒《あら》げた。

……って、本当に隠す気あるのか、心配になってきたな。

とりあえずこっちにはテーテンスも繭玉さんもいる、ロイヤルガードなんぞ怖くはない。

「無礼とは？」

「そ、その、なんですか、そこのお方は公女、さ、様ではないかと……」

「ホォ、それはよくごぞんじで」

「だ、だから、風の噂《うわさ》で！」

「噂で？」

「い、いや、そう、お告げじゃ！」

ああもう可哀想になってきたぞ、女公爵。

あと、ロイヤルガードも突然他人のふりしない！

とは言え、ここはいつまでも素性《すじょう》を隠したままでいられるとこまるんだよね、後々。

「しかし、お告げで人相風体《ふうてい》までわかるとは、あなたは高名な占い師《うらなし》か何かですかな？」

「な、占い師じゃと！　そこになおれこの痴《し》れ者《もの》が！」

「えっと、わたし公女の連れですが、あなたはそれより偉いと？」

「うううう、ぐむむ、よ、余は、その、なんかその、すごい人なのであるぞよ！」

なんだよそれ。

こら、ロイヤルガード、目に見えて落ち込まない！

あと一番端《はし》っこの奴、後ろ向いて笑わない！

「余はお忍《しの》びなのであるから！」

……じゃぁ、もうちょっと忍ぼうよ。

ヴァンパイアにダークエルフ、エルフ、獣人《じゅうじん》、ヒューマン、ドワーフの集団が、怪しいボロを着た女とあからさまに豪華《ごうか》な装備をフルプレートで装着している騎士の集団とワイワイ話しているなんて姿、目立たないはずがないだろ。

「どうでもいいですけど、目立ってますよ」

リリウムが小声でささやく。

「早めに手え打ったほうがええんちゃうか」

藾玉さんも呆れ顔だ。

仕方ない、先日テーテンスから教わった裏技《うらわざ》で行こう。

「そうですか、お忍びなのでございますね」

わたしはそう言うと、テーテンスに教わった魔法の言葉を耳元で囁《ささや》いた。

その途端、女公爵の顔色が真っ青に変わる。

「なっなんでそれを‼」

いや、そんなものテーテンスからに決まっているではないですか。

そんな意味を込めてわたしがゆっくりとテーテンスを見ると、女公爵もまた、今にも噛《か》みつきそうな表情でテーテンスを見た。そして、苦しげに唸《うな》るように漏《も》らす。

「くぅぅ、テーテンスほどのものをそこまで深く抱き込んでおるとは……」

「ハッハッハ、気のいい温泉仲間ですよ」

わたしの言葉に嘘偽《うそいつわ》りはない。しかし、女公爵の耳にそれが真実であるとは伝わってはいないようだ。

「テーテンスの忠義を利用しおったな」

いいながら、今度はマリアを睨《にら》む。

なるほど、わたしがマリアをつかってテーテンスを脅《おど》し、そのせいでテーテンスはヴァンパイア公爵家の秘事を明かさざるを得なくなったと考えているってわけね。うーん、外れだ。なぜなら、わたしはそんな事頼《たの》んじゃいない、ただ、知らなかったから聞いただけ。

そしてテーテンスは、それを教えてくれただけ。

「そんなモノ利用してないですね」

「嘘である！　でなければテーテンスがそれをお前ごときに漏らすはずが……」

「だから言っているでしょ、温泉仲間だからですよ」

「くぅぅ、温泉とは、温泉とは何なのだ！」

おお、食いついてきた食いついてきた。

そうなのだよ女公爵。

わたし、いやここにいる様々な種族の者たちが必死になってここを健康ランドにした一番の理由はな、あなたに「温泉とは何なのか」を教えるためだったのだよ。

だから。

「二人っきりで、温泉に行きませんか？」

あなたには、言いたいことがたくさんある。

見せたいものがたくさんある。

「ふ、二人っきりで……い、いや、それを知られている以上断れるわけがないではないか
……」

脅しっぽくなってしまったが、まあ良い。

「よし、では温泉にゆくぞ！」

「ぜ、全裸《ぜんら》になると聞いたのであるが……」

「大丈夫《だいじょうぶ》だ、ここは健康ランド、それ用の服がきちんと用意されている」

後ろで、繭玉さんやドドさん、ランタータ教団の連中がドヤるのを感じる。

「そ、その、せっかくなら美しくなるという泥の湯を見たいのであるが」

「ああ、見るだけでなくしっかりと堪能《たんのう》するがいい」

見るまでもなく、ディーネやリリウムが胸を張っているのを感じる。

「泥の湯のほかかも、あると聞いておるのであるが……」

「もちろんだ、いろいろな温泉がたんまりとあるぞ！」

ああ、デビさんの誇《ほこ》らしげな眼差《まなざ》しが背中に刺《さ》さっているのを感じる。

「他にも、何ぞいろいろな食物が置いてある宴《うたげ》の広場があるとか！」

「もちろんあるとも！　風呂上りに当然行くとも‼」

……って、おい、女公爵、色々詳《くわ》しすぎないか。

「は、母上、もしかしてここに来るの結構楽しみだったのではないじゃろうな」

「そ、そんなことはない！」

いや、もう母上隠してないし。

まあいい、どうやら女公爵の本音も見えてきたことだし。

毎度恒例《こうれい》の。

さあ、温泉だ！


「も、もうやめてたもれ、よ、余にはもう無理である……」

「フッフッフなにを言うか、ここからが本番！」

「や、やめ、もう、体が……」

「知ったことか！」

「いやぁぁぁぁぁぁ!!!!」

って、声だけ聞いたらやたらとエッチだな。

「……ふぅ、これもまた極楽《ごくらく》よなぁ」

「でしょ、やはりこの健康ランドの売りは、この泥湯」

と、言うことで、わたしは今、本日八つ目の温泉である「泥湯」につかっている。

もちろん、女公爵も一緒《いっしょ》に、だ。

「しかし、本当に温泉を作っておったのであるな」

「だから、最初からそう言ってるじゃないですか」

「貴様から聞いたことなど一度もないわ」

ごもっともです。

というか、この女公爵、やはりというかあたりまえだと言うべきかマリアの母親なのだなぁというのがよく分かる性格で、最初は警戒心《けいかいしん》丸出しだったにもかかわらず、ほんの一時間ほどですっかり打ち解けてしまった。

わたしの呼び名も、いつの間にか貴様になってるしな。

あと、繭玉さんの改善のおかげで随分《ずいぶん》マシになったものの、とは言えやはりセクシーな湯浴《ゆあ》み着にもすっかりなれたようだ。ただ、それよりもなによりも。

「こうして下々の者、しかも多種族の者らと席を同じうする日が来るとはな」

「温泉ですからね」

「貴様はそれしか言わんのだな」

わたしと女公爵の周りには、大勢のエルフやヴァンパイア、ドワーフがひしめき合っている。はじめこそは不快感丸出しで嫌悪《けんお》を振《ふ》りまいていたのだが、それがいつの間にか背景のように気にならないものになったかと思うと、今では興味津々《きょうみしんしん》で見つめるようにさえなった。特に小さな子供が大好きなようで、ちびっこが近くを通ると「ああ、これが母親というものか」という表情で目を細める。

初めて見たときの印象はもうそこにはない。そこにいるのは、思わず抱き締《し》めたくなるような、とびきり美人な人妻さんだ。

……って、いや、違《ちが》うぞ、エロい意味ではないぞ、その親愛の情だって。

って、誰《だれ》に言い訳しているんだか。

ま、それはさておき、だ。

「で、どうです?」

「ああ、この泥湯はいいのお。最高の気分であるな」

そう言えば女公爵、初めてあったときはこんな尊大な話し方ではなかった気がするのだが、まあ、こっちが地なんだろう。

泥湯の湯ざわりを楽しんでいる女公爵を見つめながらそんな事を考えつつも、わたしは質問を続けた。

「いや、そうじゃない、この健康ランドのことさ」

質問されて、女公爵は少し考えると、慎重《しんちょう》に言葉を選ぶように答えた。

「個人か、それともこの国の統治者としてであるか？」

ほっほぉ、さすがは公国の主といったところか。

「どっちも、だな」

「そうか、まず個人としては、ここは楽しいところであるな。暇《ひま》があればまた来たいものだ」

そうか、満足してくれたか。

わたしがそう安堵《あんど》の表情を浮かべたその時、女公爵から背筋の凍《こお》るようなプレッシャーが叩《たた》きつけられた。

「ただ、統治者としては、随分厄介《ずいぶんやっかい》なことをしてくれたな、と」

そう語る女公爵の瞳《ひとみ》は燃《も》え盛《さか》る炎《ほのお》のようにオレンジのきらめきを放っている。

って、やばない？　これ。

「な、いや、なにが厄介《やっかい》なんだ」

よし、なんとか喋《しゃべ》れたわたし、グッジョブ。

「あたりまえではないか、そちらの行動はこちらには筒抜《つつぬ》けておるわ。あろうことか、この健康ランドは有言十支族王へのあてつけで造られたのであろう。ちがうか？」

えっと、そうだな、まあ、その面は確かにある。

「本来ならそんなものすぐにでも潰《つぶ》してしまいたいのだが、設立にはわらわの娘を始め、英雄《えいゆう》として名が知れるテーテンス、西のエルフの族長の係累《けいるい》、東のエルフの姫、ドワーフの名工、さらにはプデーリの眷属《けんぞく》が携《たずさ》わり、貴様自身も街道《かいどう》商権を持った商権特務官ときておる。しかも場所は公爵家の宮殿《きゅうでん》、何やら公爵家の紋《もん》の入ったものまで配りおったとも聞く……もはやヴァンパイアは有言十支族王に表立ってけんかを売ったと言われても反論はできぬよ」

う、まあ、たしかにそうなるのか。

でもなぁ、ルイルイならわかってくれると思うんだけどな。エルフの温泉に入ったときは、絶対こいつは温泉好きだって確信したんだが。

「な、なんかすまん」

「はああ、一国を窮地《きゅうち》に追いやるほどのことをしでかす一方で聖人とも称《しょう》される男がこのような人物だったとは」

「ほめてないな、そのかんじ」

「あたりまえである、本来であれば問答無用で処刑《しょけい》し、その首を有言十支族王に送りつけるところであるわ」

こわ。

「と、いうことは、それをする気はないんだな」

「あたりまえであろう。真名を知られたからにはそなたは身内中の身内、そこに手を出しては余はヴァンパイアとしての誇りを完全に失ってしまうわ」

「ハッハッハ、それは良かったよ、エーレルアーナ、いや、エラ」

わたしが軽口のつもりでそう言うと、女公爵、いやエーレルアーナことエラは猛然《もうぜん》と立ち上がってわたしの頭を力任せにぶった。

「いてぇ!!」

「いてぇではないわこのおおたわけ！　人前で公爵の真名を言うなど貴様は本物の馬鹿なのか！」

よく見れば、エラの目には涙《なみだ》が浮かんでいる。うん、やりすぎた。

ただ、これこそがわたしがエラの耳元で囁いた言葉の真相であり、エラがおとなしく温泉巡《めぐ》りについてきてくれたその理由。

どうやらこの国では、というかヴァンパイアの公爵家、ひいてはその始祖たるものから脈々と連なる高貴な血筋において、高位につく成人したものはその名を完全に秘匿《ひとく》し役職のみで呼ぶのだそうだ。

理由はいくつかある。権威《けんい》付けだとか儀式的《ぎしきてき》な要因だとか。

しかし、その一番の理由は、呪詛《じゅそ》対策にある、と、テーテンスは言っていた。

ヴァンパイアはエルフやダークエルフに次ぐ魔法の使い手。

ただし外法、いわゆる呪詛的なものに関しては最も強い力を持つ種族ということになっているのだそうだ。そして、そういった呪法《じゅほう》にとって名前というのは格好の標的。名前を知らない場合は姿形や場所、もしくは魔力《まりょく》の個体差に向けて放つ呪法も、名前さえ知っていれば簡単にロックオンできる。

だからこそ、ヴァンパイアにとって最重要人物であるエラの名は完全に信頼《しんらい》の置ける身内しか知らない。そして、名を知るモノがさらにその範囲《はんい》を広げる時、そのときは命を賭《か》けるのだそうだ。

「いいのですか、テーテンス殿《どの》。わたしに教えて」

エラの名を聞いたとき、そう尋《たず》ねたわたしにテーテンスは「世界で一番悪用しそうにありませんからな」と笑っていた。

「というわけで、そなたは身内。まったく、マリアにさえ教えておらぬ名だというのに」

わたしが名について考えていると、エラが不服そうにつぶやいた。

うん、温泉が心を溶《と》かしつつあるな。自分から娘の話題を振ってくる程度には。

「なぜ教えてない？」

「掟《おきて》よ、それに、娘に呪《のろ》い殺されたくはないのでな」

「本気で？」

「はっはっは、歴史を紐解《ひもと》いて聞かせようか？」

ぐっ……まあ、確かにそういう事もあったんだろうな。

しかし、マリアは違うだろ。

「歴史じゃないさ、聞きたいのは、あなたの娘のことだ」

「それこそ、あやつは余を嫌《きら》っておろう？」

「本気で思ってるか？」

「ぬっ……」

エラの顔が困惑《こんわく》にゆがむ。

ああそうさ、エラだって本気で娘マリアが自分を嫌っているなんて思っちゃいないのだ。

ただ、母として女公爵として、その立場とプライド上『嫌っていることにしておく』ほうが便利だと言うだけ、それだけだ。

ただ、ここは温泉。権威の衣《ころも》は脱衣《だつい》所の棚《たな》の中、だろ？

「いいじゃないか、ほら、周りもこんなにリラックスして楽しんでいる。今のあなたは有《う》象無象《ぞうむぞう》の中にいるただの背景でしかない」

こんなところに女公爵がいるなんて誰も思っちゃいない。

ちょっと、美人がゆえに目を引くかもしれないが、それだけだ。温泉という大きく広い懐《ふところ》の中で、ただ体を休める大勢のうちの１人に過ぎない。そこにプライドなんかない、あってはならない。

「な、エーレルアーナ」

「きさっ！」

再び名前を読んだわたしを、鬼《おに》の形相で制するべく立ち上がろうとしたエラを、わたしは真顔で止める。

「落ち着け」

「し、しかし！」

「今わたしが呼んだのは、気のいい温泉仲間の名前だ。それのどこがいけない」

そうさ、ここに女公爵なんかいない。

いるのは、ちょっと意地っ張りな温泉仲間のヴァンパイアだ。

「こんなところに、統治者の権威をまとった人間なんかいてはいけないんだよ」

わたしがそう言うと、エラはわたしの顔をまじまじと見ながらつぶやくように漏らした。

「そうなのか、余、いや、私は……ただの女なのか」

「信じられんか、じゃぁ、そのまま周りを見てみろよ」

言われて呆然《ぼうぜん》とあたりを見回すエラ。

その瞳に映ったのは、健康ランドを、温泉を、そしてそこに集い戯《たわむ》れることを心から楽しんでいる人々。楽しむことに、体を休めることに、心を癒《い》やすことに夢中の人々。その笑顔《えがお》、その、集合体。

立ち上がり、睥睨《へいげい》するこの国の主の前で、そのことにすら気づかない、楽しそうなエルフの、ドワーフの、そして、ヴァンパイアの、群れ。

「はは、ほんとだ。だーれも、私を見てない」

そうつぶやくと、エラは、今まで見たことがないくらいの、まるで乙女《おとめ》のような笑顔を花が咲《さ》くようにほころばせた。

「ハンターさん」

ん？　貴様じゃないのか。

「私は、温泉が好きだ」

そうか、じゃぁ。

「あらためて自己紹介《しょうかい》だ、わたしの名前は湯川好蔵《ゆかわこうぞう》。またの名を温泉饅頭《おんせんまんじゅう》3世《せい》。人呼んで孤高《ここう》の温泉ハンターだ」

商権特務官でもなければプデーリの眷属を従えるものでも、シメーネフの聖者でもない。

「そうか、うん」

エラはそう一つつぶやくとゆっくりと泥湯《どろゆ》に身を沈め、わたしに向き直った。

「私の名前はエーレルアーナ・リ・エルトリアス＝ディ・ラトアニア。その、えっと、マリアの母、です」

マリアの母、そう、今のエラはただのマリアの母。

「話がしたい、ので、次の温泉に、行くか？」

「はい、ぜひとも」

こうしてわたしたち二人は、少しだけほほえみ合って泥湯をあとにした。

温泉の力を噛み締めながら。

その、そっと背を押《お》してくれる優《やさ》しい力に、心から感謝をしながら。

「次の温泉も、楽しみですわ」

気のいい温泉仲間としての時間を、ゆっくりと過ごすべく。

「はぁ、王宮にすらこんな贅《ぜい》を凝《こ》らした風呂《ふろ》はありませんわ」

「でしょう、自慢《じまん》の風呂です」

「しかもこれが天然自然の所業」

「ですね、天然自然のいで湯に、わたしたちの叡智《えいち》を重ねた結果です」

ここは紅玉宮改めホンドロドロ健康ランドにあるわたしの執務室《しつむしつ》の巨大《きょだい》バルコニーに作られた温泉。通称《つうしょう》天空の湯。

そのあまりの見晴らしの良さから、個人的にはここも開放するべきかと思ったのだが、こんな巨大な施設に個人的な風呂が一つもないのは絶対に嫌《いや》だ、というマリアの訴《うった》えでここは部外者立入禁止となっている。

わたしがこの国を発《た》つまではわたしの専用、そしてその後は……まあ、それぞれが好きにやるだろう。

きっと、マリアのものになると思うけどね。

それはいいとして、ということは、ここでは当然ふたりとも全裸。しかし、女公爵エーレルアーナことエラは、まったく躊躇《ちゅうちょ》なく服を脱《ぬ》ぎ去り、むしろ堂々としていると言っていいくらい清々《すがすが》しく肌《はだ》を晒《さら》して温泉へと入ったのだ。

そして、今、こちらが目を細めたくなるくらいに、理想的な温泉の楽しみ方を満喫《まんきつ》している。

「たしかに、温泉の恵《めぐ》みと作った者たちの叡智、そして……」

そう言うとエラは、目を閉じて深く深く深く深呼吸をした。

「わが愛する祖国の力。ですね」

そう言われて目の前を見れば、切り立った尾根《おね》を並べる巨峰《きよほう》連なるヴァンパイアの国、ラトレニア公国の雄大《ゆうだい》な景色。そして、そこから流れてくる冷たく澄《す》み切った風、森の香り、この美しい国に息づく、自然の恵み達。

「はぁ、きれいですな」

「ふふふ、ハンター様にそう言われると、なんとも嬉《うれ》しいものですね」

……キャラ変わりすぎてないか、女公爵。

「そんな目で見ないでくださいまし、本来はこういう口調ですのよ」

「そう、なんですね」

「ええ、他国要人用の口調、自国の目下の者に対する口調、そして今の口調……あとは」

「まだあるんですか？」

「当然ではありませんか、愛する方と二人きりの時の、ね」

あ、ああ、それはまた。

「おききになる？」

「い、いや、それは、またいずれ」

「あら、いずれお聞きになる気ですの？」

「あ、いや、そんなことは、えっと」

ああ、話しづらい。

リリウムもそうだったが、なんで女という生き物はこうも突然《とつぜん》キャラクターを変えてしまえるんだ。もうほんとに、苦手ったらありゃしない……なんて頭をかいていると、エラは意地悪そうな瞳で笑っていた。

ああ、わかってましたよ、からかわれているんでしょ、ええそうでしょうとも、でもね、それでも、予測可能回避《かいひ》不可能なんですよ、そういうの。

だいたい、全裸の未亡人と言うだけでこちらは緊張《きんちょう》……。

おっと、繭玉さんがいなくてよかった。

「ふふ、調査のとおり、温泉以外は本当にからっきしなのですね」

「ならば、それが褒《ほ》め言葉《ことば》にしかならないということも」

「はい、しっております」

そうか、ならば話が早い。

「わたしは、国の争いや面倒事《めんどう》にくちばしを挟《はさ》む気はまったくない」

そう、そんなつもり、はなからまったくない。

「ただ、温泉を使って面倒なことを計画していたルイルイをギャフンと言わせたかったのと、もう一つは……」

いいながら、わたしは、自分のおせっかいさ加減にちょっとだけうんざりしていた。

それでも、間違《まちが》っているとは思っていない。温泉仲間というものは、わたしにとって、家族なのだ、だから。

「気のいい温泉仲間がプライベートで悩《なや》んでいたから、手を貸した、それだけだ」

わたしの言葉に、エラは小さくため息をついて、それでも優しげな声で答える。

「全部温泉絡《がら》みなんですね」

「言ったろ？　温泉のこと以外わたしはからっきしなのだ」

「でもそれは言いかえると、温泉が絡《から》むとなんでもできるということじゃないのでは？」

「ははは、何でもは無理だが、大抵《たいてい》のことは出来ると思っている。なぜなら」

そう言うと、わたしは温泉の湯をすくって高く持ち上げ、指の隙間《すきま》からゆっくりとこぼす。

「温泉が助けてくれなければ、わたしはきっと生きてさえいなかった」

「生きて？」

「ああ、そうさ、わたしは温泉の子供なのだから」

いいながらわたしは、少しだけ自分の過去について話す。

「わたしは温泉で生まれ、温泉で育った、父も母も知らない人間だ」

わたしは、捨て子だった。

後で、温泉旅館業組合の会長であった須藤《すどう》さんにきいた話だけど、わたしは、とある女性が当時はまだ新入りの従業員だった須藤さんの働く旅館「湯川荘《そう》」の客室に産み捨てていった赤《あか》ん坊《ぼう》、その成れの果てだ。

そう、慌《あわ》てる須藤さんが温泉を産湯《うぶゆ》に使って助けてくれた時、わたしは生まれたのだ。

その後、わたしは温泉で育った。

湯川荘の経営者である湯川トメ婆《ばあ》さんの養子となり、須藤さんを父代わりに、たくさんの仲居さんを母代わりに、温泉の湯を毎日のように浴びて、温泉を楽しむ人達《たち》の笑顔に囲まれて、わたしは生きてきた。

温泉に背中を押《お》されて、生きてきた。

温泉を軸《じく》にした、その温かい湯を核《かく》にした温かいつながりの中で、わたしは成長し大人になった。

温泉によって、たくさんの絆《きずな》を結びながら。

だからこそ。

「せっかく母親がいるんだ、仲良くなりたいのになれないのは、残酷《ざんこく》だろ」

「残酷、ですか」

「言葉が強いかな、そうだな、もったいないだろ?」

そう、もったいない。

せっかくいるんだ、しかも仲良くしたいと願っているんだ、だったら仲良くすれば良い。

そしてきっと、温泉はそんなマリアの願いを叶《かな》えてくれると信じていた。人と人の絆をつなぐ、それは、わたしが身をもって知った温泉の最大の効能だ。

「仲良く、なれるのでしょうか」

「どうして?」

わたしの問いに、エラはゆっくりと答える。

「私は国を治めるもの、メンツも大切ですし時には私情を殺さなければなりません」

そう言うとエラは、温泉の縁《ふち》に腰掛《こしか》けた。

雲間から漏れる優しい日差しが、エラの柔《やわ》らかい曲線を描《えが》く裸身《らしん》を照らす。

我《わ》が子を思って憂《うれ》いを浮《う》かべるその裸身はきっと妖艶《ようえん》で扇情的《せんじょうてき》で、端的《たんてき》に言えばエロいものだったと思う。しかし、それは、わたしに興奮をもたらすことはなかった。

そう、それは、どこか神聖で、そして、きっと。

それが、母なのだ、と思った。

「わたしは、この国を治めると決めた時、母をやめたのです」

母をやめる、か、なんとなく胸に響《ひび》く言葉だな。

「だからマリアも、いや、娘ももはや娘ではなく、この国を背負う後継者《こうけいしゃ》です。甘《あま》やかすわけにはいかない。ヒューマンに、エルフに、すべての種族に、馬鹿にされるような次世代の統治者になってもらってはこまるのです。そして……」

そう言うとエラは、全裸のまま立ち上がりわたしに向き直った。

そしてまたしても迫力《はくりょく》に満ちた瞳で睨みつける。

「その邪魔《じゃま》をされても困る」

うん、困る、それは困る。

主に目のやり場が困る。

「そんな事はいいから座《すわ》れ。全裸で目の前に立つのは、温泉ではマナー違反《いはん》だ」

ほんと、この世界の奴《やつ》らときたら、必ずこれをやらかさないと気がすまないのか。

「……そ、そんな事です、か？」

ん？　どうした、なにを戸惑《とまど》っている、というか、座れ！

「いいから、座れって！」

「え、あ、はい」

戸惑いながらも、エラはゆっくりと温泉に身を沈《しず》める。そして、そのまま矢継《やつ》ぎ早《ばや》に続けた。

「そんなことって、あなたはマリアをどうしたいのですか？」

「だから、母親と仲直りさせたいのだと言ってるだろ。マリアはそうしたいらしいしな」

「だから、私とマリアはもはや母と娘《むすめ》では」

はぁ、わかってないなぁ。

「それは温泉でもか？」

「え？」

わたしはそう言うと、少し照れくさくはあったが、エラの直ぐ側にまで寄って肩《かた》が触《ふ》れ合うほどに近づいた。

「王の使者とはいえただのヒューマンの、しかも父も母もない捨て子のわたしと公爵《こうしゃく》家の当主でありヴァンパイア領の領主であるエラとがすっぽんぽんの全裸で肩を並べることの出来る、この場所でもか？　と聞いてるんだよ」

わかっていたさ、そんな事。

女公爵には女公爵の立場がある、子供は甘やかすだけではだめだ、その考え方が間違っているとは言えないし、はっきり言ってそんな事わたしにはまったく興味がない。

貴族ですらない捨て子で、親も知らない、子も持たないわたしにわかるはずがない。

だから温泉を作ったのだ。

そして、その温泉に入らざるをえない状況《じょうきょう》にエラを導いたんだよ。

なぜならここは、本音を話してもいい場所。

権威の衣も、立場も種族も、性別でさえ脱ぎ去ってしまえる温泉だから。

「ここにいるときは、母と娘でいいじゃないか」

いや違うな。

「ここにいるときは、互《たが》いに認め合う二人のヴァンパイアでいいではないか」

そう、それでいいじゃないか。

「マリアとも気のいい温泉仲間になれば良いんだ。そうすれば、いつでも本音で話せる。

仲良くも出来るし、愛《め》でるも甘やかすも自由」

温泉だからな、ここは。

「いいのでしょうか、温泉だからなんて理由で、そんなことが許されるのでしょうか」

「わたしがいいっていうんだからいいんだよ」

なにせ、わたしは、ヴァンパイアの危機に現れてそれを救うとされるシメーネフの聖者らしいしな。温泉教団の聖者が言うんだから間違いない、なんてね。

ま、そんなことはいいとして。

「温泉とはそういう場所なのさ」

「そういう場所……温泉が……」

ああ、そうさ、そして、同時にここは、健康ランドだ。

「よし、では、手始めに目一杯《めいっぱい》楽しむか？」

「はい？　えっと、話はまだ……」

知らん、もう面倒な話は飽《あ》きた。

「温泉も堪能したしな。こんどは健康ランドの温泉以外の見どころを心ゆくまで楽しもうじゃないか」

「え、はぁ、はい」

度肝《どぎも》を抜《ぬ》かれる事になるぞ、エラ。そして。

温泉を中心に存在する健康ランドの底しれぬ力を、お前は骨の髄《ずい》まで堪能することになるのだ。

「繭玉さん！」

「居てるで」

声とともに、気配もなく背後に現れる繭玉さん。律儀《りちぎ》にも全裸だ。

「もしかしてずっといた？」

「もちろん、温泉を堪能させてもろてたで」

と、さすがにこれにはエラも驚《おどろ》く。

「まさか、わたしにすら気配をさとられないとは、さすがプデーリの眷属」

「まあな、もっと褒めたって」

うむ、ナイスドヤ顔。

「じゃぁ、最後の締めと行きますか」

「了解《りょうかい》や」

言葉とともに、繭玉さんはエラの手を引いて半ば強引《ごういん》に温泉をあとにする。

「ちょ、眷属様、ちょっとまって、ああ、いやあああああ」

悪もんだな、まるで。

まあ、いい。

じゃあ次は、腹ごしらえと行きますか。


「ああ、なんですか、この美味は！」

「ふふ、うまかろう」

紅玉宮あらため、ホンドロドロ健康ランドフードコート。

わたしは、その自慢のぜいたくスペースの真ん中のテーブルに座り、先程《さきほど》から目の前で繰《く》り広《ひろ》げられる豪快《ごうかい》な光景を大満足で眺《なが》めていた。

そう、ヴァンパイア公国の主、女公爵エラの豪快な食べっぷりを、だ。

「ぬ、むむむ、こ、これも美味《おい》しい、これも非常に美味ですわ！」

「ああ、それは、たこ焼きだな」

「たこ焼き！　まさか、これはオクテルの足ではっ⁉」

「せや、うまいやろ」

「ぬうううう、見過ごしていましたわ‼」

オクテル、それはこの異世界に存在する生き物で、もう見たまんまタコだ。

藺玉さんいわく、別に忌避《きひ》されているわけでも信仰《しんこう》されているわけでも毒があるわけでもないし、気味悪がられているわけでもないのだが、大した理由もなくなんとなく食材とならずに存在していたありふれた生き物らしい。

「はー、外カリ中トロ！　この口腔《こうこう》を焼く刺激《しげき》の中に感じるふくよかな美味しさ、そして、この黒いタレ……まさしくこれは天上の美味」

エラはオペラ歌手のように大げさにたこ焼きを褒め称《たた》えると、その焼けた口内にエールを流《なが》し込《こ》む。

もちろん、キンキンの、あれだ。

「くぅぅぅぅ、ぷはあ!!　温泉をでたばかりの乾《かわ》いた体に染《し》み渡《わた》るこのキンキンに冷えたエール！　しかも、焼け付く口内を速《すみ》やかに冷やし、一度は消えたたこ焼きの旨味《うまみ》を再び蘇《よみがえ》らせたかと思うと、綺麗《きれい》サッパリ流し去って、次なる美味への下地をその苦味がキリッと整えてくれる」

おおお、グルメ漫画《まんが》のようなセリフだな。

「ぐあああああ!!　なんですかこれは!?　ズルズルズル……はぁ美味しい！　美味しいがエーバンダのようです！」

「エーバンダって、なんだ？」

「冬の季節に訪《おとず》れる、終わりなき地吹雪《じふぶき》のことですわ！」

「そか、ちなみにそれは、焼きそばだ」

「やきそばああああああ!!」

ちなみに、このフードコート、基本的にソース味の粉ものが多い。

そして、そんなソースを作り上げたのは……。

「ふっふっふ、うちのイナリソースの手柄《てがら》やね」

そう、さすがは関西娘な繭玉さんが、いったいそんな時間がいつあったのだという過密スケジュールの中で、この世界にある食材をもって作り上げたのが、この『お稲荷《いなり》印の繭玉ソース』通称『イナリソース特濃《とくのう》』なのだ。

「ソース自体は時間がかかるだけで、材料はシンプルなもんやからな」

うん、わたしにはさっぱりわからんがそうなのだろう。

だってこれ、めっちゃうまいですから。

はっきり言おう、あっちの世界のスーパーで売ってたら間違いなく買います。

そしてその効果の程《ほど》は、この見渡《みわた》す限り端《はし》が見えないほど広いフードコートの盛況《せいきょう》ぶりが証明してくれている。

皆《みな》が、湯上がりのあの健康ランド独特の奇妙《きみょう》な衣装《いしょう》を着て、あるものは歩きながら、あ

るものはベンチで、階段の途中《とちゅう》で、花壇《かだん》の縁石《えんせき》で、そして備え付けのテーブルで。

家族団らんを楽しみながら、恋人《こいびと》と語らいながら、仲間と笑い合いながら、それを頬張《ほおば》る様子が。

そして、それを見つめる繭玉さんのドヤ顔が。

ソースの威力《いりょく》がこの異世界に間違いなく通じることを証明しているのだ。

「ぼーふっ！　ほぼ、ほぼぼ。ぼもも!!」

あと、エラの姿もな。

「飲《の》み込んでから話せよ、なんて言ってるかわからん」

「……ぬ、ぬぐ、うん、ごくり。くはっ、あ、あれは、あれはなんなのです!!」

「ん？　どれ」

「あのエルフの子供がたべている、最初に食べた関西お好みにそっくりな、それでいて中に焼きそばの入っているアレですわ！」

おい、その殺気のこもった目で見るんじゃない、エルフの子供がチビりそうだ。って、あれは……。

「ああ、あれか、あれは広島お好み……」

「それをふたつ!!　グビグビ！　プハーッ!!　ビールもおかわりですわ!!」

……おい、エラ、食いすぎじゃないか？

「ああ、それと、たこ焼きをもう四つほど追加してくださいな!!」

まて――――い!!

「おい、エラ、さすがに食いすぎだ、体を壊《こわ》すぞ」

「大丈夫《だいじょうぶ》です、食べたものは魔法《まほう》で消化し魔力に還元《かんげん》しておりますので」

わーい、べんり。

まあ、それならば良いんだけどな。でもたしかに、こうして冷静に周りを見ていれば、皆エルフもヴァンパイアもちょっと常識では考えられないくらいの量を食べている気がする……って、材料あるのか？？

「藺玉さん、材料足りるのか、これ」

「まかせとき、計算はちゃーんとばっちりや」

おお、さすがは藺玉さんだな。

いいながら、突《つ》き抜けそうなくらい全力でドヤ顔をしている藺玉さんを見ていたその時、突如《とつじょ》後ろから声がかかった。

「は、母上、ここにおられたのじゃな！」

マリアだ、そして、声をかけられたエラはと言うと。

「ご、ぶほぉっ、がはっ、ぐひっ」

突然の出来事に、盛大《せいだい》に広島お好みを吹《ふ》き出していた。うん、その姿、口の周りにこびりつくソースと青のりの効果も相まって笑っちゃうほど威厳《いげん》がない。

「うまいじゃろ、それ、開発にはわらわも携わっておるのじゃ！」

その一言に、わたしは繭玉さんをチラ見する。

そして、そこには、もはやドヤ顔を通り越《こ》してドヒャ顔とでもいいたくなるほどに鼻の伸《の》び切った繭玉さんがない胸をこれでもかと張り出して腕組《うでぐ》みをしていた。いや、しかし、そのくらいのことをしていいな、これは。

「なかなかニクいことを考えるじゃないか」

「あたりまえや、母と娘の喧嘩《けんか》といえば、娘の手料理で仲直りと相場が決まってんねん」

どこの市場の何の相場だよ、初耳でしかないわ。

しかし、繭玉さんのその相場は見事に的中しているようで。

「そ、そうですか、そ、その、素晴《すば》らしい出来です、マリア」

小さくケホケホと咳《せ》き込みながら、慌てて口を拭《ぬぐ》ったエラは、さすがは女公爵というべき変わり身の速さで威厳を漂《ただよ》わせながら答えた。

「きっとハンター様や眷属様のお知恵《ちえ》入れがあったとは思いますが、それでも素晴らしい出来です」

あ、すまん、わたしは一ミリも口を出してはいない。

もっと言えば、わたしが食べてみた印象だと、わたしの知っているそれらとは若干《じゃっかん》味が違《ちが》う。もちろんうまいとは思うしなんとなくの郷愁《きょうしゅう》も感じられるのだが、根本的な味がちがうというか……。

「口挟むようで悪いけどな、味の基本を決めたんはマリアはんやで」

「そうなの？」

「いや、そこは主さんが突っ込むとこちゃうやろ……まあええ、そや、全体的に出汁《だし》が違うねんな、これ」

ほっほぉ、出汁か。

確かにそう言われてみれば、甘味《あまみ》の質が違うような気がする、もっとなんというか西洋風の肉系……もしや。

「これ、コンソメか？」

「正解や」

繭玉さんがそう答えると、今度はマリアが得意げに続けた。

「繭玉様が教えてくださったのは、魚で出汁を取る方法だったのじゃが、我らヴァンパイアには魚より肉のほうが馴染《なじ》みが深い。そこで、わらわたちのコックが使う肉のスープを使ってみたというわけじゃな！」

なるほどな。粉物の基本は言うまでもなく小麦粉とソース、あとは野菜。

コンソメが合わないはずがない。

「で、では、これを、マリアが中心となって考えたと仰《おつしや》るのですか」

いや、さすがに中心というわけはない……。

わたしがそう口を挟もうとすると、繭玉さんがそれを制すようにわたしの前にぐいっと進み出て、エラの顔を見つめて言った。

「そやで、ヴァンパイア領の産物として成立させれば、交易の目玉として国の助けになるってな」

繭玉さんのその一言に、わたしは驚いて繭玉さんを見る。

しかし、繭玉さんは「これでええんや」といった風情《ふぜい》でわたしに薄《うす》く微笑《ほほえ》むと「母としてだけでなく、領主としてもマリアに大きな借りができてしまいましたな、公爵はん」と意地悪く微笑んだ。

ったく、策士だね、この狐《きつね》は。

「そう、ですね、では、この借りをもとにどんな見返りを求めるというのですか、マリア」

ったく、こっちはこっちで頑固《がんこ》だね。

と、わたしが女達の化かし合い、狐と鬼の丁丁発止《ちょうちょうはっし》を見ていると、困り顔のマリアの横にテーテンスがずいっとあらわれて、深く腰《こし》を折ると静かに嘆願《たんがん》した。

「公爵様のお時間を頂きたく」

「じかん、ですか？」

テーテンスが表に立っただけで少し顔を歪《ゆが》めたエラは、その言葉に更《さら》に顔を歪める。

「はい、それは……」

テーテンスがいいかけると、今度はそれをマリアが制した。

決意のにじむ顔、そう、ここがマリアの一世一代だ。

「わ、わらわの劇を、みっ見てほしいのじゃ！」

その一言に、さらにエラの顔がゆがむ。

「ほぉ、公爵家の息女にして次代の後継者となるべきあなたが、旅芸人や吟遊《ぎんゆう》詩人の真似《まね》事《ごと》をするというのですか」

ああ、エラにとって演劇とはそういうふうに映るものなのか。しかし、だ。

「ふははは、そこいらの庶民《しょみん》が作る飯を庶民と席を並べてたらふく食っておきながら、今更なにを言う」

「なっ！　し、しかし!!」

「それにな、健康ランドはその施設《しせつ》全体が温泉のテリトリー。教えたろ、温泉とはどのようなものであるのか」

そう、健康ランドは温泉施設。たとえフードコートであろうと、そこに身分などない。健康ランド独特の奇妙な衣服に身を包んだ時点で、皆同じ、等しく温泉を楽しむ客の一人だ。

「ふぅ、わかりました、それでは見るとしましょう」

エラの言葉に、マリアの顔が花が咲いたかのようにほころぶ。

「ほんとうか、ほんとうなんじゃな！」

「私の言葉が信じられないと？」

「いや、そうではない、そうではないのじゃが……よしっテーテンスゆくぞ!!」

「はっ、おおせのままに」

いいながら弾《はじ》かれるようにその場をあとにする、マリア。

「まさか演劇とは、まさか、あの、粗末《そまつ》な舞台《ぶたい》でやるのではないでしょうね」

いささか呆《あき》れながらエラが指差したのは、フードコートの奥《おく》にある、温泉には似合いの、そしてもともと宮殿《きゅうでん》であったこの場所には不似合いの、よく言えば風情ある舞台。

悪く言えば、かなり粗末な学芸会の舞台。

「そうだ、文句あるか」

「はぁ、ありませんとも、言っても仕方ないのでしょう」

「そのとおりさ」

わたしはそう答えると、エラの手を引いて舞台の目の前の席へと誘導《ゆうどう》する。

「さぁ、しっかりと見て楽しむといい」

そう、これこそがわたしが考えた仲直り策。

『お遊戯会《ゆうぎ》を見れば親は感動するものだ！』

作戦だ。

「これだけは、うちもなに考えてるかわからんけどな」

バカを言うな、親が子供の成長を知るのに一番いいのが、お遊戯会ではないか。

「まあ見ていろ」

ブツクサと文句を言う繭玉さんを背に、会場がアナウンスの注意の後に暗転する。

「よ、夜に⁉」

エラが度肝を抜かれて、思わず声を出す。

そう、これぞ、ドワーフのデビさんにお願いして作った暗転装置、題して『いつでもヨルニナール』だ。しかもこの装置、ただ暗くなるだけではなく、円形の大理石でできたドーム天井《てんじょう》に星がまたたくというプラネタリウム仕上げ。

どこからか、虫の声さえ聞こえる。

そして、同時に輝《かがや》く無数の提灯《ちょうちん》の優しい赤い光、これもまた、風情だ。

「なんという、素晴らしい」

古来、舞台とは夜の星明かりと炎《ほのお》の薄明《うすあ》かりの下で演じたもの。

雰囲気《ふんいき》はバッチリ。

そして、ここからは……。

マリアの独壇場《どくだんじょう》だ。

効能その八　永遠の契《ちぎ》りとしばしの別れ

「ああ、ご主人さま見っけ」

「おおリリウム、忙《いそが》しそうだな」

「はい、ご主人さまと違って仕事いっぱいですから」

一言多いわ、って、まあ、そのとおりなんだけどな。

「でも楽しいから問題ないですよ」

そうか、そう言ってくれるのなら、こっちも助かるよ。

「で、休憩《きゅうけい》なのか、今は」

「なに言ってるんですか。メインイベントを見逃《みのが》すようなリリウムさんじゃないですよ」

「はは、たしかに」

わたしはそう言うと、すでに隣《となり》を陣取《じんど》っている繭玉《まゆだま》さんとは反対側の席にリリウムを座らせる。

うん、やっぱりこの並びが一番安心するな……って。忘れてた。

「すまん藺玉さん、隣にはエラを……って怒《おこ》ってる？」

「いんや、このあとリリウムにお腹《なか》が割れるほど焼きそばをおごることになるのがムカつくだけや」

「なんだそれ」

言いながら藺玉さんがリリウムを睨《にら》むのでつられてわたしも見てみると、リリウムは満面の笑《え》みだ。

はっはぁ、エラをどっちに座らせるか賭《か》けてたな、コイツら。

まあいい、ここは残念にも賭けに敗れてしまった藺玉さんの味方をしておくか。

「藺玉さんは心配ないけどな、リリウムは遠くに置いとくとなにしでかすかわからんだろ」

わたしの言葉に、藺玉さんも我が意を得たりと乗ってきた。

「なあるほどな、リリウムはおこちゃまやからな」

「なっ！　そんなことないですから!!」

ははは、やっぱりこの二人が落ち着く。

とはいえ、今日ばかりはエラが隣でないと困るので。

「というわけだ、藺玉さん、すまんな」

「わかってるって、しっかりな」

「ああ」

いいながら繭玉さんは、リリウムにあかんべーをしつつもエラに席を譲《ゆず》った。

「よ、よいのですか？」

「ああ、かまわんよ」

「は、はぁ」

さすがのエラも、プデーリの眷属《けんぞく》から席を奪《うば》うのに遠慮《えんりょ》を感じるのか、恐《おそ》る恐るといった風情で腰を掛《か》ける。

この世界においてプデーリの眷属がすごいことはなんとなく理解しているつもりだが、繭玉さんはすごく人懐《ひとなつ》こくていいやつなんだけどな……うん、まぁ、便利だから良いんだけどね。

と、その時「チリーン」と涼《すず》やかな鈴《すず》の音が会場に響いた。

それは、この世界で、劇の始まりを告げる合図。

「始まるようですよ」

「ああ、うん」

さぁ、マリア。

お前の実力をしっかりと見せてもらうぞ。

……す、すばらしい。

劇も中程《なかほど》に差し掛かった頃《ころ》、わたしは心の底から湧《わ》き上がる歓喜《かんき》に震《ふる》えていた。

もちろん、目の前で繰り広げられる演劇そのものは、CGで画面からキャラが飛び出すような世界からやってきたわたしにとって、いわゆる学芸会の域を出ないものでしかなかった。魔法による理解不能な演出は所々にあったことはあったのだが、やはり素人芝居《しろうとしばい》だ。温泉地にやってくる旅芸人の芝居と比べれば、まさに月とスッポン。

しかしだ。

「我が名はテーテンス、温泉のすばらしさを伝えに訪れた救国の英雄《えいゆう》であるぞ!!」

舞台上でそう宣言するテーテンスは、右手に国宝級の刀を掲《かか》げ左手にはなんと、風呂桶《ふろおけ》を持っている。

そうそれは、まさに温泉をテーマにした英雄譚《えいゆうたん》なのだ。

もう一度言おう、これは、温泉をテーマにした英雄譚なのだ!!

「これは、やばいな……」

あっちの世界で温泉ものといえば、旅館の女将《おかみ》が奮闘《ふんとう》する細腕繁盛記《ほそうではんじょうき》やもしくは殺人事件が起こるか、どちらかが相場。温泉を舞台にしたヒーロー物どころか、温泉を舞台にしたファンタジーを創造するものなんかほとんどいなかった、そんなもの変態の所業だからだ。

しかし、目の前で繰り広げられるのは、まさに温泉ヒーロー物でファンタジーでおとぎ話で。

わたしの理想そのものだ。

話の筋はこうだ。

先の大戦で負傷し、戦線から落ち延びたテーテンス。

身体《からだ》の不調を治し、傷を癒《いや》す方法を探しに世界を放浪《ほうろう》するのだが、その途中で温泉に魅《み》入《い》られたダークエルフの娘デリア（もちろんこれはディーネが演じている）と出会う。

そして、温泉の不思議な力を見出《みいだ》すテーテンス。

温泉研究に夢中となったデリアとともに世界をめぐり、温泉の素晴らしさを解き明かしていく中で、その傷はどんどんと癒《い》えていく。

そして、様々な戦いをくぐり抜けてたどり着いたエルフの森。

長いダークエルフやドワーフとの確執《かくしつ》の結果、疲弊《ひへい》していたそのエルフの郷《さと》に、テーテンスはその一生をかけて温泉によって栄える街を築き、そしてエルフの郷を救うのだ。

「やっぱりこれはやばいですね……」

そのあたりで、わたしの言葉に反応したのかリリウムもまた、小さくつぶやいた。

ああ、やはりリリウムにもこの良さがわかるか。

「ああ、ほんとに、泣きそうなくらいやばいぞ」

「ええ、わたしも震えてきました」

そう言うとリリウムは、腰の短剣《たんけん》に手を添《そ》えて握《にぎ》りしめる。

ふふふ、わかる、わかるぞ、どうしようもなく興奮してしまうと、なにかを握りしめたくなるもんだ。わたしも今、自分の手のひらに爪《つめ》が食《く》い込みそうなくらい握りしめている。

一方舞台上では、英雄テーテンスが片《かた》っ端《ぱし》から揉《も》め事《ごと》や困りごとを温泉を使って解決し、そしてそのためにバッタバッタと悪人をなぎ倒《たお》す。

温泉の名にかけて！　とか言っちゃう。

しびれる、これはしびれる!!

ただ、ディーネ、あれはなんとかならんかな。恥《は》ずかしいのはわかるが、キョドキョドしすぎて演技がひどい。

「ディーちゃん……ひどいよ……」

いや、リリウム、口に出しては可哀《かわい》そうだろ。

あと、マリア!!

戦いに敗れ荒廃《こうはい》したヴァンパイアの国を救うため、温泉を究《きわ》めんとするテーテンスとともに旅をする少女の役が、もう本当に可憐《かれん》で優雅《ゆうが》で、その上いじらしく最高に良い。

「王なきあと、あなたを父と呼んでも構いませんか」

などというセリフ……ううん、良いねぇ浪花節《なにわぶし》だね。おじさんキュンキュンしちゃって、ほんと泣きそうだよ、超《ちょう》まずいよ。

「マリアも、これはまずいな」

「やはりそうですね、まずいですね」

今度はリリウムと反対どなりのエラがそう唸《うな》る。

そりゃたしかに自分の娘のこんな最高の演技を見せられたら、エラにしてみればかなりまずいことになっているはずだ。証拠《しょうこ》に、いつの間にか握られていたハンカチを引きちぎらんばかりに引き絞《しぼ》っている。

わかる、感動してないちゃいそうだもんね。

そんなこんなで、エルフの郷を救ったテーテンス一行はとうとう故郷である荒廃しきったヴァンパイアの国にたどり着く。

治安は乱れ、人心は乱れきっているヴァンパイアの国で一行は様々な苦難を切り開き、その中で温泉教団であるランタータ教団と出会いともに国を立て直すことを誓《ちか》うのだ。

「ああ、あなたこそシメーネフの聖者様!!」

泣きながらそう叫《さけ》ぶドドさん。

いや、セリフの最中にチラチラこっち見ちゃだめだよ!!　芝居に集中しなきゃ、そこはいいシーンなんでしょ!!

「ドドさんまで……最低だ」

リリウムが呟《つぶや》く。

まあ確かに、芝居とかできそうな人に見えなかったもんな。

ただ、最低は言いすぎだ、可哀そうだ。

と、ドドさんを哀《あわ》れに思いつつも舞台に目を戻《もど》すと、そんなこんなで話は進んでいき、なんとヴァンパイアの女王が温泉教団と敵対する組織によって宮殿に閉《と》じ込められていると言うではないか!!　というシーンに突入《とつにゅう》。

その敵対集団、温泉を見つけては埋《う》めて回っているらしいのだが、うむ、そんな奴らがいたらわたしが許さん!!

「ぶち殺す……」

「その時は手伝います、心が決まりました」

リリウムもストーリーにのめり込んでいるのか、呟くようにこたえる。

そして、興奮のまま話は進み、手に汗握《てあせにぎ》る活劇と、ほんわか温泉シーンを挟《はさ》んでとうとうヴァンパイアの女王はテーテンスによって助け出されたのであった。

と、同時に、魔法によって舞台上に吹き上がる温泉。

それを浴びる英雄たちと助け出された女王。

そして、高らかに英雄テーテンスは鬨《とき》の声《こえ》を上げるのだ！

「見よ!!　温泉の力によってこの国は救われた!!　温泉の偉大《いだい》なる力によって!!」

「温泉バンザーイ!!」

「温泉バンザーイ!!」

皆で湯を浴びながら温泉を称える壮大《そうだい》なラスト!!

ぬおおおお!!　なんというカタルシスだ!!

我慢《がまん》できずに、わたしは弾かれるように立ち上がった。

と、同時にリリウムとエラも立ち上がる。ちらりと見れば繭玉さんはニヤニヤしたままでその場に座っていた。

「やりますかご主人さま!!」

「かくなる上はエルフとともに!!」

は、なんのことだ？？

まあいい。

「素晴らしかった、素晴らしかったぞマリア!!」

受け取れ、スタンディングオベーションだ！

わたしは腕《うで》もちぎれよとばかりに拍手《はくしゅ》を捧《ささ》げ、そして、知らぬ間に涙《なみだ》をこぼしていた。

これは神話だ、と。

あちらの世界にすらなかった、温泉を舞台にした国産みの神話なのだと、わたしが夢にまで見た温泉を中心にする国の誕生を今、ここで見ているのだと。

もう、なにも心配はいらない。

マリアは、この国の主として、最高の人材だ。

「グスッ、素晴らしいぞ、マリア。ズズ、お前なら、きっとこれからもうまくいく」

「え、え、なんで褒《ほ》めてるのじゃ？」

「あたりまえだ、こんな素敵《すてき》なものを見せられて、涙が出ないはずがないじゃないか」

そんなわたしを、リリウムとエラはポカーンとした表情で見つめている。

藺玉さんは、何故《なぜ》か爆笑《ばくしょう》している。

そして、その場にいた健康ランドのお客さんたちは、ヴァンパイアもエルフもドワーフもなく、皆同じように喝采《かっさい》を贈《おく》り、肩《かた》を組んで笑い、そして最高の芝居を繰り広げた役者たちに拍手を送っている。

「さすがはハンター様、あなたならそう言うと思っておりました」

テーテンスはそう言うと、ニコリと微笑む。

ふふ、それはいいのだが、テーテンスよ、お前の本当の出番はここからなのだ。

「なにをしているマリア！　最後の仕上げだろうが!!」

そう、話の中身は知らされていなかったが、ここから先のサプライズの概要《がいよう》は繭玉さんに聞かされていた。

「あ、え、ああ、そうじゃ、そうじゃ！」

茫然自失《ぼうぜんじしつ》状態だったマリアは、わたしの一言でハッと我に返りそして大声で最後のセリフを怒鳴《どな》り上げるように繰り出した。

舞台上に膝《ひざ》を突《つ》き、腰を折り、深く頭を垂れて、だ。

「テーテンス様、そして、母上!!」

突然《とつぜん》、公女にあるまじき姿で舞台上にひざまずいたマリアの姿に、そこにいた全員が息を呑《の》む。まだ劇は終わっていなかったのだ、と。

そして、それが、より効果的な演出となる。

「王なきあと、この国を英雄ひとりが支えるのは困難。また、女王ひとりが支えていくのも簡単ではございません」

そのセリフに、テーテンスとエラが同じタイミングでビクリと体を震わせた。

「しかしながら、わたしはまだ幼く、弱く、いたらぬ娘《むすめ》。ですからぜひとも！」

ここで顔を上げる、マリア。

その瞳《ひとみ》から、演技ではない涙がながれる。

「二人夫婦《ふうふ》となって、この国を支えてくれないでしょうか!!」

しばし訪れる沈黙《ちんもく》、そして響《ひび》く二人の主役の叫《さけ》び声《ごえ》。

「ぬあ、ま、マリア様なにを!!」

「え、え、えええええ？？？？　マリア!?　あなた一体!!」

会場は混乱と驚愕《きょうがく》で静まり返る。

そんな中、響く二人の悲鳴にもマリアは動じることなく続けた。しかし、もうそこからは、芝居では、ない。

マリアの、本当の心の叫びだ。

「一番信頼《しんらい》しているのじゃろ、母上、テーテンスを。だからわらわを任せたのじゃろ」

マリアは、エラを見つめる。

「テーテンス、そなたが大切にしていたのはわらわではない、その後ろにいる母上じゃ。

気づいてないと思ったのか？」

マリアはテーテンスを見つめる。

「傷つき、この国を去ろうとしたテーテンスを父上がつなぎとめたのはなぜじゃと思う」

マリアはそう言うと、ゆっくりと舞台を降りてきた。

そして、ゆっくりと母の前に立ちその手を掴《つか》んで自らの頬《ほお》に押《お》し当てた。

「ごめんなさい、なのじゃ。母上。でも、もうひとりで頑張《がんば》らずともよいのじゃ。わらわとテーテンスと、三人で頑張ろうぞ」

マリアは気づいたのだ。

なぜ母がこんなにも意地をはり続けていたのか、そしてテーテンスを遠ざけたのか。

それは、亡《な》き父から受け継《つ》いだこの国を、本当は一番近くで支えて欲《ほ》しい人を遠ざけてたったひとりで支えなければいけなかったから。一番近くで支えてほしい人、テーテンスを近づけ、ともにこの国を支えていってしまっては、亡き父への貞操《ていそう》を失ったかのごとく見られてしまうと危惧《きぐ》したから。

もしそうなれば、口さがないものの噂《うわさ》となりヴァンパイアの諸侯《しょこう》の心を離《はな》してしまっては、この国の正当な主であることの後《うし》ろ盾《だて》を失い、国を滅《ほろ》ぼしてしまいかねなかったから。

だからこそ、エラはテーテンスをマリアにつけた。

最も大切なものを守ってもらうため、次の世のために。

「救国の英雄テーテンスとたった一人で国を守ってきたヴァンパイア領の女公爵《こうしゃく》は、わがままな娘のたっての願いによって夫婦となり、ともに手を携《たずさ》えて国を守るのじゃ、それのなにがおかしかろう」

そう言うと、呆然《ぼうぜん》とするエラに、マリアは抱《だ》きついた。

「もう良いのじゃ、ひとりで頑張らなくて良いのじゃ。わらわがずっと、そばにいるのじゃ」

「マリア……あなた……」

マリアは、泣いていた。

エラも、泣いていた。

そして、そんな泣きじゃくる二人の背後で「ふううう」と大きなため息が聞こえたかと思うと、救国の英雄はひらりと舞台から飛び降り、その主の前にゆっくりと膝をついた。

「親友の娘、そして、主君の娘の涙の懇願《こんがん》となれば、断る言葉をわたしは持たぬ」

そこまで言うと「いや、違うな」とニヒルに笑い、救国の英雄は涙を流す女公爵の白く美しい手をとった。

「主君に劣情《れつじょう》を抱く騎士《きし》を許していただけるのであれば、ぜひ、その残りの人生を、わたしとともに」

そして、救国の英雄は女公爵の手のひらに口づける。

「だめ、だろうか？」

それを見て、女公爵は乙女《おとめ》のような笑みを浮《う》かべ、涙とともに返事した。

「よろしく、お願いします」

そして会場を包む万雷《ばんらい》の拍手。

こうして救国の英雄テーテンスは、女公爵のもう一つの口調を聞く権利を手に入れたのであった。

ち、リア充《じゅう》め、末永く爆発《ばくはつ》しやがれ。

「もう、もう少しでマリアを斬《き》っちゃうところだったんですからね！」

演劇のあと、フードコートで打ち上げをしている最中にリリウムはそう言って怒り始めた。

って、なんで？？？

「なんで斬っちゃうんだよ、おかしいだろ」

「おかしくないですよ!!!　だって、あれじゃぁ、ご主人さまの手柄をみんなテーテンスさんが横取りしちゃうじゃないですか!!」

うーん、あ、そうか。そう言えばそうだな。

「私共も、最後まで反対したのですが」

そう言ってうなだれているのはドドさんやディーネ。ちなみに、繭玉さんはやたらと嬉《うれ》しそうにたこ焼きを頬張っている。

「うーんでも、問題ないと思うぞ、わたしは」

そう、確かに言われてみればそうだが、わたしとしてはなんの問題もない。

はっきり言ってわたしは、温泉の良さをみんなが知ってくれて、温泉の素晴らしさを堪《たん》能《のう》してくれればそれでいい。もっと言えば、そんな世の中になって、わたしが入れる温泉がこの異世界中に増えてくれることだけを望んでいる。

エルフの郷は素敵な温泉街になった、ヴァンパイア領には豪華《ごうか》な健康ランドができた。

しかもエルフの郷にもあるように、ヴァンパイア領にも泥湯《どろゆ》のおかげで絶対人気が出るに違いない温泉関連の名産品まできっちりできた。

それで十分だ、そこにわたしの名前が刻まれる意味なんか、無い。

「うちは最初からなんも問題ないと思ってたけどな」

「はは、さすがは繭玉さんだな」

わたしはそういって笑う繭玉さんを見つめながら、その脚本《きゃくほん》に手を加えなかった相棒に心底感謝した。ただ、リリウムは未《いま》だに納得《なっとく》がいっていないようで口をとがらせて反論している。

「でも嘘《うそ》じゃないですか」

「ははは、そうだな」

そう、それは嘘だ、でも、嘘でも良いのだ、嘘でも。

確かに、この世界に温泉の良さを伝えたのは、わたしだ。この世界の常識を、きっとわたしは変えたんだと思う。そういう手柄《てがら》を立てたんだろう。

でも、それだけじゃない。

わたしはきっと、常識を変えてしまったという罪もまた、背負ったのだ。

異世界にもといた世界の知識を持って現れる、そしてその知識で世界を変える。その結果世界が良くなれば何も問題はない、ひとが幸せになるのだ、問題なんかあろうはずがない。

でもそれは、与《あた》えられたもの。授《さず》けられた幸せだ。

いつか、誰《だれ》かが思うかもしれない。

どこに生まれた何者かわからない、神が遣《つか》わしたようなぽっと出によって変えられてしまった世界に対する不満を。価値あるものに気づけなかった自分たちに対する劣等感《れっとうかん》を。

そして、またなにかがあった時、同じように何者かが現れて世界を変えてくれるかもしれないという期待感を。

それは、自分たちでは拭うことができない不満で劣等感で、そして、虚《むな》しい期待だ。

もちろん、その責任はわたしにはない、温泉さえ広まればいいと思うわたしには知ったことではない。

でも、なんとなく嫌《いや》だな、とは思っていた。

救世主だの聖者だの、神のようにもてはやされていく中で、その責任をただ背負わされているような気がして、居心地《いごこち》が悪かった。

「マリアはたしかに手柄を奪ったかもしれんがな、同時に、責任を背負ったんだよ」

「責任、ですか」

「ああ、そうだ、それは、自分たちの文化に変えたということでもあるんだろうさ」

本人が気づいているかどうかはわからない。

わからないけれど、あの温泉の勇者となったテーテンスの物語は、温泉を完全に自分たちの文化として認め、取り込《こ》み、その結果起こる全ての責任を背負ったということだ。

ある意味、温泉が、この世界に根付いた瞬間《しゅんかん》、といっても良い。

そしてそれは。

「この国ですることも、なくなってしまったな」

「せやな」

ヴァンパイアの国での出来事は、エルフの郷であったような安らぎはなかったかもしれない。でも、呆れるほど忙しくて、刺激的《しげきてき》で、楽しかった。収穫《しゅうかく》もあった、感動もさせてもらった。

「次はどこに行くんですか！」

リリウムは嬉しそうだ。

ヴァンパイアの国が嫌《きら》いなわけではない。ただ、新しいなにかを見ること、発見することと、そして知ることが好きなのだリリウムは。

「そうだな、やはりダークエルフの国にいって炭酸泉をだな……」

と、そこで、後ろからデビさんの声がかかった。

「それは、やめたほうがいいかもしれませんぞな」

ん、なんでだ？

「ハンター様はお忘れかもしれんが、間者としてヴァンパイアの国に送《おく》り込まれたダークエルフの国の姫《ひめ》を抱き込んで、王に反駁《はんばく》したのですぞ。その直後に、親王派筆頭のダークエルフの国に入れば、なにをされるかわかったものではないぞな」

ああああ、そういうことか。って、またわたしの嫌いな話をしている。

「ルイルイは、怒っているよな」

「あたりまえやな」

そっか、じゃぁ。

「温泉によん……」

「あかんで」

なんでだ！

……って、さすがにわたしも、ここで温泉によんだからと言ってルイルイとの問題が解決するとは思わんよ。思わんけどさ、でもやっぱりゆっくり温泉につかって話をしてみたいなぁとは思うんだけどな。

あいつ、やなやつじゃないんだよな。

と、ここで、リリウムがとんでもない発言をぶちかました。

「でも、ルイルイさん健康ランドに来てましたよ」

「はぁぁぁぁ⁉」

いつだよ‼

「なんか、ヴァンパイアの方に聞いたんですけど、会場前の待機列に並んでたって言ってました」

そう言うとリリウムは一枚の手紙を差し出した。

「帰《かえ》り際《ぎわ》に渡《わた》されました、あっていけばいいのにって言ったら、断るって言われましたけどね」

手紙を受け取ってみると、それはじんわり湿《しめ》っていた。

あいつ、相当しっかり温泉を堪能して行きやがったな。

『これは王に対する明確な敵対行動だと認識《にんしき》した。けど、すっごい楽しいので時々遊びに来るって決めたから、王の制裁を気にして取り壊《こわ》したりしないように女公爵に言っといてね。それと、小町《こまち》が繭玉さんに会いたがってたよ。あとは……』

どうでもいい嬉しい内容のあと、そこにはかなり不穏《ふおん》な内容が書かれていた。

『今回の件ドワーフが絡《から》んでるね。ちょっと事情を聞かなきゃいけないと思ってるから、デンザルダード帝《てい》の弟に近々ドワーフに諮問《しもん》にゆくと伝えておいてね』

あー、えっと。

「デンザルダート帝の弟って、誰だ」

「ハッハッハ、それはわしのことぞな」

え、デビさんって……なんて名前だったっけ？

「わしの名はデバリブ・デンザルダード。兄はドワーフ帝国《ていこく》の大帝《たいてい》ボドリア・デンザルダードぞな」

「なに、デビさんはそんな偉《えら》い人だったのか」

「そうぞな。まあ、兄は職人としての腕がなかったので、職人ではなく大帝になるしかなかったぞな」

ははは、ドワーフらしい、職人の腕がなかったから一国の主になるしかなかったとは。

でもだとすれば、だ。

「そう言えば、デビさん、ドワーフの国は温泉の力を利用した施設があるって言ってたな」

「そうぞな、入るやつはいないが使うやつは大勢いるぞな」

そうか、じゃぁ、それは見て置かなければいけないな。

「決まりましたね」

リリウムが微笑《ほほえ》む。

「ドワーフの国か、楽しそうやな」

繭玉さんが笑う。

「私もついていきますからね！　ドワーフの設備！　気になりますから！」

ああもちろんだ、ディーネ。

ではそういうことで。

「よしみんな、温泉に入るぞ!!」

最後に、ヴァンパイアの湯を堪能してゆきますか。


「教団の存続おめでとう」

「いや、シメーネフの……いいえ、ハンター様のおかげです」

ドドさんはそう言うと、ふうっと息を吐《は》いて泥湯に体を沈《しず》めた。

ここは、ヴァンパイア国境近くの泥湯。ディーネがヴァンパイアの国に置き土産《みやげ》として残してゆく様々な泥湯が楽しめさらに研究施設《しせつ》と泥湯コスメの製造所までついている『ディーネ・マッド・パーク』の中にある、超巨大《ちょうきょだい》な大泥湯温泉だ。

ちなみに命名したのはわたし。

ディーネは身体をよじって反対したが、わたしはそんな反対を聞く人間ではない。

……と、思わないこともないが、まあ、良いだろう。

「はぁ、それにしても、やはりハンター様はすごい」

ドドさんはゆっくりと泥の温泉をすくい上げて、その匂《にお》いを嗅《か》いだ。

「あなたは、温泉そのものだ」

そうつぶやくドドさん、よく見れば、泣いていた。

しかし、そのセリフ、なんだかよく聞くな。嫌な気持ちはないが、やはり評価しすぎだ。

「温泉教団を率いるものとして、まるで温泉のようなあなたは、やはり聖者で、そして、なによりも、眩《まぶ》しいお人だ」

温泉を渡る風が、火照《ほて》った顔に気持ちが良い。

ドドさんのむず痒《がゆ》くなる褒め言葉《ことば》を制することもできたのだが、きっと、ドドさんと温泉に入るのもこれが最後かと思うと、途中《とちゅう》で言葉を遮《さえぎ》るような野暮《やぼ》はできなかった。

「この国で、温泉を広めたのはテーテンス様ということになるでしょう。そしてシメーネフの聖者もまた」

「ああ、そうだな、良いことだ」

わたしの言葉に、ドドさんは「ふふっ」と笑って続けた。

「ただ、歴史が何を刻もうと、世間が何を言い伝えようと、私の、いえランタータ教団にとっての聖者は貴方様唯《あなたさまただ》一人。この国の変革期にあらわれ、この国を救った救国の英雄、温泉の聖者はハンター様唯一人です」

よしてくれ。そう心で思いながらも、わたしはドドさんの言葉を黙《だま》って聞いた。

「本当に、ありがとうございました」

「ああ、役に立てたのなら、それでいいさ」

無論、わたしは聖者ではない。

ただ、温泉が広まるきっかけにわたしがなったのならこれほど嬉しいことはない。

「ほんま、主さんはおっさんとしゃべるの好きやな」

気がつくと、すぐとなりに繭玉さんがいた。

よく見れば、その後ろにはリリウムとディーネ、そしてエラとマリアもいる。

テーテンスはいなかった。

「テーテンスは？」

「あ、あのひとは温泉の外で警備にあたっておりますわ」

ふ、あのひと、か。

恥ずかしそうにそういうエラの顔は、温泉のせいではなく真っ赤に染まっていた。まったく、羨《うらや》ましいったらありゃしないよね。

「で、みんなそろってどうしたんだ？」

「いやな、なんやマリアが主さんに話があるそうやで」

そう言うと繭玉さんは「ほら、自分でいい」と背中を押してマリアをわたしの前に押し

出した。そしてそのまま「じゃ、ちゃんと送り届けたで」とみんなを連れて遠ざかってい
く。気がつけば、ドドさんもいなくなっていた。

「あ、あの、えっと、師匠《ししょう》」

「ん、なんだ、マリア」

わたしがマリアを見ると、今まで見たことがないくらいにへこんでしょげているマリア
がいた。

「おいおい、どうした、今回の一番手柄だぞ」

褒めてもらいに来たかと思いきや、この表情。一体何があった？

「す、すまなかったのじゃ」

はい？

「わ、わらわは、師匠、いや、ハンター様が温泉をつかってヴァンパイアの国を我《わ》が物に
しようとしていると思ったのじゃ。じゃから、テーテンスをつかって手柄を横取りしてし
まおうと……」

なんだそれ。

「ヴァンパイアの国なんかいらんわ」

「そう、なんじゃな」

「あたりまえだろ、健康ランドひとつ上手《うま》く運営できそうにないのに、国なんか持ったら身がもたん」

しかし、マリアはそんな事を考えていたのか。

なんで、健康ランドを作ろうというわたしの活動が国盗《くにと》りに見えてしまったのかはわからないが、それも支配者の悩《なや》みというやつか。

というか、ハンター様だと？

「で、なんで師匠じゃなくなったんだわたしは」

「わ、わらわはひどいことをしたのじゃ、ハンター様を信じなかったのじゃ、弟子《でし》の資格はないのじゃ」

弟子の資格ねぇ。

「なぁマリア、お前の温泉好きは、嘘か」

「そ、それは嘘ではない！」

「お前、この国は好きか」

「あたりまえじゃ、愛しておる」

そうか、じゃぁ。

「あのホンドロドロ健康ランドな、あれ、お前にやる」

「はぁ？」

わたしの言葉に、マリアはほうけたように口を開けたまま固まった。

「なにを間抜《まぬ》け面を晒《さら》してるんだ。お前は次代の領主なのだろ？　健康ランドくらい運営できなければまずいだろ」

わたしがのんきにそう言うと、マリアは立ち上がって反論した。

「なにをいっておるのじゃ、あの健康ランドが莫大《ばくだい》な富を生むのは目に見えているのじゃろ？　そのための商権特務官ではないのか？」

ああ、うん、なに言ってるのかよくわからんが、座《すわ》れ。

「座れ、丸見えだ」

「見えていても良い、そのわらわは、そなたに体を捧げるつもりで、じゃな」

ええええ、やだ。

「いらん」

「いらんってなんですか、いらんって!!　めちゃめちゃかわいいでしょ私!!」

ぶっ、何だその喋《しゃべ》り方《かた》は。

「くはははははは」

「わ、わらわないでください！　かわいいでしょう！　抱きたくなるでしょう！」

「いや、すまん、すまん。とりあえず座れ、いや座ってくれ」

たしかに可愛い、すごく可愛い。

繭玉さんやリリウムが見ていなかったら抱きしめたい。

しかしそれは、いわゆる男が女に感じるものではなく、大人が子供に感じるもの。いやもっと言えば、娘とか妹とか、だな。

「なんなのですか、あ……いや、なんなのじゃ、恥《はじ》をかかせて嬉しそうに」

「いや、すまんな。ただな、わたしはお前を抱くつもりはない。可愛いのは可愛い、それは認める」

わたしは、マリアの頭をぽんぽんしながら続ける。

マリアは、ふてくされたまま、それでも黙ってぽんぽんされている。

「いったいなんなんじゃ、ハンター様は一体何をしたいんじゃ」

うーん、しかしコロコロ口調が変わるな。

ヴァンパイアの女ってだいたいこうなのか？

「そんなものはじめからずっと言っているだろ、温泉を楽しんで、その楽しみをみんなに広めたいのだ」

「そ、そんな、ハンター様はそれだけのことで世界を敵に回すのか？」

「敵に回したつもりはないぞ、ルイルイはわからず屋だが、悪いやつじゃないしな」

そう、あいつを敵だなんて思ったことはない。

相当頭の固い、わからず屋で甘《あま》ったれなお坊《ぼっ》ちゃん、いやお嬢《じょう》ちゃんだとは思っているけど、そんなことは敵対するに値しないものだ。

そんな事を言ったら、わたしも大概《たいがい》だしな、頑固《がんこ》さに関して。

「ハンター様がどう思おうと、王は違《ちが》うじゃろ」

「ルイルイがどう思おうと、そんなもの向こうの自由だほっとけ」

「な……正気か？」

正気だよ。

「わたしはこうしてのんびりと温泉に入れるならそれでいい。ルイルイに対して面当《つらあ》てがましいことをしたのは、あいつが温泉を悪用しようとしたからであって、もう気も済んだ。

と、いうか健康ランドが出来上がってみれば、その素晴《すば》らしさの前でどうでも良くなった。

というか、建設のきっかけになったことに感謝すらしている」

わたしはそう言うと、となりで難しい顔をしているマリアの肩を抱き寄せた。

「マリア、お前がわたしの弟子をやめるならひとこと言っておくぞ」

あの日、二人で入った温泉で言いそびれた言葉だ。

「な、なんじゃ」

「温泉にそんな顔で入るな」

言いながら、マリアの肩をさらにぐっと抱き寄せる。

ああ、もしわたしに子供がいたら、こんなふうに二人で温泉につかって、温泉のすばらしさを教えたりしたんだろうか。

「目を閉じて力を抜《ぬ》け、温泉のお湯と一体になって、少しずつ意識を広げていくんだ」

いろいろなことがあった。

本当にたくさんの出来事がこの国で起こって、いろいろなものを作り、色んなイベントをこなした。ただ、わたしは、こんな基本的な、そして最も大切なことをマリアに教えないまま来てしまった。エルフの郷《さと》では、まずはじめに全員に教えていたのにな。

ははは、たしかに師匠と呼ばれる資格はないかもしれん。

「どうだ、温泉とお前と一つになれているか?」

「あ、ああ、そうじゃな、うん、これが温泉なんじゃな」

そう、これが温泉だ。

これこそが温泉だ。

「ありがとう、師匠」

そうか、師匠と呼んでくれるか。

「そして、さようならじゃ。また、いつか会うときまで」

うん、そうだな。

「大丈夫《だいじょうぶ》、温泉を愛し続ければ、また、いつかどこかで」

「そう、じゃな」

こちらこそありがとう、マリア。

この国で出会った、宗教や信仰《しんこう》ではなく、初めて裸《はだか》の心で温泉を楽しむことのできるヴァンパイア。そして、温泉という文化をこの世界に根付かせてくれた最大の功労者。

なにより。

「ありがとうな、この地に残る、我が弟子よ」

わたしは、先にゆく。

この地の温泉道、お前に託《たく》したぞ。

遠くでわたしの仲間と、この地で出会った人たちの声が聞こえる中、わたしは、静かにこの国に別れを告げた。

ヴァンパイアの湯『湯上り』　グアラと極楽《ごくらく》健康ランド

「こ、これが、ホンドロドロ健康ランドか」

ヴァンパイアの国、ラトレニア公国領内に入ってはや十日。

エルフの郷との境界付近にできていた『ディーネ・マッドパーク』なる泥の温泉施設で目を瞠《みは》るような新たな産品にオロオロとしていたオレとしては、もうこの国で度肝《どぎも》を抜かれることはないと思っていたのだが……。

なんなのだ、これは。

そもそもオレは、エルフの郷にこのヴァンパイア領を通って入った。

その時は政情不安で活気のない国だと思っていたのだが、あれからたった半年足らずで、泥湯といいこの健康ランドという建物といい、ここまで国が変わるということがあり得るのだろうか？

しかも、ここは公国の宮殿《きゅうでん》であったはず。

そんな場所に、あの排他的《はいたてき》なヴァンパイア領であったにもかかわらず、ヴァンパイアはもちろんエルフにドワーフ、さらに、驚《おど》くべきことに、ちらほらとヒューマンらしき影《かげ》まで見えるではないか。

有言十支族王とヴァンパイアの公主は仲違《なかたが》いしていたのではなかったか？

一体、なにがあったのだ。

あの男は、一体なにをしでかしたのだ。

「もしや、あなたはグアラさんではありませんか」

「ぬっ、誰だ」

名を呼ばれて振《ふ》り返れば、そこには見知らぬエルフの女が立っていた。

「私の名は、メサーリア。族長付きのハウスメイドでございます」

「おお、ではオーヘンデック殿《どの》の」

「はい」

エルフの郷。

このオレに魔法《まほう》のような食材『乾燥《かんそう》きのこの粉末』を与えてくれた、人生の転機になるだろう場所。そして、その専売を許してくれたのが、その族長オーヘンデック。

あまり長居はせずに旅立とうと思っていたのだが、どうやらわたしが拾った腕輪《うでわ》の持ち主が健在であることがすぐにわかったようで、袖《そで》を引きちぎる勢いで足止めされ、まるで国賓《こくひん》が如《ごと》き歓待《かんたい》をしてくれたのがその族長なのだが。

布の買付を手伝いつつ、半年にわたり滞在《たいざい》したエルフの郷のその族長が、今更《いまさら》なんの用だというのだろう。

「その、族長のハウスメイド殿がオレになんの用だ？」

「はい、次にヴァンパイアの国に行かれるとお聞きいたしましたので、きっとこれが必要になるだろうと、族長様より贈《おく》り物《もの》を預かってまいりました」

贈り物？

散々歓待してもらったので、贈り物のたぐいは一切《いっさい》断って出て来たのだが……。

「これにございます」

そういってメサーリアが差し出したのは、一枚の紙切れ。

その表面に書かれていたのは。

『ホンドロドロ健康ランド特別招待券　byハンター』

なに、これまさか！

「もしや、これはハンター様がお手づから書かれた招待券か」

ハンター様。オーヘンデックの口調がうつりそう呼称《こしょう》するようになった温泉の聖人。

オンセンマンジュウ3世その人。

エルフの郷に温泉郷を築き、そしてなにより、あの魔法の粉末『乾燥きのこの粉末』を開発したというプデーリの眷属《けんぞく》の主。

「はい、オーヘンデック様に『友達にでも上げてくれ』という手紙とともに送られてきたものでございます」

なんと、そのようなものをこのオレに……。

「それであれば、通常入れぬ温泉にも入れるのだそうですよ、羨《うらや》ましい限りです」

ほぉ、それはそれは。

しかし、そのような素晴らしいものをここまで運んできてくれたこの女に何もなしでは私も商人の名がすたるというもの。ドラゴニュートは労働の対価を払《はら》わぬなど決してやってはいけない種族だ。

さて、どうしたものか……ん？

「この招待券〝ペア〟と書いておるな」

「はい、一枚でお二方分だそうです。もちろん一人で使ってもいいということですので、もし良き方がおられましたらその方と是非《ぜひ》」

そうか、ならば。

「共に行こうかメイド、いや、メサーリア」

オレがそう言うと、メサーリアは待ってましたとばかりに笑顔《えがお》で言い放った。

「グアラ様ならそうおっしゃるはずだとオーヘンデック様も申しておりましたので、準備万端《ばんたん》でございます！」

ぐはははは、そうかそうか。

ならば。

「行くか、メサーリア」

「はい、お供させていただきます！」

さあて、オンセンマンジュウ３世。

今度はこのオレに、どんな未知を与えてくれるのだ！


「次は塩湯に参りますよ！」

「ま、まて、そう急ぐな、オレ達は温度調節が苦手で」

「もう、じゃぁ先に行ってますね」

「あ、ああ、わかった」

ぬう、エルフの女は元気で働きものだと聞くが、たしかに、あの元気は異常だな。

しかし、なんだここは。

広大な宮殿、この世界にヴァンパイアの朱《あか》き至宝ありと謳《うた》われた紅玉宮を惜《お》しげもなく使って造られた、まさに温泉のバザール。

泡《あわ》の出る温泉、強き水流でマッサージしてくれる温泉、流れる温泉に薬草入り温泉。

そして、マッドパークで虜《とりこ》になった泥湯。

そんな数々の温泉が所狭《ところせま》しと並ぶ温泉の楽園。

「いや、真に見るべきはそこではない」

そう、真に見るべきはこの客入り。

オレ達は招待券で入ったので金は払わなかったのだが、決して庶民《しょみん》に買えない値段ではないとはいえ、そこまで安いともいえない入場料を払わねば入れないこの場所。

しかも、入ってできることは湯に浸《つ》かることのみで、飲食は別料金、なのに、だ。

「まるでこれは、祭りだ」

しかも、種族を問わぬ、祭り。

この広大なる紅玉宮、いや、ホンドロドロ健康ランドを埋《う》め尽《つ》くすたくさんの生命。それは、ドワーフでありエルフでありヴァンパイアでありヒューマンであり、男、女、若者、年寄り、家族連れ……様々な者たちが、薄衣《うすぎ》一枚で温泉につかっては嬌声《きょうせい》を上げる。

皆笑《みな》っている。

オレのこの鱗《うろこ》に怯《ひる》むことなく、このドラゴニュートの面相に驚くでもなく、そんなもの目に入らぬかのように様々な温泉を堪能しては笑い合っている。

「オンセンマンジュウ3世とは、いったい何者なのだ」

ドラゴニュートは旅人だ。

だからこそ、わかる。

このドラゴニュート独特の厳しい見た目に忌避《きひ》感を感じるものは多く、世界のどこに行っても、種族を超《こ》えて肌《はだ》を晒し合うなどという馬鹿げた空間などはありえない。それこそ、セイレーンやドラゴニュートと言った鱗族の水浴びを汚《きたな》いと捉《とら》え禁止する国もある。

「種族の壁《かべ》を、こうもたやすく超えるか」

「ははは、種族の壁か、しかしそれだけではないのじゃ」

「ん?」

振り返るとそこには、ヴァンパイアの少女がやはり同じく薄衣を着て立っていた。

その隣《となり》には、どこかで見たような、やはりヴァンパイアの男……いや、ちがうな、幼き日にちらりと見ただけのあの人なはずはない。

と、その男が、少し嬉しそうに口を開いた。

「ほう、あなたはペリデの一族ですな」

心臓がドクリと跳《は》ね上がる。

「なぜその名を！」

ペリデ。それはドラゴニュートであるオレの家族名。

ドラゴニュートにとって家族名は誇《ほこ》りの象徴《しょうちょう》であるため、みだりに口にはしないのだが、
この男ひと目見てオレの名を看破してしまった。

本来なら、戦闘《せんとう》態勢を取るべきだ、が。

この男の顔の記憶《きおく》と家族名を知っているという事実が結びついて、それができない。

まさか、この男。

「テーテンス殿ではあるまいな」

「おお、覚えておったか、ドリーダの末子《ばっし》、グアラ」

まさか、オレの名を覚えているとは。

まて、ということはこの英雄《えいゆう》を従えるこの少女は……。

「なんじゃ、父上の知り合いか」

ち、ちちうえ⁉

「うむ、旧友の子でな。それよりもマリア、名乗りを上げないか」

テーテンスに言われ、少女は居住まいを正すと、優雅《ゆうが》に腰《こし》を折った。

「我が名はマグノリア・ディ・エルトリス、この公国の公女にしてそこなテーテンスの娘《むすめ》。そして、このホンドロドロ健康ランドの総支配人じゃ」

おい、まてまて。

理解が追いつかんわ、さすがに。


「なるほど、そういうことですか」

ここは、ホンドロドロ健康ランドの総支配人執務室《しつむしつ》。

ハンター様手ずからの招待券を持っていた者としてここに通され、今、その男がここでなしたことのすべてをテーテンス殿やマグノリア殿下《でんか》から聞き終わったところだ。

ちなみに、メサーリアはここのバルコニーにある天空の湯という温泉に入っている。

本当に、温泉好きなのだなあの女は。

「で、先程《さきほど》おっしゃっていた、それだけではない……とは？」

オレがそう問うと、マグノリア殿下はしばし考えそして「ああ、あれか」とつぶやいて静かに口を開いた。

「わからぬか、もしわらわが声をかけねば、その方はわらわに気づいたじゃろうか？」

なに？　どういう意味だ。

「あの健康ランドの中を歩く小娘《こむすめ》が公女だと、このおっさんが英雄だと気づいたか？　と問うておるのじゃ」

そんな、小娘だおっさんだなどと滅相《めっそう》もない。

そう、商人らしくお追従をいうこともできた、できたのだが、オレはマグノリア殿下の言うその意味が理解できたせいで、言葉を失っていた。

そうか、あの場には。

「身分もないのじゃよ」

「まさか……そんなことが」

入場料さえ払えれば、そこいらの農夫ですら公女と肩《かた》を並べて温泉に入ることができる。

そんなことが、許されるのか？

「温泉では、隣に座るのが神であっても、友の如くしかし礼節を持って」

「は？」

「なあに、ハンター師匠の教えじゃよ」

マグノリア殿下は、ハンター様を師匠と呼ぶ。

聞けば、温泉道という教えらしいが、それにしても、この国の公女たる人間が限定的な場所とはいえ身分差を無くすことを推奨《すいしょう》するような発言はまずいだろう。いや、それほどまでにハンター様は強い力を持っていたということか……。

「なぁんとなくそなたの考えておることはわかるのじゃが、ハンター師匠はそこまで考えておらんじゃろうな」

「と、もうしますと」

「あの御方《おかた》は、身分がどうのとかそういうものはどうでも良いのじゃ。階級の持つ意味、統治における身分差の必要性などまったく考えてはおらん。いつだって、あの御方の頭にあることはたった一つ」

……たった一つ、なんだというのだ。

「温泉を楽しみたい、それだけじゃ」

そうか、そういうことか。

あの『乾燥きのこの粉末』もそうだ。あれを温泉街の売り物として考え出したのは、ただただ温泉街が盛り上がって温泉が楽しくなれば良い、それだけだということなんだろう。

だから、効率よく売ることなど考えない、あの価値を埋もれさせても問題ない。

ハンター様にとって、金儲《かねもう》けなんか楽しくないからだ。

「なんと変わったお人だろう」

「ああ、変わり者で頑固で偏屈《へんくつ》で、そして」

マグノリア殿下はそう言うと、柔《やわ》らかい微笑みをたたえてつぶやいた。

「なんとも、可愛《かわい》らしいお方じゃったよ」

ああ、この顔、エルフの郷で何度も見た。

遠き目をして温泉を語るときの、ハンター様との思い出を語るときの、あの、族長オーヘンデックの顔だ。とろけきった、至福の顔だ。

「そうですか、ハンター様とは温泉のような方なのですな」

「ほぉ、さすがはペリデの者、慧眼《けいがん》であるな。真理に達するのも早い」

オレの目の前で、テーテンス殿がカッカと笑う。

その顔もまた、とろけきった至福の顔。なにが慧眼か、そのような温泉に浸かっている者と同じ顔つきをしていれば、誰《だれ》でもハンター様の人となりくらいわかるわ。

――ダンダン、ダンダンダン
と、その時、執務室の扉《とびら》が激しくノックされた。

「客人がおる、静かにせよ。一体、なに用じゃ！」

「はっ、その、あの……有言十支族王より火急の伝言であります」

「なんじゃと」

その切羽詰《せっぱつ》まった声に、執務室の空気がひりつく。

トラブル、なのか？

あまり関わりたくは、ないのだがな。


「ハンター様が……死んだ、じゃと」

「はっ、ドワーフ領内、ボルドルの砂漠《さばく》にて、砂皇《さこう》セイ・シロノの餌食《えじき》になったと」

「セイ・シロノじゃと！」

セイ・シロノ……か。

それは、我々旅人にとっては最も聞きたくない名前。出会ってしまったが最後、運が良ければ死体が残るとまで言われる絶対災悪の象徴だ。

確かに、国境付近のボルドルの砂漠にそれはよく出てくる。

しかし。

「なぜそれを王が知っている」

おかしな話だ。

セイ・シロノは砂漠の悪魔《あくま》、襲《おそ》われれば跡形《あとかた》もなくこの世から消え去り、襲われたことすら誰も気づかないもの。

何やら裏があるな、これは。

「たしかに、おかしいな。だとすればこれは」

テーテンス殿がそう呟《つぶや》いてオレを見る。

ああ、そうだ、これは。

「罠《わな》、でしょうか」

「ああ、そうだと見て間違《まちが》いはあるまい」

その言葉を聞いてマグノリア殿下はほっと胸をなでおろした。

「そうか、まあ簡単には死なん男じゃとは思っていたが、偽情報《にせじょうほう》か」

さあて、それはどうだろうな。

オレはテーテンス殿を見る。テーテンス殿もまた、硬《かた》い表情を崩《くず》していないところを見ると、考えは同じなのであろう。

「どうしたのじゃ！　偽情報ではないのか！」

苛立《いらだ》つマグノリア殿下。

仕方がない、オレが言うか。

「罠とは、餌《えさ》を捕《と》らえて待ち受けるものです、殿下」

そう、情報などという架空《かくう》の餌では、魚は食いつかない。

「最悪命はあるでしょう、しかし、命さえあれば餌にはなりますれば」

たとえボロくずのようになってしまっていても、そこに確たる物さえあれば、命さえ残っていれば、それは罠の餌として役に立つのだ。

「じゃ、じゃぁハンター師匠は、あの人はどうなっておるのじゃ！」

マグノリア殿下の悲痛な声にテーテンス殿の顔が一瞬歪《いっしゅんゆが》み、そして、オレを見た。

うむ、たしかに適役はオレ、か。あまりこういうことに関わりたくないから旅人をやっているのだが、テーテンス殿に頭でも下げられれば、断りようはない。

さて、どうする、英雄《えいゆう》殿。

いくら同じく英雄であったドラグの子とはいえ名もなきドラゴニュート風情《ふぜい》に、今は公主の夫でありそもそも3英雄の一人でもある貴殿《きでん》が、その頭を下げることが出来るのか。

ハンター様に、その価値はあるのか？

さあ、貴殿はどう値踏《ねぶ》みする、その男の値段を。

「仕方あるまい」

諦《あきら》めるか。

ふっと力の抜けた顔をさらしたテーテンス殿にオレがそう感じた、そのとき、大英雄はなんの躊躇《ちゅうちょ》もなく深く頭を下げた。

「救出とまでは頼《たの》まんが、すまん、様子を見てきてはくれぬか」

ハハハハハハ、そうかそうか！

その頭を下げれば、一国が買えるとまで言っても過言ではない大英雄の頭を、そのようにさも当たり前のように下げさせる。ハンター様とは、いやオンセンマンジュウ3世様とはそこまでの男か。

良いだろう、ゆこう。

いや、むしろぜひとも会ってみたい。

「わかりました、行きましょう」

「行ってくれるのじゃな！」

「ご期待はなさいませんように」

「うむ、それでも構わぬ、ぜひ、ぜひともあのお方を！」

「ははっこのグアラ、ペリデの名にかけて」

ゆこう、その御仁《ごじん》のもとへ。

エルフの族長、ヴァンパイアの公女、そして世界の3英雄の一人に、温泉に浸かっているかの如き顔をさせる、その温泉の如き男の下《もと》へ。

「良き商《あきな》いになると良いな」

テーテンス殿がドラゴニュートの慣例に則《のっと》った挨拶《あいさつ》をくれる。

「はっ、実り多き秋を楽しみに」

オレもまた、ドラゴニュートの慣例に則った返礼をする。

「あなたの冬に温かい食事のあらんことを……じゃ」

はは、マグノリア公女までもが、ドラゴニュート風か。

これまでのラトレニア公国ではあり得なかったことだな。

「かしこまりましてございます」

さあ、旅立ちだ。

オンセンマンジュウ3世様、どうぞ、無事でいてくださいよ。


こうして、またもや不吉《ふきつ》な一報がもたらされた湯川好蔵《ゆかわこうぞう》一行。

しかも今度は死んでしまったというのだから、さあ大変。

……とはいえ主人公なので死んでいるということはきっとないけど、けっこう大変なことになっているのは間違いない。

はたして、湯川好蔵とその一行は無事にドワーフの国に到着《とうちゃく》できるのか。

というか、ほんとに大丈夫なのか。温泉が好きなだけのただのおっさん、湯川好蔵！

ドワーフの国境地帯の砂漠の真ん中で、ドワーフの双子《ふたご》美少女と何やら怪《あや》しくなったり、リリウムが嫉妬《しっと》で狂《くる》ったり、繭玉《まゆだま》さんがピンチだったり、ディーネがますます変態になっていったりと大騒《おおさわ》ぎのドワーフ編。

指宿《いぶすき》の砂《すな》むし温泉のように、しっかりと砂の洗礼を受けてしまうのですが……。

それはまた、次のお話で。

あとがき

まずは本書をお買い上げいただき、まことにありがとうございます。

一巻ぶりのご無沙汰、綿涙粉緒でございます。

デビュー作となる一巻を皆様にお披露目してから三ヶ月ちょっと、なんともう二巻が出てしまうという速さに作者自身が驚きを隠せない昨今でございますが。すべてはご愛読いただいた読者の皆様はもちろんのこと、編集の方はじめHJノベルスの皆様、関係各位の皆様のおかげだと確信しております。

改めまして、心より感謝申し上げます。

さて、繰り返しになりますが、一巻が発売されてから三ヶ月。

少年時代より思い描いていた小説家になるという夢がかなってから今日までというのは、なんとも刺激的で、ワチャワチャした日常をおくってまいりました。

母親の宣伝のせい……おかげで、近所のおばちゃんがサインを求めて家にやってくるなんて嬉し恥ずかしイベントなどもあったりして。

うん、小説家だからって全員字がうまいと思うなよ。

ペン習字でもやっておけばよかった。

ほんと、すいません。

で、そうこうしているうちにコミカライズの方も始まりまして、原作者としての人生もスタートしたのでございますが……異世界の湯の漫画版、めちゃめちゃ面白いですね。

他人事っぽいですが、一読者として、すごい面白いです。あれ。まじで。

いやぁ、おすすめです。

でも、ね、この本って、ほとんどのシーンでキャラクターが全裸じゃないですか。

異世界者のライトノベルってきっと星の数ほど存在すると思うんですが、いわゆるエロ的な要素無くしてここまでキャラクターがバーンって脱いでる作品ってそうそう無いと思うんですよ。ね、無いですよね？

うん、きっと無い。

となるとですよ、これ映像化するの難しいだろうなぁ……と個人的には非常に心配していたのです、が。

それに関しては、もう一言です。

佐々木先生お見事。

どうお見事なのかは、ぜひ皆様も読んで感じてみてください。

ほんと、満場一致でお見事ですから。

と、まあ、私、綿涙粉緒、一巻が発売されてより今日まで、本当に得難い経験に溢れた三ヶ月だったなぁと、お年寄りのように振り返っているところでございます。

……が、しかし！　異世界の湯はこれからが面白い！

この先も、様々な土地を渡り歩きながら、どんどんと温泉布教の旅は深まってまいります。魅力的なキャラもどんどん出てきます。

ぜひともこの先も、変わらぬご愛顧を賜りますよう心からお願い申し上げます。

それでは最後に、今回も本当に素晴らしい美麗イラストを書いてくださった吉武先生、ならびに、色々やらかす駄目作家を支えてくださる編集さんに最大級の感謝を。

本当にありがとうございます。

それでは、本シリーズが、コロナ禍で苦境を強いられている日本の温泉文化の一助となることを密かに期待しつつ。

本作でも、みなさんが温泉に行きたいなぁと思ってくれることを願って。

皆様、また、次作にてお会いしましょう。

Anytime I can!
いつでも自宅に帰れる俺は、異世界で行商人《ぎょうしょうにん》をはじめました
霜月緋色 著
Hiiro shimotsuki
ill. いわさきたかし
①～⑤巻 好評発売中!
⑥巻 来夏発売予定!

「小説家になろう」
四半期
第1位
異世界転生・転移
ファンタジー部門
（2019年8月19日時点）
コミック単行本
①・②巻 好評販売中!!
漫画：明地雫
原作：霜月緋色
キャラクター原案：いわさきたかし

HJ NOVELS
HJN58-02

名湯『異世界の湯』開拓記 2
～アラフォー温泉マニアの転生先は、のんびり温泉天国でした～

2021年12月18日　初版発行

著者——綿涙粉緒

発行者—松下大介
発行所—株式会社ホビージャパン
〒151-0053
東京都渋谷区代々木2-15-8
電話　03(5304)7604（編集）
　　　03(5304)9112（営業）

印刷所——大日本印刷株式会社

装丁——ansyyqdesign／株式会社エストール

定価はカバーに明記してあります。

Printed in Japan

ISBN978-4-7986-2697-0　C0076

ファンレター、作品のご感想お待ちしております
〒151－0053　東京都渋谷区代々木2－15－8
(株)ホビージャパン HJノベルス編集部 気付
綿涙粉緒 先生／吉武 先生